王さまに憑かれてしまいました 3

風見くのえ

Kunoe Kazami

Regina

RB

レジーナ文庫

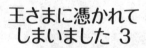

登場人物紹介
ルードビッヒ
戦争で亡くなった故国王。
コーネリアの守護霊に
なると言って、
彼女にまとわりついている。
コーネリア
ホルテン領の町はずれで
一人暮らしをしていた町娘。
流行病で両親を亡くして
天涯孤独の身だったけれど、
ルードビッヒに取り憑《つ》かれて
しまい……
ホルテン
コーネリアが住んでいた
土地の領主。
王宮で財務長官を
務めている。
アレク
コーネリアが施設にいた頃
親切にしてくれた青年。
コーネリアの初恋相手で、
実は王太子。

マルセロ
他国の元間諜。今は、ホルテン侯爵家の私兵として働いている。
イザーク
コーネリアに想いを寄せる懐中時計職人。無愛想だが、優しい性格。
宰相
オスカーの祖父。優しげな見た目に反し、腹黒い。
シモン
ホルテンの義妹。近衛《このえ》第二騎士団の副団長。
前トーレス伯爵夫人
元王族で、白百合のごとく美しい貴婦人。
オスカー
アレクの弟で、第二王子。浅はかな行動で周囲の人々を困らせている。

目次

王さまに憑《つ》かれてしまいました3　7

書き下ろし番外編
欲しいもの　355

王さまに憑《っ》かれてしまいました3

人生は、何があるかわからない。

コーネリア・サンダースは、最近の出来事を思い出してしみじみとそう思う。

彼女は、流行病《はやりやまい》で両親を亡くしたということを除けば、特別変わったところのない平民だ。田舎の町はずれに住み、畑仕事と食堂でのアルバイトで生計を立てていた。

そんな彼女の人生が大きく変わったのは、十ヶ月ほど前。きっかけは、ここローディア王国の前国王ルードビッヒとの出会いだった。偶然、死にそうになっていた彼を見かけ、まさか相手が王さまだとは知らず、無事を祈ったのだ。それに感動したルードビッヒは、死んだあと、霊の姿でコーネリアの前に現れ、守護霊になると言って取《と》り憑《つ》いてしまった。

それを機に、コーネリアはそれまで縁もゆかりもなかった様々な人達と出会った。

さらには自身が住む領地の領主に仕えることになったり、王都の王宮で仕事をするようになったり……

あげく、誘拐《ゆうかい》されそうにもなった。

こんな波乱万丈《はらんばんじょう》な人生は、以前は考えられなかったものだ。

（本当に、人生「一寸先は闇」よね）

闇とはほど遠い、キラキラと輝く二人の熟女を見ながら、コーネリアは思う。

現在彼女は、王都のはずれにあるお屋敷に来ていた。

「まあ、こちらが噂《うわさ》のお嬢さんですのね？　……可愛いらしい」

丸テーブルにつく初対面の女性は、コーネリアを見て微笑む。

「そうでしょう？　本当にコーネリアったら、とっても清楚《せいそ》で、とっても真面目で、とっても可憐《かれん》な女の子なのよ」

何やら「とっても」を繰り返すのは、コーネリアが王都で知り合った人物の一人、マリア・バルバラ・ウタ・トーレス――前トーレス伯爵夫人だ。彼女はコーネリアの正面の席に座っている。

前トーレス伯爵夫人の笑顔は艶《あで》やかで、背景に白百合《しらゆり》が見えるような気がした。

彼女は、御年六十四歳。元王族で、かつて〝いけにえの姫〟と呼ばれた悲劇の女性である。王家の脅威《きょうい》になりえる前トーレス伯爵に、捧《ささ》げものとして降嫁させられたからだ。

もっとも、彼女は儚《はかな》げな外見からは想像もつかないほどしたたかで、コーネリアの主人であるホルテン侯爵も頭の上がらぬ人物なのだが。

そんな前トーレス伯爵夫人は、何故《なぜ》かコーネリアを気に入り、養女にしたいと言い出した。しかも、今度行《おこな》われる王太后の誕生日祝いの式典——舞踏会で、コーネリアを社交界デビューさせたいという。

今日、コーネリアは彼女の申し出と舞踏会のお誘いを断るべく、彼女の主催する〝女子会〟なるものに参加しに来たのだが——

コーネリアは、少々気圧《けお》されていた。

前トーレス伯爵夫人の左隣に座り、彼女の言葉に「本当ですね」と返す初対面の女性もまた、目を奪われるほどの美貌《びぼう》の持ち主だからである。

後頭部の高い位置で結《ゆ》ったワインレッドの髪と、蠱惑的《こわくてき》に光るルビーのような瞳。左目の下の泣きぼくろも艶《なま》めかしい、肉感的な美女だ。

嫣然《えんぜん》と笑う彼女は、持っていた扇《おうぎ》で優雅に口元を隠した。

彼女の背景は、豪華な紅薔薇《べにばら》で埋め尽くされている感じがする。

（コーネリアよ……これが、リリアンナ・ニッチだ）

コーネリアの隣にフヨフヨ浮いている幽霊ルードビッヒが、ものすごく疲れた表情で、女性の正体を教えてくれた。

（え!?　……えぇっ！　あの、豪商の!?）

コーネリアは緊張して、背筋をピン！　と伸ばす。

リリアンナ・ニッチは、ローディア王国随一の商人であり、美魔女《びまじょ》とも呼ばれる女性だった。

元々は没落貴族の令嬢で、身分の欲しかった老商人に金で買われた彼女。そのあとは波乱万丈《はらんばんじょう》の人生を歩み、今の地位を実力で手に入れたという。

ルードビッヒの生前は、彼の情報源になっていた人物でもある。

コーネリアが、ホルテン領で出会った元錠前《じょうまえ》職人のニトラ兄弟に懐中時計《かいちゅうどけい》作りをすすめた際、ルードビッヒが懐中時計《かいちゅうどけい》の販売ルートとして紹介したのも彼女だった。

（た、確かにスゴそうな方ですね）

いったい彼女と前トーレス伯爵夫人は、どんな関係なのだろう？

コーネリアが首をかしげていると、ルードビッヒは頭を抱えた。

（悪夢のような光景だ）

うなされそうだ、と彼がのたまうことも、コーネリアは不思議である。

清楚《せいそ》な百合《ゆり》と、大輪の薔薇《ばら》。それぞれのイメージを持つ美女達を目の前にしているのだ。悪夢どころか、男にとっては夢のような光景なのではないだろうか？

しかも、なんとここには、高貴な蘭《らん》のイメージを持つ女性までいる。

それは、前トーレス伯爵夫人の右隣に座る女性。近衛《このえ》第二騎士団で副団長を務める、シモン・ヴェラ・クロル伯爵令嬢である。

コーネリアが仕えているホルテン侯爵の亡き妻の妹――つまり、侯爵にとっては義妹《いもうと》にあたるシモンは、普段は男装でバリバリと働いている。

しかし今日の彼女は、珍しく女性らしい優雅な衣装に身を包んでいた。

輝く白銀の長い髪はほとんどを結《ゆ》い上げて、一房《ひとふさ》だけ胸元に流している。

しっとりとした白磁《はくじ》のように透《す》きとおる肌と、花びらのごとく赤い小さな唇。

神秘的な光を宿《やど》す紫の瞳は、物憂《ものう》げに伏せられている。

（今日のシモンさまは、どこから見ても貴族のお嬢さまです！）

（……当たり前であろう。何を言っておるか）

正真正銘《しょうしんしょうめい》、伯爵令嬢のシモンだった。

コーネリアも感嘆したこのシモンの装《よそお》いは、すべて彼女の恋するホルテン侯爵のためである。

シモンが今日の女子会に来ているのは、ホルテンがコーネリアの付き添いを頼んだから。

美しく着飾ったシモンは、約束の時間よりずいぶん早くやってきて、白い頬を紅潮させ、ホルテンに挨拶《あいさつ》した。

もじもじしながら、期待を込めた目でホルテンを見た彼女。ホルテンに何を言ってほしいかは、そばで見ているコーネリアにもルードビッヒにも丸わかりだった。もちろん、近くで控えていた使用人たちも察している。

なのに——ホルテンはその期待がまるでわかっていなかった。

「シモン、今日は面倒を頼んですまない。本当は私がコーネリアに付き添ってやりたいのだが、〝女子会〟と言われてはそれも叶わなくてね。彼女を頼む——」

鈍感なホルテンは、自分がどれほどコーネリアを心配しているのか延々とシモンに語り、くれぐれもよろしくと願う。

徐々に萎《しお》れていくかのように、元気を失う高貴な蘭《らん》の花。

周囲の者はハラハラしながら見守り続けていたが、ついにシモンが泣きそうになった頃——

「……どうしたんだ？　シモン。元気がないが？　もしや、体調が悪いなんてことは……」

ホルテンに聞かれて、シモンは慌てて顔を上げた。そして健気《けなげ》に「大丈夫です」と答える。

ホルテンはホッとしたように笑みを浮かべた。

「そうか、ならよかった。せっかくこんなに綺麗なのに、具合が悪くては楽しめないだろうからな」

結《ゆ》い上げた髪を崩さないように気を遣いながら、ホルテンはそっとシモンの頭に触れた。

シモンの頬は、たちまち赤くなる。

「あ……本当に？　綺麗ですか？」

「ああ。とても美しくなった。あの小さかったシモンが、こんなに素晴らしいレディになるなんて、思わなかった」

ホルテンは嬉しそうに言うと、シモンの衣装や髪型、アクセサリーも褒めた。彼がそんなに丁寧に褒め言葉を口にするのは珍しい。

(……まぁ、当然か。シモンの装《よそお》いは、上から下まで、すべてホルテンの趣味に合わせてあるからな)

呆《あき》れたようにルードビッヒが教えてくれた。

今日のシモンの衣装は、ホルテンが以前、何かの折に「いい」と言ったものばかりらしい。

さすが、シモン。近衛《このえ》第二騎士団副団長を務め、潜入調査や極秘捜査を任されるだけのことはある。情報収集能力に長《た》けていて、ホルテンの好みは、ばっちりリサーチ済みなのだろう。

ホルテンの言葉で有頂天《うちょうてん》になったシモンは、上機嫌でコーネリアを前トーレス伯爵夫人の屋敷に連れてきてくれた。

今もその余韻《よいん》を引きずっているのだろう、彼女はどこか心ここにあらずの様子である。

そんなシモンを見ながら、前トーレス伯爵夫人は、フフフと笑った。そして、そっとリリアンナ・ニッチに目配せを送る。

それを受けたリリアンナ・ニッチのルビー色の瞳が、楽しそうにきらめいた。彼女は、手に持っていた扇《おうぎ》を、パチン！　と音を立てて閉じる。

ハッ！　とシモンが顔を上げた。

一部始終を見ていたコーネリアも、年長者二人に釘付《くぎづ》けになる。

白百合《しらゆり》と紅薔薇《べにばら》のごとく美しい二人の笑みに、何故《なぜ》だかコーネリアの背中が凍りついた。

「さあ、楽しい着せ替えをはじめましょう」

少女のような声で、前トーレス伯爵夫人は、そう言った。

そのあとは、あれよあれよという間に、美しい二人の言うままにされてしまったコーネリアとシモン。

今、キラキラキラと視界に光が弾《はじ》けている。

色とりどりのドレスに囲まれて、白百合《しらゆり》の貴婦人と紅薔薇《べにばら》の美魔女《びまじょ》が楽しそうに話し合う。

「まあ、このシフォン、手触りが最高！　ドレープも綺麗に出ていてステキだわ」

「さすがマリア・バルバラさま。お目が高いですわ。その布は今年一番の流行ですのよ」

「ああ、でもあのデザインも捨てがたいわね。肩から胸のレースが繊細《せんさい》だわ」

「ちなみに、こちらはいかがでしょう？　うちの商会のトップデザイナーの自信作です」

連れてこられたのは、前トーレス伯爵夫人の私室らしい、白い部屋。

そこでは、たくさんの美しく高価なドレスが所狭しと広げられていた。

（……いったい、何着あるのでしょうか？）

（数える気にもなれぬ）

呆気にとられる、コーネリアとルードビッヒ……そしてシモンである。

「マリア・バルバラさま、これはどういった……？」

貴婦人二人の意図がわからず、シモンはどこか硬い声でたずねた。

前トーレス伯爵夫人は、ニッコリと笑う。

「今度、王太后さまの誕生日祝いの式典として、舞踏会があるでしょう。そのためのドレスよ。――シモン、あなたはもうドレスを決めてしまった？」

「いいえ」と答えるシモン。

王族が参加する式典は、近衛《このえ》騎士団が警護の役目を担《にな》うことになる。彼女は今度の式典でも、近衛《このえ》として参加する予定だった。

この世界には魔法を使える者がいる。そのほとんどは高位貴族で、誰でも使えるわけではない。

シモンはその限られた者の中でも、ずば抜けた才能を持つ優秀な魔法騎士なのだ。大きな式典で、彼女の魔法の力は非常に重宝される。シモンは警護の要《かなめ》と言っても過言ではない存在だった。

だからドレスを選ぶ必要はないのだとシモンが説明すると、前トーレス伯爵夫人は眉間にしわを寄せた。そして、顔の前で人さし指を立て、横にチッチッと振ってみせる。

「まあ、そんなこといけないわ。若くて美しいお嬢さんが着飾らないなんて、この世の損失よ。……息子には言っておくから、当日は勤務から外してもらいなさい。そうしたら、伯爵令嬢である以上、一般参加することになるわよね。あら大変、ドレスが必要になるわよ。ここで一緒に選びましょう」

そう言って、強引に事を運ぼうとする、前トーレス伯爵夫人。

彼女の次男は、近衛《このえ》第二騎士団の団長であり、シモンの上司だ。前トーレス伯爵夫人は一度決めたら、絶対に息子を言いくるめるだろう。

シモンは慌てて声を上げる。

「そんなわけにはまいりません」

「まいるに決まっているでしょう？　……第一、あなたが男装していたら、ホルテン侯爵はいったい誰とダンスを踊るの？　財務長官でもあるのだから、彼は必ず式典に参加するのでしょう」

ホルテンの名前が出た途端、シモンの動きが止まった。

「お義兄《にい》さまと……ダンスですか？」

「そうよ。あなた、ホルテンがもう何年ダンスを踊っていないか、考えたことがある？　奥さま――あなたのお姉さまがお亡くなりになってから、ほとんど誰とも踊っていないのではないの？　…………あなた以外とは」

シモンの頬がサッとバラ色に染まる。

妻を亡くしてから女嫌いになったホルテンは、私的な夜会でも公式の宴《うたげ》でも滅多《めった》にダンスを踊らないのだそうだ。

その唯一《ゆいいつ》の例外は、義妹《いもうと》のシモンが相手の時。シモンがドレスを着て参加する舞踏会でのみ、ホルテンは踊るという。

「王太后さまはダンスが大変お好きだし、派手好きで有名でしょう。ルードビッヒ陛下が存命だった頃は、あまり派手にならないように抑えていらしたけれど、その陛下はお亡くなりになってしまった。今年の誕生日祝いの式典は、かつてないほどに盛大なダンスパーティーになるはずよ。そんな中、あなたはホルテン侯爵を〝壁の花〟にするつもりなの？」

（いや、大の男であるホルテンが壁際に立っていたとしても、それを〝壁の花〟とは決して言わないと思うぞ――）

噂《うわさ》の故国王陛下がフヨフヨ浮かびつつツッコミを入れる下で、シモンは目を大きく見開いた。

そこに紅薔薇《べにばら》リリアンナ・ニッチが、優雅に扇《おうぎ》を揺らしながら言う。

「……シモンさまが出席されなければ、さすがのホルテン侯爵閣下も、どちらかのご令嬢をお誘いになって踊られるかもしれませんわね？　あれだけ背が高く、美丈夫《びじょうふ》な侯爵閣下ですもの。きっと、選《よ》り取り見取りでいらっしゃいますわ。……閣下にお手を取られる幸運な女性は、いったいどなたでしょう?」

どこかうっとりとした調子で、リリアンナ・ニッチは笑う。続けて、ホルテンが選んでも不思議ではない美しいと評判の良家の令嬢の名前を、次々とあげていった。

シモンの顔が、徐々に青ざめていく。

前トーレス伯爵夫人とリリアンナ・ニッチは、目を見合わせて口角を少し上げる。

「ひょっとしたら、そのダンスが縁で恋がはじまるかもしれませんわ」

「まあ! ステキ」

握《にぎ》りしめたシモンの拳《こぶし》が、プルプルと震えた。

コーネリアは冷や汗を流し、ルードビッヒも頭を抱える。

「私がっ! 私がドレスを着て舞踏会に参加します」

シモンは、思いっきり叫んだ。

その勢いがあまりに激しくて、隣に立っていたコーネリアは思わず一歩後ろに下がってしまう。

(……チョロすぎるだろう)

ルードビッヒが呻《うめ》く。

紅薔薇《べにばら》の美魔女《びまじょ》は、扇《おうぎ》で口元を隠して笑った。

白百合《しらゆり》の貴婦人は嬉しそうにポンと手を叩き、そのまま指を胸の前で組んで——

「まあ、よかったわ。……コーネリアも、一人でドレスを選ぶより二人で選んだほうが、絶対楽しいわよね」

「え？　私ですか？」

思いもよらないタイミングで名前を出され、コーネリアはポカンとする。

そんな彼女に、前トーレス伯爵夫人は呆《あき》れたようにため息をつく。

「当たり前でしょう。このドレスは、あなた達のために用意してもらったものなのよ。さすがの私でも、こんな若い娘用《こ》のドレスは着られないわ」

そう言って、前トーレス伯爵夫人は、手近にあった淡いピンクのドレスを持ち、自《みずか》らの体に合わせる。ヒラヒラレースとフリフリフリルがたくさんついた超可愛い系デザインのドレスは……何故《なぜ》か、六十四歳の彼女に、とてもよく似合っていた。

コーネリアのみならず、シモンやリリアンナ・ニッチの顔も引きつる。

「本当は布を選ぶところからはじめて、すべてオーダーメイドで作りたかったのだけれど、さすがにそんな時間はないでしょう？　今回はこれで我慢するしかないわ。そのかわり、次にドレスを選ぶ時には、ゆっくりじっくり作りましょうね」

白百合《しらゆり》のごとき前トーレス伯爵夫人が、満面の笑みを見せた。

「ご安心ください。既製品とはいえ、ここにあるのはすべて一流デザイナーの一点ものばかりですわ。お買い上げいただいたら、すぐにサイズをお直ししてピッタリに仕上げます。王都の高級仕立屋のオーダーメイドよりも優《すぐ》れた着心地を保証いたしますわ」

紅薔薇《べにばら》リリアンナ・ニッチが自信満々の様子で、左手をふくよかな胸に当てる。

「お願いね」

「はい」

前トーレス伯爵夫人の依頼に、王都一の豪商は大きく頷いた。

「リリアンナにお願いできてよかったわ。……ね、コーネリア」

目の前の展開に驚きで固まっていたコーネリアが、ハッとする。

「いえ！　そんな……私にドレスなんていりません！」

フルフルと首を横に振りながら、コーネリアは叫ぶ。

前トーレス伯爵夫人がキョトンとした。

「まあ、どうして？　王太后さまの誕生日祝いの式典にはドレスコードがあって、女性はロングドレスと決まっているのよ。あなたはドレスを持っているの？」

前トーレス伯爵夫人は、不思議そうに首をかしげる。

「ひょっとしてホルテン侯爵にもう買ってもらった？」

そう聞かれて、コーネリアは再び首を思いっきり横に振った。

隣でシモンが「お義兄《にい》さまに……」と呟《つぶや》き、キッとコーネリアを睨《にら》む。

そちらにも、ブンブンと首を振るコーネリア。

「ち、違います！　そもそも私は、王宮の式典に参加しませんから！　私、はっきりとお断りしたはずですよね!?」

コーネリアは怒鳴《どな》る。

前トーレス伯爵夫人は、ニッコリと笑った。

「そうね。間違いなく断られたわ」

――今日このお屋敷に着いて早々、コーネリアは前トーレス伯爵夫人に話をして、今日の目的を果たしていたのだ。『養女になる件』と『王宮の式典に参加する件』について、聞き間違いのないようにきっぱりはっきり「お断りします」と伝えていた。

前トーレス伯爵夫人は「そう……」と眉尻を下げたのだ。きちんと意図は伝わったはずである。

(下手《へた》に気を遣って遠まわしに言ったりすれば、都合よく解釈されて、断れなかったということになりかねんからな)

人生経験豊富な故国王陛下のアドバイスに従い、絶対おかしな言質《げんち》を取られないように伝えたコーネリアだった。

「ですから、私にはドレスなんか必要ありませんよね」

そう主張するコーネリアに対し、前トーレス伯爵夫人は、楽しそうに微笑みかける。

「あら、そんなことはないと思うわ。……だって、私はあきらめていないもの。それに人の心は変わるものでしょう？」

おっとりとした口調で、彼女は言った。

「な……」

コーネリアは、口をパクパクさせる。

ルードビッヒが頭を抱え、呟《つぶや》いた。

（やけにあっさり引き下がったと思っていたのだ。やはりな……）

「たとえ今はそう思っていても、コーネリアの気持ちがこのままずっと変わらないなんて、誰も言い切れないと思うの。……未来は不確定で予測がつかない。だからこそ、人は夢を持ち、希望を持って生きていくものなの。……違うかしら？」

少女のような笑みを浮かべながらも、長い年月を生きてきた若草色の瞳が静かに光っていた。

そして、前トーレス伯爵夫人はコーネリアから視線を逸《そ》らし、壁にかかる一枚の絵画を見る。

そこには、寄り添って立つ一組の男女が描かれていた。女性は間違いなく、若かりし日の前トーレス伯爵夫人。ということは、男性のほうは前トーレス伯爵なのだろう。背が高く、威風堂々《いふうどうどう》とした、女性なら誰もが見惚《みと》れるような男だ。

「本当に、未来は不確定だわ。……よきにつけ、悪《あ》しきにつけ」

彼女は消え入りそうな声で、そう呟《つぶや》いた。

「マリア・バルバラさま……」

呼びかけたものの、言葉が続かず黙り込むコーネリア。

前トーレス伯爵夫人の瞳には、恋い焦《こ》がれるような光が浮かんでいた。

王家の都合でいけにえとされ、無理やり結婚させられたといっても、彼女は夫を愛していたのかもしれない。

シンと静まり返る、白い部屋。

しばらくして、前トーレス伯爵夫人がコーネリアに向き直る。

「——と、いうことで、ドレスを選びましょう！　コーネリア……私は、あなたの気が舞踏会までに変わるほうにかけるわ。あっ、大丈夫よ、お金は全部私が払うから。心配はいらないわ」

そう言って、ものすごく明るく素敵に、白百合《しらゆり》は笑ったのだった。

(どうしてこうなったのでしょう?)

ドレッシングルームの中で一人……否《いな》、ルードビッヒと二人になり、コーネリアはドッと疲れを感じながら心の中でぼやく。

(フム……まあ、仕方あるまい。そなたがマリア・バルバラやリリアンナ・ニッチに口で勝てるはずもないからな。ここは大人しく、ドレスだけは買ってもらう以外ないだろう)

そう返すルードビッヒも、なんだか元気がない。

あれから何をどう言っても、前トーレス伯爵夫人はコーネリアにドレスを買うことをあきらめなかった。

「とりあえず、一度着てみてくださいな」

リリアンナ・ニッチのその言葉に、前トーレス伯爵夫人は嬉々《きき》として頷きコーネリアを促《うなが》した。

そしてコーネリアは、「これと、それと、あっこれもステキだわ」と、前トーレス伯爵夫人が選んだ数着のドレスと一緒に、ドレッシングルームに放り込まれたのである。

今、コーネリアの目の前にある大きな三面鏡は、途方に暮れた顔をした彼女を映している。

コーネリアは大きなため息をついた。

(……私、こんな豪華なドレスなんて着られません)

やたらめったら布の多い、フリルやレースがたっぷりついた高価なドレスを前に、コーネリアは肩を落とす。

だって、ドレスの着方すら知らないのである。ドレスについた大きなリボンが、背中にくるのかお腹にくるのかさえわからない。

(こんな動きにくそうな服、買っていただいても着る機会がないのに……)

もったいない、とコーネリアは心の底から思った。

前トーレス伯爵夫人にどれほど言われようとも、彼女の中では、養女の件も舞踏会の件もすでに終わった話。気持ち的には、なかったことになっているくらいである。

ホルテン侯爵の頼みを受けて、はるばる王都までやってきたコーネリア。

しかし、彼女は自分がいずれホルテン領に帰ることを疑ってもいなかった。

のどかな田舎にある小さな家と、猫の額《ひたい》ほどの畑。そこで額《ひたい》に汗して働き、生きる人生。

それが、平民である自分が迎えるべき未来だ。

そんな生活に、ドレスなんて無用の長物《ちょうぶつ》もいいところだ。

(こんな服じゃ畑仕事もできませんし。買ってもらってもクローゼットで眠ることになるのは目に見えています。もったいないから誰かに譲《ゆず》ろうったって、ここまで派手では、もらい手だってなかなか見つかりそうにありませんよね?)

どうしましょう? と嘆《なげ》くコーネリア。

彼女は、両手でドレスの肩の部分を掴み、目の高さまで持ち上げ、睨《にら》みつける。

ルードビッヒはそんな彼女に複雑そうな視線を向けた。

何か言いたげに俯《うつむ》いて口を開くが……少し迷ったあと、小さく息を吐き顔を上げた。

(……フム。さすがのわしでも女人の着付けはわからぬからな。シモンにでも聞くしかあるまい。あやつもそろそろドレスを選び終わり、ここに入ってくる頃ではないか?)

ルードビッヒは、そう言った。

コーネリアとは違い、舞踏会に出席して絶対にホルテンと踊ろうと決意したシモンは、時間をかけて真剣にドレスを吟味《ぎんみ》している。

そして、ようやく決まったのだろう。ドレッシングルームのドアが開き、両手いっぱいにドレスを抱えたシモンが入ってきた。

そのドレスの数の多さに、コーネリアは目を見開く。十着はありそうだ。

(まさか! あれらすべてを試着されるおつもりでしょうか?)

ルードビッヒの顔も引きつった。

（わ、わしは、外に出ておるからな。――ゆっくり選べ）

（あぁっ、陛下！）

文字通り逃げるように、ルードビッヒはドレッシングルームをあとにした。

◇

ルードビッヒは、幽霊だといっても壮年の男。コーネリアはうら若き女性なのだ。着替えや入浴中などは、そばを離れることにしている。

今までの経験上、ルードビッヒはコーネリアの半径五百メートルくらいであれば、自由に行動できることを知っていた。

（女性の身支度は、時間がかかるからな）

とても付き合っておられぬ、とルードビッヒは、フヨフヨと前トーレス伯爵夫人の屋敷を彷徨《さまよ》うことにする。

スルッとすり抜けたドレッシングルームのドアの向こうでは、白百合《しらゆり》のごとき前トーレス伯爵夫人と紅薔薇《べにばら》リリアンナ・ニッチの二人が話をしていた。

絶世の美女が揃って笑う光景を目にした途端――ルードビッヒは、クルリと彼女らに背を向ける。

(……関わりたくない)

君子危《あや》うきに近寄らず。賢い元君主は、ことわざ通りに行動するのである。

そんなルードビッヒの背後から、鈴を転がすような愛らしい声が響いてくる。

「……それで、宰相の尻尾《しっぽ》は掴めたの？」

前トーレス伯爵夫人は、おっとりとそうたずねた。

「宰相の尻尾《しっぽ》を掴む」などという物騒な話題に、ルードビッヒは思わず、クルリと振り返る。

嫌な予感に眉尻を下げる彼の目の前で、女性二人は優雅にお茶を飲んでいる。

大きな窓から降り注《そそ》ぐ日の光が、彼女たちをキラキラと包んでいた。

先ほどの不穏な言葉は聞き間違いかと思うような、穏やかな光景の中に響く、美しい声。

「申し訳ありません。数十点の王家の私有財産を流した商人のうち、何人かは押さえたのですが、彼らからは黒幕《くろまく》につながる証拠は得られませんでした」

「……そう。それでは宰相を失脚させるには不十分ね。王家の私有財産流出事件の黒幕《くろまく》は、彼のはずなのだけど」

数ヶ月前、ルードビッヒが生前に所有していた私有財産の一つである山が、商人の手に渡ってしまうという事件が起こった。商人がホルテンにその山の売却相談を持ち込んだことで、ルードビッヒはその事実を知ったのだ。

山については、ルードビッヒの指示を受けたコーネリアがホルテンに買い取ってもらい、ことなきを得た。山のほかにも様々な品が流出していたらしく、それらは王太子アレクサンデル・フォン・クレイヴ・ローディアの密命を受けたシモンが取り戻したはずだ。

どうやら、彼女たちはその事件の黒幕《くろまく》が宰相だと疑っているらしい。

ルードビッヒが話の続きを待っていると、前トーレス伯爵夫人は困ったように赤い唇を尖《とが》らせ、そっと自身の指で触れた。

「手強《てごわ》いわね。三の妃《きさき》から、何か手がかりは掴めないの？」

リリアンナ・ニッチは、持っていた扇《おうぎ》をそっと閉じ、手でキュッと握《にぎ》りしめる。

「残念ながら。三の妃《きさき》さまは、とても頭の回る方ですから。情報を聞き出そうとしても、のらりくらりとかわされてしまいました。むしろこちらの意図を探《さぐ》ろうとしてくるくらいで、油断も隙《すき》もありません」

「そこがお気に入りになって、ルードビッヒ陛下は彼女を側妃に迎えられたのでしょう。……まったく趣味が悪いわ」

前トーレス伯爵夫人に眉をひそめられ、ルードビッヒはブルリと体を震わせた。

「宰相さまであれ、三の妃《きさき》さまであれ……ルードビッヒさまは、ご自分に仇《あだ》なす可能性のある者を懐《ふところ》に入れるのがお好きでいらっしゃいましたから」

リリアンナ・ニッチは、呆《あき》れを含んだ息をこぼす。

「――あなたも、その可能性のある一人よね」

前トーレス伯爵夫人に目を細められ、リリアンナ・ニッチはわざとらしく「まあ」と言うと、目を伏せた。

前トーレス伯爵夫人は、大きなため息をつく。

「本当に、ルードビッヒさまは悪趣味としか言いようがないわ。……物好きなことをなさるのは、ご自分が生きてしっかり首根っこを掴んでおけるうちは、かまわないでしょうけれどね。こんな風に突然ご崩御《ほうぎょ》されるなんて、どう始末をつけるおつもりでいらっしゃったのかしら？　……叶うことならば、じっくりと問いつめてさしあげたいわ」

棘《とげ》を含んだ言葉を聞き、ルードビッヒの背中に冷や汗が伝った。

「そこまで考えておられなかったのではないでしょうか？　……行き当たりばったりなところのあるお方でしたから」

「そんな男を国王と仰《あお》ぐ、私たち臣下の苦労を考えなさいという話よ！」

眦《まなじり》をキリリと上げて、突如《とつじょ》怒鳴《どな》る前トーレス伯爵夫人。

ルードビッヒは、部屋の隅で小さくなった。

「……まあ」

リリアンナ・ニッチは声を上げると、次《つ》いで嫣然《えんぜん》と微笑んだ。

「本当に、マリア・バルバラさまはルードビッヒ陛下をお気に入りだったのですね」

ジロリと彼女を睨《にら》む、白百合《しらゆり》。

しかし、その視線にまったくかまわず、紅薔薇《べにばら》はなお美しく頬をゆるめた。

「だって、そんな男である陛下の後始末を、わざわざつけようとされていますもの」

リリアンナ・ニッチはスッと扇《おうぎ》を開き、口元を隠す。

前トーレス伯爵夫人は……また深くため息をついた。

「……………悪趣味は、きっと王家の血筋なのよ」

「まあ」

リリアンナ・ニッチが今度は残念そうに呟《つぶや》く。

部屋の中には、なんとも言えない微妙な空気が流れた。

（悪趣味……）

ルードビッヒは軽く落ち込むが、そんなことはわかるはずもない前トーレス伯爵夫人である。

彼女は、嫌な空気を打ち払うように、二、三度、軽く手を振った。

「そのことはもういいわ。今さらどれだけ文句を言っても、ルードビッヒ陛下には届かないでしょうから――」

実はバッチリ届いていたりする。

「――それより、問題は宰相よ。あの権力欲の塊《かたまり》が、このまま黙ってアレクサンデルさまを即位させるとは思えないわ」

白魚《しらうお》のような指が、頭痛をこらえるかのごとく眉間をグリグリと揉《も》む。

「押さえた商人に証言させて宰相の責任を問おうとしても、のらりくらりと逃げ回られるでしょうね。下手《へた》をすれば、王太子殿下の管理能力の問題にすり替えられてしまいそうです」

「おそらく、それが狙《ねら》いなのでしょうね。アレクサンデルさまの立場を危《あや》うくして、次期王の座を奪う計画を立てている可能性が高いわ。……宰相はきっと、孫であるオスカーさまをどうしても王位に就《つ》けたいのよ。……本当に、何故《なぜ》あそこまで玉座《ぎょくざ》にこだわるのかしら？　理解できないわ」

忌々《いまいま》しそうに言ってから、前トーレス伯爵夫人は考え込み、呟《つぶや》きをこぼす。

「……理解はできないけれど、わからないからと言って放置するわけにもいかないわよね。……特に、宰相が万が一にでも、他国と裏で通じているような事態なのだとしたら……」

それは、国家を揺るがす大問題だ。

リリアンナ・ニッチも表情を引き締め、小さく頷く。

「今度の舞踏会が、宰相さまの正念場《しょうねんば》のはずです。王太子殿下の即位まで、あと二月《ふたつき》ほど。商人たちの一部がこちらに押さえられていると知れば、必ず動いてくるでしょう」

「そう上手《うま》くいくかしら？」

「もちろんですとも。そのために、マリア・バルバラさまはシモンさまを近衛《このえ》の警護からお外しになったのでしょう？」

扇《おうぎ》の陰で、リリアンナ・ニッチの唇が弧を描いた。

前トーレス伯爵夫人はしれっと答える。

「あら、最初からそれを狙《ねら》っていたわけではないわよ。……私がコーネリアを気に入って養女にしたいと思っているのは本気だし、彼女をステキなレディに仕立て上げて一緒に舞踏会に行きたいと願う気持ちも嘘偽《うそいつわ》りのないもの。……でも、せっかくシモンが今日ここへ来たのだから、チャンスを逃《のが》す理由もないわよね。舞踏会は、アレクサンデルさまはもちろん、王家関係者が一堂に会する場。貴族だって多数が居合わせるのだから、アレクサンデルさまへのネガティブキャンペーンを行《おこな》うなら絶好の機会でしょう。宰相が新たな策を弄《ろう》するとしたら、この日しかないわ。それなら、当日宰相が行動を起こしやすくなるように近衛《このえ》の戦力を減らすのは、こちらとしては当然の策だと思わない？」

シモンの魔力は強い。彼女は、王宮の防御魔法と組み合わせて、隅々まで監視することができるのだ。その監視網をかいくぐれる者は、皆無だろう。

シモンが警備から抜けることにより、監視網に隙《すき》ができる。万事に抜け目ない宰相であれば、その隙《すき》を見逃さないはずだ。

前トーレス伯爵夫人の言葉を聞き、リリアンナ・ニッチは思案げな表情を浮かべる。

「王家の私有財産は、王太子殿下がすべて取り返されましたから、宰相は少々余裕がない状態かと……。今度はいったい、どんな手を使うおつもりでしょうか？」

「あまり考えたくはないけれど、かなり強引な手段に出てくるのは間違いないわ」

最悪、力ずく――武力を持ち出してくることも考えられた。

「……もっとも、あの男の打つ手など、正直それほど興味もないけれど」

恐ろしい話をしているはずなのに、前トーレス伯爵夫人はそんなことを言う。

「まあ、そうですわよね。結局、宰相さまは我《わ》が国の人間。この国を愛し、ルードビッヒ陛下にも心から仕えていらっしゃいましたわ。今後、戴《いただ》く王がアレクサンデルさまかオスカーさまかの違いにこだわられていても、我《わ》が国そのものをどうにかしようなどとは、思っておられませんでしょう」

「せいぜい、アレクサンデルさまがルードビッヒさまのお子ではないという証拠を捏造《ねつぞう》して、王位継承権の放棄を迫るくらいでしょう」

そしてその際、万が一にでもアレクサンデル派に抵抗されないよう、王宮に私兵を潜《もぐ》り込ませてくるだろうというのが、彼女たちの予想だった。

「ルードビッヒ陛下は、アレクサンデルさまはご自分の子だとあれほどはっきりと明言しておられたのに、宰相さまは何故《なぜ》それを信じられないのでしょう?」

「人間は自分の信じたいものを信じる動物なのですってよ」

前トーレス伯爵夫人は、肩をすくめてそう言った。それは彼女の夫である前トーレス伯爵がよく言っていた言葉だ。

リリアンナ・ニッチは「まあ、そうですわね」と呟《つぶや》き、残念そうに肩を落とした。

ルードビッヒに瓜二《うりふた》つのオスカーと、まったく似ていないアレクサンデル。

ルードビッヒを主《あるじ》として慕《した》い仕えてきた宰相は、たとえ誰がどう言おうとも、オスカーこそが正統な王位継承者だと信じて疑わないのだろう。

忌々《いまいま》しそうに眉をひそめながら、前トーレス伯爵夫人が口を開く。

「それはどうでもいいわ。そんな偽《にせ》証拠は、いくらでも論破できるから。問題なのは、他国の手の者が宰相をそそのかして何かをさせている場合よ」

「その場合、国はクモールでしょうか？　それともほかの国だと思われますか？」

「クモールである可能性が一番高いわね。……アレクサンデルさまやホルテン侯爵もクモールの関係者を探《さぐ》っているみたいよ」

クモールはローディアの北隣に位置し、国土のほとんどが山地である。そのため、ローディア南部に広がる豊かな穀倉地帯を狙《ねら》っていた。過去、幾度も侵攻してきたが、いずれもなしえず、形ばかりの和睦《わぼく》を結ぶということを繰り返してきた。表面上は敵対関係でないものの、二国の仲は完全に冷え切っている。

前トーレス伯爵夫人の言葉に、リリアンナ・ニッチは「やはり……」と呟《つぶや》いた。

彼女自身、そう思われるような情報を掴んでもいるという。

「杞憂《きゆう》で終わればいいのだけれど……」

「切れ者の宰相さまですから、そう易々《やすやす》と他国に利用されたりはしないのでしょうが」

「……孫バカですものね」

姿形《すがたかたち》こそルードビッヒにそっくりでも、軽い言動が目立ち、中身は到底及ばないと評価されているオスカー第二王子。

そのオスカーを、宰相はものすごく買っている。『オスカーさまはわざとご自分の価値を低く見せておられるだけだ』というのが、宰相の口癖だった。

しかし、それをまともに取りあう者は、誰もいない。

「まあ、宰相の言うことも、存外間違ってはいないのかもしれないけれど……」

考え込みながら、前トーレス伯爵夫人は呟《つぶや》く。

「マリア・バルバラさま？」

「ああ、なんでもないわ。……それより、コーネリアたちの着替えを待つ間に、舞踏会当日の策を考えましょう。宰相が動き、万が一その後ろにクモールや他国がいた場合に起こりうるすべての可能性を、考えなくてはならないわ。……そうね、この際だからそういった輩《やから》を一網打尽《いちもうだじん》にしてしまいましょうか？」

白百合《しらゆり》たる前トーレス伯爵夫人は美しく微笑む。

「まあ、それはいい考えですね」

そう返す紅薔薇《べにばら》リリアンナ・ニッチの表情も華やかに咲き誇る。

それから、二人の女性は真剣に話し合いをはじめたのだった。

その様子を彼女らのすぐそばで見ながら、ルードビッヒはギュッと拳《こぶし》を握《にぎ》りしめる。

（……バカな真似《まね》を。そんな重大な策を、この二人でやろうというつもりなのか？）

確かに、前トーレス伯爵夫人もリリアンナ・ニッチも優秀な人物だ。

才能、実力、何をとっても、人後《じんご》に落ちぬ彼女たち。

しかし、もしも本当に彼女たちの懸念《けねん》が当たり、宰相の裏にクモールやほかの国がひそんでいた場合、彼女たちの相手は個人ではなく国となる。いくら優秀でも、たった二人の人間が、国を相手に勝てるはずがなかった。

ルードビッヒはぐっと俯《うつむ》く。

（無謀だ……）

そして、そんな無謀な真似《まね》を彼女たちにさせている原因の一端は、自分にある。

彼女たちは、一刻も早く、アレクサンデルやホルテンに事の次第を告げて、協力を仰《あお》ぐべきだ。

——今すぐにでも彼女たちの前に姿を現し、そんなバカな真似《まね》をするな！　と諫《いさ》めたい。

しかし、死んで幽霊となったルードビッヒに、それは叶わぬことだった。

握《にぎ》りしめた拳《こぶし》が、フルフルと震える。

やがて、顔を上げるルードビッヒ。

なんの力も持たない故国王は……スッとこの部屋をあとにした。

◇

件《くだん》のドレッシングルームには、先ほどあっさりコーネリアを見捨てて出ていったはずのルードビッヒが戻ってきていた。

（頼む！　コーネリア）

彼女の目の前で、ルードビッヒは床に額《ひたい》がつくほど頭を下げている。

あれでもない、これでもないと鏡に映る自分の姿と衣装を見比べて悩むシモンを横目に見つつ、コーネリアはぽかんとしていた。

帰ってくるなりこの体勢になった故国王陛下に、困惑しているのだ。

（へ、陛下……？）

（そなたを巻き込むべきではないと重々わかっている。……わしは死んだ身だ。何もできずとも、それは当然のこと。それゆえ、起こるすべてを受け入れねばならぬことも知っておる。……それでも、わしに責任の一端があるのだ。せめて……その場で見届けなけ

ればならぬと、わしは思う）

悲痛な声で語る、故国王陛下。

その表情は真剣で、よく見れば、目にうっすらと涙が浮かんでいる。

――はっきり言って、コーネリアには何がなんだかわからなかった。

（陛下、事情がさっぱりわかりません。説明してください）

（頼む。何も言わずに「うん」と言ってくれ！）

（何が起きているのかも、何を頼まれているのかもわからないのに、言えるわけがないでしょう！）

コーネリアは心の中で怒鳴《どな》りつけた。

そして、渋《しぶ》るルードビッヒから聞き出した内容は……とんでもなかった。

（マリア・バルバラさまと、リリアンナさまが？）

（ああ。此度《こたび》の舞踏会を利用して、宰相がアレクサンデルに手を出すように仕向け、それに乗じて王宮にひそむ他国の手の者を一気に排除するつもりだ）

コーネリアはポカンと口を開けた。あまりに驚きの計画に、頭がついていかない。

そんなことが可能なのだろうか？　と思う。

そして、何より疑問に思ったことが一つ。

(それって、ものすごく危険なことなんじゃないですか？)

コーネリアの質問に、ルードビッヒは沈痛な顔で深く頷いた。

(下手《へた》をすれば、追い込まれた敵に逆襲《ぎゃくしゅう》されるだろう)

(そんなっ！)

コーネリアの顔は真っ青になった。

前トーレス伯爵夫人とリリアンナ・ニッチの多少強引なところには困っているが、彼女たちは基本的に優しい。平民のコーネリアに対しても、まっすぐ向き合って話してくれる。

コーネリアは、すでに二人に好意を持っていた。

それに、逆襲《ぎゃくしゅう》されるなんてことになったら、その危険は、間違いなく王太子であるアレクにも及ぶだろう。アレクとは、コーネリアが施設にいた頃に出会った。互いを気軽に呼び合うことのできる仲で、コーネリアは彼に淡い想いを抱《いだ》いている。

(は、早く、アレクかご領主さまに言って、止めていただかなければ……)

(無理だろう。彼女たちの計画の証拠は、何もないのだぞ。アレクサンデルたちにいったいなんと伝えるつもりだ？　死んだ前国王に教えてもらいました、とでも？　……そんな話、誰も信じるはずがない)

いくらコーネリアの言葉でも、証拠が何もなくては、アレクもホルテンもその言葉をそのまま信じるのは難しいだろう。

……いや、彼らであれば、無条件でコーネリアを信じてくれるかもしれない。

しかし、なんの裏付けもない状態で、前トーレス伯爵夫人とリリアンナ・ニッチを諫《いさ》め、止めることは不可能だ。のらりくらりとかわされてしまうに違いない。

(アレクサンデルやホルテンよりも、彼女らのほうが一枚も二枚も上手《うわて》だ)

むしろ、いいように言いくるめられるのがオチだ、とルードビッヒは大きく肩を落とす。

(そんな……)

コーネリアは途方に暮れた。

そんな彼女の前で、ルードビッヒは俯《うつむ》く。

(今さら、わしに何ができるとも思えない。……しかし、知らないふりをして、まったく無関係なまま事が起きるのを待つことも、わしにはできない。——すまぬ、コーネリア。わしはそなたに憑《つ》いているから、そなたから離れて一人で舞踏会へ行くこともできないのだ。……マリア・バルバラの申し出を受けて、舞踏会に参加してくれぬか)

故国王陛下は、再びその頭を深く深く下げた。

ドレスの試着を終えたコーネリアは、舞踏会に行かせてほしいと前トーレス伯爵夫人に頼んだ。

ついさっきまで、養女になる件も舞踏会へ行く件も断固拒否していたコーネリア。彼女の突然の心変わりに、当然、周囲はビックリした。

前トーレス伯爵夫人は、コーネリアの言葉に目を見開いて聞いてくる。

「まあ！　まあ、それはもちろん嬉しいけれど……いったいどうして？」

「え……あ、その……ドレス！　そう、ドレスを着てみて、ステキだなって思ったんです。こんなにステキなドレスが着られるのなら、舞踏会に行ってみたいなぁって……思って、ですね」

しどろもどろのコーネリアの答えに、前トーレス伯爵夫人はどこか納得できないといった様子で首をかしげる。

「あっ、でも、舞踏会だけです！　養女になる件はやっぱりお断りさせてください。……それで、その、こんな機会は今後ないでしょうし、思い出に、舞踏会に行ってみたくって……」

「……まあ、そうなの」

前トーレス伯爵夫人は残念そうにしながらも、ようやく少し納得したように頷いた。

「でも、ご養女になられないのなら、舞踏会に参加することもできないのではないですか？」

リリアンナ・ニッチの指摘に、コーネリアは顔を青くする。

確かに、舞踏会に参加するというのは、そもそも『前トーレス伯爵夫人が養女になるコーネリアをお披露目《ひろめ》する』という名目で出た話だったのだ。

前トーレス伯爵夫人は「大丈夫よ」と笑った。

「養女候補ということにして、参加すればいいわ。『舞踏会での振る舞いで養女にするかどうか決めたいから』と言えば、王太后さまもダメとは言わないはずよ。……彼女は優しいお方ですもの。私のお願いを、断ったりしないわ」

『断れるものなら断ってみるがいいわ』という雰囲気を漂《ただよ》わせながら、前トーレス伯爵夫人は若草色の瞳をキラリと輝かせる。

「それもそうですわね」

リリアンナ・ニッチも意味深に微笑んだ。

王太子アレクも財務長官ホルテン侯爵も敵《かな》わない、とルードビッヒから評される美女二人。王太后であっても、前トーレス伯爵夫人の〝お願い〟は断ることなどできないのだろう。

(……ひょっとして、このお二人ならば、舞踏会で危険が及んだとしても、心配はいらなかったのではないですか？　笑顔でかわされてしまいそうなのですが……)

コーネリアの問いかけに、ルードビッヒは言葉を詰まらせたのだった。

そんなこんなで、前トーレス伯爵夫人にはなんとか納得してもらったコーネリア。

彼女が次に説得しなければならない相手は、雇い主のホルテンだった。

女子会から王都にあるホルテン侯爵邸に戻った彼女は、主《あるじ》である彼に相談した。

事前にしていた話と違い、舞踏会に参加したくなったと伝えると、ホルテンは普段から不機嫌そうに見える強面《こわもて》を一層険《けわ》しくして、「何故《なぜ》だ？」とコーネリアに詰め寄ってくる。

「まさか、マリア・バルバラさまに脅されたのか？　……その場には、リリアンナ・ニッチもいたと言ったな」

考え込む、ホルテン。

「いえっ、決して脅されたなんてことはありません！」

一生懸命主張するコーネリアを見ながら、彼はハッ！　とした。

「まさかっ！　私の頭のことで――」

ホルテンは、ルードビッヒの下で働いていた際に、ストレスのせいでハゲてしまったのだ。それを隠すため、リリアンナ・ニッチ商会特注のカツラを愛用している。

コーネリアが誰かに脅されて、いやいや舞踏会に参加させられるのだと考えた彼は、その脅迫材料として自分がハゲているという話を使われたのかと思ったらしい。

「ち、違います！　そんなことは、絶対ありません。リリアンナさまは、カツラのカの字もおっしゃいませんでした！」

誤解されるわけにはいかない、とコーネリアは力いっぱい否定する。

ホルテンは不審そうにしつつも、彼女の言葉を受け入れた。

「しかし、あれだけ心が決まった様子だったじゃないか。何故《なぜ》、急に……？　本当に無理やりではないのだな？　私の頭のことならば、心配せずともよいのだぞ。……そうだな。実は、もう少しキレイに揃ってから教えようと思ったのだが――」

そう言って、ホルテンはおもむろに自分の頭に手を当てる。

いつか見たように、ポォーッとホルテンの手が光り、呼応するように髪の毛も光った。

魔法が発動する際に起こる光だ。

そのまま短い黒髪のカツラを右手で掴んで、ホルテンは無造作にそれを引っ張る。

コーネリアは、思わず目をつぶろうとして……見開いた！

そこに現れたのは、以前と同じ見事に光るツルツルの頭――ではなかった。

柔らかく短い、産毛のような黒髪に覆《おお》われたスッキリとした頭だ。

「え？　……ご、ご領主さま。髪が？」

コーネリアは自分の目を手でゴシゴシとこする。

「ああ。以前は毎日剃《そ》っていたが、最近は少し忙しくてやめていたのだ。そうしたら、いつのまにか髪がすべて生え揃っていた。ジムゾンにも確認してもらったのだが、どこもハゲていないそうだ。……どうやら、私はストレスからくる一過性の脱毛症にかかっていたようで、それが治ったらしい」

コーネリアという癒《い》やしを得て、過度のストレスから解放されたことで脱毛症が治ったのだ、とホルテンは話す。

「もうしばらくすれば、カツラもいらなくなるだろう。……だからコーネリア、もしこのことが原因でお前が舞踏会への出席を決めたのならば――」

「そんな必要はないのだ」と、ホルテンは言おうとして……果たせなかった。

それまで目を見開いてホルテンの頭を凝視していたコーネリアが、突如《とつじょ》、彼に向かって突進してきたからだ。

「ご領主さまっ！　スゴイです」

彼女は駆け寄り、ホルテンの左手を両手で握《にぎ》りしめた。

「スゴイ！　スゴイです。私、ハゲた人はたくさん見てきましたが、ツルツルのところから髪を増やした人を見たのは、はじめてです！　……よかった。本当によかったですね」

コーネリアは、ホルテンの手をブンブンと勢いよく上下に振る。

呆気にとられるホルテン。しかし、コーネリアを見下ろすと、自分の大きな手と、それを握《にぎ》る彼女の白い手に目を留めた。

コクリと唾を呑み込むと同時に、無愛想な強面《こわもて》にほのかな朱がさす。

「コーネリア――」

「よかった………」

呟《つぶや》いて、コーネリアは天を仰《あお》ぐ。

「……陛下、ご覧になられましたか。ご領主さまの髪が……陛下」

死して天に召されし故国王に喜びを報告する少女――といった風に、ホルテンには見えただろう。

彼女の姿は敬虔《けいけん》で、ルードビッヒに心酔《しんすい》していたホルテンの胸を、熱く貫《つらぬ》いたと思われる。

だが……実際には、天井近くをフヨフヨと漂《ただよ》いながら（ホルテン、よかったな）と涙

するルードビッヒに、思わず声を出して話しかけてしまっただけ。

………けれどもちろん、ホルテンには知るよしもなかった。

自分の髪が生えたことを、我《わ》がことのように喜んでくれる少女を抱きしめるべく、ホルテンはまずコーネリアの手を握《にぎ》り返そうとする。

しかし、その前にパッと手を離したコーネリアは、そのまま両手を胸の前で組み、うっとりとホルテンを見上げた。

「きっと舞踏会までには、もっとキレイに伸びますよね。……ご領主さまがカツラなしで式典に参加される晴れ姿を近くで見られるなんて……幸せです！」

――決して嫌味ではない。一〇〇パーセント本気のコーネリアだった。

ホルテンは、言葉をなくす。

「ご領主さまとシモンさまのダンス……すごくステキでしょうね。とっても楽しみです。舞踏会に参加することにして、本当によかった。……どうしましょう。もう今日から楽しみで、夜眠れそうにありません」

コーネリアは、テンションマックスで語る。

その姿に少し引き――ホルテンは、ふと目を見開いた。そしてコーネリアにたずねる。

「私とシモンのダンス？」

「はい。先ほどお約束なさってましたよね？」

シモンは、前トーレス伯爵夫人の屋敷から、コーネリアをここまで送り届けてくれた。

彼女は、ホルテンに会うなり、自分が舞踏会に出席すると決めたことを伝え、当日のエスコートをホルテンに頼んできたのだ。

その時は、コーネリアも舞踏会に出席するとは知らなかったため、ホルテンはいつものことだと気軽に引き受けてしまったのだが――

「あれは……」

「ご領主さまとシモンさまなら、ものすごくお似合いです。きっと絵画みたいに美しいですよね」

無邪気に喜ぶコーネリアの言葉に、ホルテンは顔をしかめた。

何かを言いかけ……あきらめたように口を閉じると、あらためてコーネリアに視線を合わせる。

「私とシモンのことは、いい。……お前は？」

ホルテンはそう聞いた。

「え？」

「お前はどうするつもりだ？　舞踏会に出るからには、お前もダンスを踊るのだろう？」

ホルテンの質問に、口をポカンと開けたコーネリア。

舞踏会に出席する＝《イコール》ダンスを踊る。

そんな当たり前のことが、すっかりまるっとコーネリアの頭から抜け落ちていた。

裕福な家庭で育ったならともかく、ごくごく普通の平民の出であるコーネリアが、ダンスなど踊れるはずもない。

（ムリ、ムリ、ムリです！　陛下っ、どうしましょう？）

（フム。わしは踊れるが、振りつけでわかるのは男性パートのみだしな。女性のダンスなど教えられぬ）

本当に、全然、まったく、役に立たないルードビッヒであった。

真っ青になったコーネリアを見て、すべてを察したのだろう。ホルテンが大きなため息をつく。

「自分が踊るということを、まるで考えていなかったのだな？」

「……はい」

「いったい、何をしに舞踏会に行くつもりだったのだ？」

呆《あき》れたような口調のホルテン。

ルードビッヒに頼まれたのは、舞踏会に出席することだけだ。しかし、前トーレス伯爵夫人たちに危険が及ぶかもしれないと知ったからには、コーネリアはただ見ていることなどできない。自分にできることを探して、その時には行動を起こそうと決めたのだ。

そんな立派な目的があるけれど、『前トーレス伯爵夫人とリリアンナ・ニッチの企《たくら》みを止めるために』とは、まさか言えない。

「キレイなドレスに憧《あこが》れて……」

前トーレス伯爵夫人にも使った理由を小さな声で呟《つぶや》けば、ホルテンは「そうか」と考え込む。

「ドレスだけが目的なら、私がいくらでも買おう。一番人気のデザイナーを呼んでオーダーメイドで作ってもかまわない。そんなことでお前が喜んでくれるのならば、安いものだ」

さすが侯爵である。太っ腹なホルテンの言葉に、コーネリアは慌ててブンブンと首を横に振った。

これ以上、無駄なドレスを増やすなんてもったいないことはしたくない。

「私、ドレスを着て、舞踏会に行きたいんです！」

「踊れないのにか？」

グッと言葉に詰まりながらも、コーネリアは頷いた。

ホルテンは再び考え込む。

そこにコーネリアは言い募《つの》る。

「……私、マリア・バルバラさまの養女になる件は、きっぱりお断りしました。だから、舞踏会に行く機会なんて、このあと一生ないでしょう。そう考えたら、生涯《しょうがい》に一度くらいそんなきらびやかな世界を見てもいいかな、と思えたんです」

懸命に主張するコーネリアに、複雑そうな視線を向けるホルテン。

その視線を、『領主さまの心が揺らいでいる！　もうひと押し！』と受け取ったコーネリアは、さらに言葉を続けた。

「あ、でも、本当に見るだけでいいんです。ダンスは踊らなくてもかまいません。……むしろ、踊りたくないっていうか……ほかの方が踊っている姿を見て、雰囲気を味わいたいんです」

ホルテンは眉間にしわを寄せ――

「舞踏会に出席することは、今後もあると思うが」

ポツリと言葉を漏《も》らした。

コーネリアは「そんなことありえません」と、きっぱり言い切る。

今度はホルテンが言葉に詰まった。

彼は黙り込み……やがて、ゆっくりと言い聞かせるように話しはじめる。

「……わかった。お前の舞踏会への出席を認める。ただし、コーネリア、お前もダンスを踊るのだ」

「え？」

コーネリアは驚いた。彼女は今さっき、踊りたくないと意思表示したばかりのはずだ。

もう一度言おうと口を開くが……彼女が声を出す前に、ホルテンのほうが先に話しはじめた。

「舞踏会でダンスを申し込まれた女性は、よほどのことがない限り、それを受けるのが慣例となっている。理由もなく断ることは、相手への侮辱《ぶじょく》になる」

コーネリアは、口をパクンと閉じた。彼女の視線が上を向く。

（ほ、本当ですか、陛下？）

申し訳なさそうにしながらも、ルードビッヒはしっかり頷いて返した。

コーネリアは、今度は下を向く。

「お前がそんな態度を取れば、お前を連れていくマリア・バルバラさまの責となる。――それは、お前も望まぬだろう？」

その通りだった。前トーレス伯爵夫人に迷惑がかかることは、絶対したくない。

コーネリアの顔が、絶望色に染まる。

そんな彼女にホルテンは、フッと笑いかけてきた。

彼の大きな手が彼女の肩に置かれる。

「大丈夫だ。たとえダンスの経験がないとしても、簡単なものであれば覚えるのはそう難しくない。私がなんとかしよう」

コーネリアは勢いよく顔を上げ、縋《すが》るようにホルテンを見つめる。

ホルテンは、力強く頷き返した。

「今回の舞踏会では、コスタスもはじめて参加する予定だ。ダンスの教師を雇うことになっているから、お前も一緒に練習するといい」

コスタスとは、ホルテンの一人息子だ。十一歳の彼は社交界デビューのタイミングらしい。普段はホルテン領で暮らしているが、ダンスレッスンのためにしばらく王都へ出てくるのだという。

「そんな。……コスタスさまの練習に、私なんかがご一緒して、よろしいのでしょうか？」

「かまわない。コスタスも一人よりお前と一緒のほうが安心だろう」

コーネリアにとっては、願ったり叶ったりの提案であった。

それでも彼女は不安になる。

コスタスとは違い、自分は生まれながらの平民だ。簡単なものとはいえ、ダンスのような上流階級の嗜《たしな》みを覚えられるだろうか？

しょんぼりとした表情から、コーネリアの気持ちを悟《さと》ったのだろう。肩に置かれたホルテンの手に、わずかに力がこもった。

大丈夫だ、頑張れと励ましているみたいな力強さだ。

大きく温かな手の感触に、コーネリアの心はホッとする。

「大丈夫だと言っただろう。……心配ならば、私以外とは踊らなければ、それでいい」

「え？　で、でも、申し込まれたら、お断りできないのではないですか？」

確かホルテンはそう言ったはずだ。

「理由がなければな。……『ホルテン侯爵と踊る』と言えば、私を押《お》し退《の》けてまでお前と踊ろうとする者はいないだろう」

（フム。……確かに、侯爵であるホルテンとの先約があると言われて、それより先にそなたと踊れる者など、ほとんどいないだろうな）

ルードビッヒもホルテンの言葉を肯定してくれた。

厳しい上下関係が存在する貴族社会。それはダンスの優先順位にも適応されるらしい。

「あ、でも、ご領主さまはシモンさまと――」

「ああ、私はシモンと踊る。だから最初のダンスは、私とシモンが踊るのを見ていてもらうことになるだろう。どの道、最初のダンスを踊れるのは、侯爵以上の爵位を持つ者とそのパートナーだけだ。……今までも、私が舞踏会で踊るのは最初のダンスだけだったから、シモンもそれ以上踊りたいとは言わないはずだ」

ホルテンは、ダンス――というよりも、社交の場そのものがあまり好きではない。侯爵で財務長官という立場上、シモンをエスコートして参加してきたものの、彼が踊るのは、半ば義務付けられている最初のダンスだけだ。あとはもっぱら、見学するほうに回ってきた。

「三曲目以降は、ダンスの内容も高度なものになるからな。舞踏会デビューをしたばかりの令嬢が踊れないという理由でそれを断るのは、仕方ないこととみなされて非礼にはならない」

だから大丈夫だ、とホルテンは言う。

コーネリアは、ほんの少しホッとする。簡単なダンス一曲だけなら、なんとかなるかもしれない。

「……とりあえず今回はそれで乗り切ればよいか。今後は、私のパートナーとして出席するようになるまでに、きちんとスケジュールを組んで練習すればよいだろう」

小さな声でホルテンが呟《つぶや》く。

胸を撫《な》で下ろしていたコーネリアは、彼の言葉を聞き逃《のが》してしまう。

「え？　ご領主さま、今、何かおっしゃいましたか？」

「いや。……舞踏会が楽しみだと言ったのだ」

満面の笑みを浮かべるホルテン。

そんな言葉だったかしら？　と首をかしげつつも、コーネリアは「よろしくお願いします」と頭を下げる。

ホルテンの企《たくら》みをしっかり聞き取ったルードビッヒは、フヨフヨと浮きながら大きくため息をついた。


そして、その数日後――

「まっすぐ立って――あ、そう、頭を少し後ろに――背筋を伸ばしてください。――うん、すごくいいです」

しばらく見ないうちに成長して、コーネリアより背が高くなったコスタスが、嬉しそうに笑う。

「ダンスはまず姿勢です。正しい姿勢で堂々と踊っていれば、ステップなんて多少間違っても誰も気にしないし、滅多《めった》に気づかれません……っていう話でした。すみません、僕も聞いた話なんですけど」

途中まで自信たっぷりに話していたコスタスは、最後に一言付け足して、申し訳なさそうに眉尻を下げる。

ああ、やっぱりコスタスさまだなと思い、コーネリアはなんとなくホッとした。

彼女は今、舞踏会に参加するため、コスタスを相手にダンスの猛特訓中だ。

ちょっぴり大人びたけれど、以前と変わらぬ彼の笑みに癒《い》やされながら、コーネリアは必死で美しい姿勢をキープする。

ダンスの練習をする彼女は、懸命にステップを覚えようとしていた。

けれど時々、フッと心をダンス以外に飛ばしてしまう。

(ご領主さまは、やっぱりお優しい方です)

前トーレス伯爵夫人に気に入られ、コーネリアを取り巻く環境がめまぐるしく変わろうとした時は、彼女のことを一番に考えて心配してくれた。さらには、彼女が意見を変えて『舞踏会にどうしても行きたい』と訴《うった》えれば、ダンスの練習の手配までしてくれる。

そのホルテンの優しさに、コーネリアは心から感謝し、嬉しくなる。

うっとりとする少女の上をフヨフヨ浮かびながら、ルードビッヒはため息をついた。

（何が、優しいものか。そもそも、最初に舞踏会へ行くのを反対した一番の理由からして、優しくなんてない。コーネリアがほかの男の目に留まるかもしれないと嫌がったからであろう。しかも、コーネリアがダンスを踊れず――踊れるようになるつもりもないと知ったら、急に態度を変えおって……。「自分以外とは踊るな」だと？　あんな独占欲まで見せた男のどこをどう見たら、優しいなどという感想が出てくるのだ？）

低くボソボソと呟《つぶや》く。

（え？　陛下、何かおっしゃいましたか？）

（……なんでもない）

そう返事をしたものの、何か言いたげなルードビッヒ。気になって、コーネリアがもう一度聞こうとした時――

「コーネリア、そこは右足だよ」

彼女はステップを間違えてしまった。

「キャッ、すみません、コスタスさま」

コスタスに注意されて、コーネリアは慌てて再びダンスの練習に集中する。

「そうそう、コーネリア。その調子です。……よし、もう一度、はじめからおさらいしましょう」

「え！　もう一度ですか……」

元気のいいコスタスの提案に、慣れないダンスをして気疲れしているコーネリアは、なんとも情けない表情になる。

しかし、すぐに頭を上げてお腹に力を入れた。

「はい！　お願いします、コスタスさま」

「こちらこそお願いします」

目と目を合わせ、フフッと笑い合って再び踊りはじめる少年と少女だが――すぐにそのほんわかした空気は吹き飛ぶ。

ステップを忘れたコーネリアは、ルードビッヒにたずねた。

（陛下！　次のステップは、右でしたか？　それとも左でしたか？）

（はっ？　右だ！　いや、左だ！）

（もうっ！　どっちですか⁉）

焦る少女と、慌てる故国王陛下。

コーネリアがダンスをマスターするまでの道のりは、前途多難《ぜんとたなん》なのだった。

――とはいえ、やる気になればとことん頑張るのが、コーネリアである。

ダンスの練習をはじめてから、コーネリアは毎晩寝る前に、その日覚えたステップの復習を欠かさなかった。

舞踏会へ行くことになって半月ほど経った今日も、彼女はステップの復習中だ。

部屋の照明を落とし、淡いオレンジの光を放つナイトランプの灯《あか》りをつけて、白い夜着の裾を翻《ひるがえ》す少女。

どこか幻想的なその光景を、ルードビッヒだけが見ていた。

「陛下、ここはこうでしたでしょうか？」

（フム……そうだな。男のほうが下がるから、女性のステップならば前進だろう）

自分が踊った時を思い出しながら、幽霊の前国王は答える。

ありがとうございますと返事をして、コーネリアはまた一生懸命体を動かした。

彼女の小さな体が、ステップを踏んでクルクル回る。

その様子を見つつ、ルードビッヒは自然にコーネリアへの問いかけをこぼしていた。

（……そなたは、それでいいのか？）

「え？」

唐突な問いに、コーネリアの動きが止まる。

驚いてルードビッヒを見上げれば、彼は何故《なぜ》か戸惑ったように口をつぐんだ。しかししばらくして、迷いながらといった様子で言葉を続けた。

(本当は出たくなかった舞踏会に出席し、あまつさえダンスまで踊ることになって……

そなたは嫌ではないのか？)

コーネリアは――思いっきり呆《あき》れた。

「今さらですか？」

本当に今さらな質問だった。

グゥッと、ルードビッヒが言葉に詰まる。

コーネリアは、クスリと笑った。

「大丈夫ですよ、陛下。……確かに舞踏会もダンスも、平民の私にしてみたら、なんの役にも立たない面倒ごとでしかありません」

ルードビッヒの表情が、複雑そうに歪《ゆが》む。

「――でも、マリア・バルバラさまやリリアンナ・ニッチさまを、放っておくわけにはいきませんでしょう？ たとえ陛下が私に『行かなくてもよい』とおっしゃってくださったとしても、私はなんとしても参加すると思います。……ですから、そんなにお気に病《や》まないでください。私がそうしたいのです！」

コーネリアは凛《りん》とした表情で言った。

ルードビッヒは（そうか）と、ホッとしたように呟《つぶや》いた。

「それに、ご領主さまにも言いましたけれど……私が、舞踏会なんてものに参加できるのは、きっとこれが最初で最後の機会だと思います。キレイなドレスを着て踊るなんて、この先、絶対ありません！　だったら、それを楽しむのもいいかなって——」

ニコニコと笑うコーネリア。

しかし、淡い灯《あか》りに照らされた笑顔に、かすかな陰がさす。

（……コーネリア？）

訝《いぶか》しげにルードビッヒに問いかけられ、コーネリアは下を向いた。

「——私、アレクが王さまになったら、ホルテンに帰ろうと思っています」

アレクサンデルの戴冠式は、一ヶ月半後だ。

その儀式を終えたら、彼は正式にこの国の王になる。

ルードビッヒは、黙ってコーネリアの言葉に耳を傾けた。

顔を伏せたまま、少女は小さな声で言葉を紡《つむ》いだ。

「今、アレクは自分の正体が王太子だって、私に知られていないと思ってますから、普通に会ってくれています。けれど……さすがに王さまになれば、自分の正体を隠せるとは思わないはずです。王さまが平民の使用人とこっそり会っているなんて、おかしいですよね？　そんな、人に知られたらあらぬ噂《うわさ》になってしまいそうなことはできないし、してはいけません。……アレクはきっと、私に会おうとしなくなるでしょう。当然のことだと思います。でも……会えなくて……二度と話もできないのに、アレクと同じ王宮にいるのは、私……つらくてダメなんです」

コーネリアは、キュッと唇を結んだ。

そして、ゆっくり顔を上げ、口を開く。

「だから、ご領主さまにお願いして、ホルテンの町に帰らせてもらおうと思っています。アレックスも連れていくことになるので、許してもらえるかとか、オスカーさまがホルテンまで押しかけてくるようになったらどうしようとか、いろいろ問題はありますけど。一生懸命お願いすれば、ご領主さまはきっとわかってくださると思います。……ご領主さまは、お優しい方ですから」

アレックスとは、ひょんなことからコーネリアが育てることになったレインズの仔犬である。レインズは、自《みず》ら認めた主人が出す食事以外は口にしないという特徴を持つ犬種。そのためアレックスは主人のコーネリアと離れられない。誰かに世話をかわってもらうのは不可能だ。

加えてアレックスのオーナーは、第二王子のオスカーである。彼は最近、毎日のように、アレックスに会うためにコーネリアの仕事場に押しかけてきていた。

そんなオスカーならば、コーネリアがホルテンの田舎に引っ込んでも、追いかけてきそうだ。

その様子を想像したのだろうか、ルードビッヒの眉間にしわが寄る。

コーネリアは唇を噛《か》み、縋《すが》るようにルードビッヒを見た。

（陛下……陛下は、私と一緒に、ホルテンの町に帰ってくださいますか？　……王宮やアレク、ほかの陛下と親しい方々から離れることになっても）

唇を噛《か》んだまま、コーネリアは心の中でルードビッヒに語りかけた。

今、口を開いたら、何か別のモノが心の中から溢《あふ》れてきそうだ。

小さく震えるコーネリア。ギュッと握《にぎ》りしめた彼女の拳《こぶし》から、血色が失われていく。

（当たり前であろう！）

ルードビッヒは、突如《とつじょ》、熱く叫んだ。

そして、目の前の少女を抱きしめようと手を伸ばす。

（わしは、そなたの命が尽きるまでそなたに憑《つ》いて、共にあると誓ったのだ！）

ルードビッヒが伸ばした手は、スッとコーネリアの体と重なる。

そのまますり抜け、彼はいつのまにか彼女の後ろに来ていた。

コーネリアは慌てて振り向き、情けない表情でこちらを向くルードビッヒと目を合わせる。

………プッと噴き出すコーネリア。

（コーネリア！）

（だ、だって、陛下……）

コーネリアはそのままクスクスと笑い出した。

せっかく慰《なぐさ》めようとしたのに、やっぱり格好のつかないルードビッヒがおかしい。

おかしくて、おかしくて……嬉しかった。

そのうち、ルードビッヒも苦笑をこぼす。

お互い笑いながら目と目を合わせた。

触れることは叶わなくても、互いの目の中にそれぞれへの思いを見て取る。

（……どれ、コーネリア。そなたのダンスの練習に、わしが付き合ってやろう）

（え？）

（エアダンスだ。相手がいると思って踊ればよい。……そのほうが練習になるだろう？

安心しろ。わしには足がないからな。踏もうと思っても踏むことなどできまい）

フヨフヨと漂《ただよ》いながら、ルードビッヒは透《す》ける体でコーネリアの前に移動した。そして気取った様子で、ダンスのポーズをとる。

目を丸くするコーネリア。

（わしは、そなたと共におる）

そう囁《ささや》かれ、コーネリアは泣き出しそうな顔で笑った。

ルードビッヒの触れられない手に、自分の手をそっと重ねる。

（さあ、踊るぞ）

ルードビッヒのリードで、二人はスッと動き出す。

淡い淡い光に照らされる、小さな部屋。

そこでは、白い夜着の少女が、この上なく幸せそうに笑いながらダンスのステップを踏んでいた。


そんなダンス三昧《ざんまい》の日々がはじまってから、一週間。

今日コーネリアは、久しぶりに王都の街にあるニトラ時計工房に来ていた。

この店を営《いとな》んでいるのは、イザーク・ニトラとその弟フェルテンという若い兄弟で、コーネリアと同じホルテン侯爵領出身者だ。

コーネリアが故郷でこの兄弟に出会ったのは、十ヶ月ほど前。

生活に困っていた兄のイザークは、贋金《にせがね》作りに手を染めようとしていた。その贋金《にせがね》を、ルードビッヒが見破り、彼のアドバイス通りコーネリアは二人に懐中時計《かいちゅうどけい》の製作をすすめたのだ。

以来、彼女は彼らの友人となり仲良くしている。

もっとも、イザークはコーネリアを友人以上に特別に想ってくれていた。

先日、コーネリアは彼にプロポーズされて、はじめて彼の気持ちを知ったのだ。

アレクのことが好きな彼女は、プロポーズをきっぱり断った。相手が誰かは告げずに、叶わぬ恋をしていると話したのだ。イザークは『コーネリアが相手をあきらめるのを待つ』と言ってくれた。

このことは二人だけの秘密で、コーネリアは以前と変わらず、イザークとは友人として付き合っている。

今日も友人として〝お願い〟があって、コーネリアは店を訪ねたのだが――

彼女が頼みごとを話し終えると、フェルテンは心配そうに聞いてくる。

「本気なの？　お姉さん」

イザークも難しい顔で黙り込んでいた。

「本気です。……だって、〝物は使いよう〟って、よく言うでしょう？　要は、同じ物でも使い方次第で、役に立ったり立たなかったりするってことですよね？　つまり、新しい物を持った時には、使い方の練習をしなくちゃいけないと思うんです。だから、いざ使う時に困らないためにも、アレを使う練習をさせてください」

彼女の言うことは、確かに正論だ。とはいえ、イザークとフェルテンの表情は晴れない。店の天井近くをフヨフヨと漂《ただよ》っているルードビッヒも、眉間にしわを寄せていた。

（……そこまでする必要はないのではないか？）

コーネリアはキッと顔を上げた。

「せっかくイザークに作ってもらった〝防御魔法付き懐中時計《かいちゅうどけい》〟です。その効果を試さないで、どうするんですか⁉」

彼女は先日、ニトラ時計工房の新作である防御魔法付き懐中時計《かいちゅうどけい》をもらった。

これは、表向きはコーネリア発案、ホルテン侯爵の全面的バックアップのもと、製作されたものである。

実際の発案者はルードビッヒなのだが、それはもちろん秘密だ。

ホルテンは、コーネリアがひょんなことから故国王の記憶を持ってしまったという嘘を信じているので、彼女の安全のためにこの案を支援してくれた。

この懐中時計《かいちゅうどけい》は、魔力を帯びた特殊な鉱石で作られている。鉱石に描かれた魔法陣の効力で、持ち主に危険が及んだ時は、自動的に防御魔法を発動するという優《すぐ》れものだ。

舞踏会で万が一、前トーレス伯爵夫人やリリアンナ・ニッチ、アレクに危険が及んだ際、コーネリアにも武力に対抗できる術《すべ》がほしいところである。だから、もしもの時には防御魔法付き懐中時計《かいちゅうどけい》の力を余すところなく使えるようになっておきたいのだ。

それに、実はコーネリアは、この防御魔法付き懐中時計《かいちゅうどけい》が今後、アレクの身を守る道具となるのではないかとひそかに期待していた。

そのためにも、いろいろ試して、できるならばさらに改良してほしいと思っている。

「だからって、お姉さんが自《みずか》ら試すことはないだろう？」

「製作過程で試験は十分に行《おこな》った。威力も確認済みだし、これ以上コーネリアが危険を冒《おか》して訓練する必要はない」

時計に仕込んだ防御魔法が発動するのは、持ち主が危険な状態に陥《おちい》った時のみ。練習しようとすれば、なんらかの危険を故意に発生させなくてはならない。

ニトラ兄弟からしたら、自分たちの作った懐中時計《かいちゅうどけい》に絶対の自信を持っていても、それとコーネリアが実験台になるのは別問題だ。

頑《がん》として、首を縦に振ってくれない二人。

どう説得しよう？　と悩むコーネリアの味方は、彼女の後ろに立っていた。

「私は、コーネリアさんに賛成だな」

いつものように軽い口調で話すのは、少したれ目の緑の瞳が印象的な青年マルセロだ。

「マルセロ！」

イザークの三白眼に睨《にら》まれても、マルセロはどこ吹く風。

そんな彼は以前、北の隣国クモールの間諜《かんちょう》をしていた。自国に裏切られたところをコーネリアに救われた彼は、今はホルテン侯爵家の私兵となり、彼女を守る役目を担《にな》っている。

今日も彼は、コーネリアの護衛として一緒についてきていた。

マルセロは、何故《なぜ》か胸を張って主張する。

「コーネリアさんの言う通りだよ。どんなにいい道具でも、使い慣れていないと効力を十分に発揮できないことがある。防御魔法の発動するタイミングとか、それを踏まえた反撃の仕方とか、確かめておいたほうがいいことは、たくさんあると思うな」

マルセロの言葉に、コーネリアはコクコクと頷いた。

（さすが、元間諜《かんちょう》なだけあります。マルセロさんは、いつもは全然頼りにならないですけど、きちんと考えているんですね）

ルードビッヒは呆《あき》れ顔で問いかける。

（それは、褒めておるのか、貶《けな》しておるのか……どっちだ？）

(モチロン、褒めていますよ！　ものすごく見直しました)

何気に、マルセロに対する普段の評価の低いコーネリアだった。

そんなことなどつゆ知らず、マルセロは顔を歪《ゆが》めるイザークとフェルテンに近寄っていく。

「それに……」

彼は、ボソボソと何かを二人に囁《ささや》きはじめた。

ルードビッヒが、フヨフヨとその三人のそばに寄って、聞き耳を立てる。

「このままじゃ……コーネリアさんは、言い出したら……クソ真面目……そこが、可愛……だから私が……モチロン手加減……傷つけたりしな……」

コーネリアの耳には、途切れ途切れの言葉しか聞こえない。

(フム。確かにマルセロは、よく考えておるようだな)

頷きながら彼女のもとへ戻ってきたルードビッヒは、感心した様子だ。

(いったい何を話していたんですか？)

(ああ……安心しろ、コーネリア。どうやら防御魔法付き懐中時計《かいちゅうどけい》の訓練は、させてもらえるようだぞ)

(本当ですか!?)

ルードビッヒの返事に、コーネリアは単純に喜んだ。

マルセロがニトラ兄弟をどう説得したのかはわからなかったが、彼らは訓練にしぶしぶながらも、協力してくれると言う。

「ただし、訓練はこの店の中でやる。防御魔法は自分の身を守るものだが、その反動で自分以外に被害を及ぼす可能性もある。その点、ここは工房も兼《か》ねていて頑丈に作ってあるから、魔法が発動しても大丈夫だ」

イザークの言葉に、だったらやっぱり、どう考えても訓練は必要だろうとコーネリアは思う。

とはいえ、ここで要不要の議論を蒸し返して、やらないと言い出されても困る。彼女は、素直にイザークの言葉に頷いた。

「訓練は、店へ強盗が入ったことを想定した、防犯訓練にしよう。コーネリアはお客の役で、強盗が人質に取るため暴力を振るおうとしたところに、懐中時計《かいちゅうどけい》が防御魔法を発動する。――そんな筋書きでどうだ？」

即興なわりには、本格的な訓練だった。一も二もなく、コーネリアは賛成する。

「だったら、私が強盗役をやるよ。これでもけっこう鍛《きた》えているからね。防御魔法が多少過剰に反応しても、私なら十分避《よ》けられると思うよ」

ハイ！と手を上げ、マルセロが立候補してくれた。

「いいんですか？」

「うんうん。遠慮なしにやり返してくれて大丈夫だよ。……そうだな。雰囲気を出すために、ちょっと強盗らしい変装でもしてみようか」

なんだか、マルセロはノリノリである。

「遊びじゃないんだぞ！」

「ホント。お姉さんにかすり傷一つでも負わせたら、ただじゃおきませんからね」

こちらは、真面目一辺倒なニトラ兄弟だった。

そんな彼らに、コーネリアは深々と頭を下げる。

「ありがとう」

「礼なんかいい。それよりケガは絶対しないでくれ」

そう真摯《しんし》にイザークに見つめられて、ちょっぴり赤くなるコーネリアだった。

そして、防御魔法付き懐中時計《かいちゅうどけい》の訓練をはじめることになったのだが――

「お姉さんったら、そんなにキョロキョロしているお客さんなんか、いないよ」

コーネリアとクスクス笑うフェルテンは、店の中に一人きりだ。もちろん、ルードビッヒはフヨフヨと天井付近で浮いているけれど。

フェルテンが店番をしているところに、客として訪れたコーネリア。そこに、マルセロ扮《ふん》する強盗が押し入る……というのが、訓練の筋書きだった。

ちなみに、イザークはマルセロの補佐だ。訓練の直前まで、コーネリアと一緒にいたいと言ったイザークを、マルセロが無理やり引きずっていったのである。

元々休日だったので、店の中には二人しかいない。そのせいかいつもより広く見えた。

「……だ、だって」

訓練がはじまると思うと、コーネリアはどうしても挙動不審《きょどうふしん》になってしまう。一方、フェルテンは年齢のわりにとても落ち着いていた。

「待ち構えていたら訓練にならないよ？」

そう言って、フェルテンは丁寧にお辞儀をしてから、コーネリアをガラスケースの一角に導く。

「お客さま。こちらの商品はいかがですか？　まだ非売品ですが、ここ最近、店主がとても熱心に制作している一品なのですよ」

店主というのは、当然イザークのことだろう。芝居っ気たっぷりに接客されて、ちょっと緊張していたコーネリアは、ホッと息を吐いた。

招かれるままに覗《のぞ》いてみたガラスケースの中には、とても繊細《せんさい》で美しい金の指輪が数個展示してある。金の指輪は、この国では主に婚約指輪として贈られるものだ。

「うわぁ～っ！　ステキ」

キラキラと光る細いリングは、女性ならば誰もがため息をこぼして憧《あこが》れるほど、華やかなデザインばかりだった。

イザークはこんなものまで作るのだな、とコーネリアは感心する。

「本当は大きな宝石をつけたいのだけれど、きっとそういう派手なのは嵌《は》めてもらえないだろうって、兄さんは言っていたよ」

急に素《す》の口調に戻って、フェルテンがコーネリアの顔を覗《のぞ》き込んできた。

「……え？」

コーネリアはびっくりする。

「お姉さん、宝石のついた指輪なんか嵌《は》めたら、仕事の邪魔だって言いそうだものね」

ニコニコとコーネリアを見上げるフェルテン。

言われたことの意味がわからずに、コーネリアはパチパチと瞬《まばた》きをした。

（えっと……それって、この指輪を私が嵌《は》めるってこと？　……え？　だって、これって、婚約指輪……）

コーネリアはそこまで考えて、ボッ！　と顔に熱が集まった。

「少し前……そう、お姉さんが誘拐《ゆうかい》された事件のあとくらいからかな？　兄さんってば、急に指輪を作りはじめてね。いろいろ試行錯誤《しこうさくご》中みたいだよ。小さな宝石だったらつけても大丈夫かとか、好きな飾りはなんだろうかとか、真剣に悩んでいて。……ねぇ、あの日、何かあったの？」

その質問に、コーネリアはものすごく動揺した。

コーネリアが誘拐《ゆうかい》されたのは、彼女がイザークにプロポーズをされた日だ。

動揺するコーネリアを見て、なぜかフェルテンは嬉しそうに笑った。彼はコーネリアの返事も待たず、言葉を続ける。

「せっかく作ったんだから店に並べてみたらって俺が言って、このコーナーを作ったんだ。そしたら、途端にお客さんに大人気になっちゃった。……ぜひ売ってほしいって注文が引きも切らないのに、兄さんったら、あくまで非売品だって言って売ろうとしないんだよ」

フェルテンは複雑な表情を浮かべている。

（え？　え？　……それは、確かにイザークは、私がアレクをあきらめられたら結婚してほしいって言っていましたけど……でも、でも、私、お約束できないって断りましたよね？）

それでも『待っている』と言ったイザークだったが、まさか指輪の用意をはじめるなんて予想外だ。

(フム。一途な男の想いのこもった指輪なのだな)

ルードビッヒが、感心したように呟《つぶや》く。

一途すぎだろう、とコーネリアは思った。

「お姉さん、どれが好み？ 受け取るか受け取らないかはともかく、適当に一つ、好きなのを決めちゃってよ。そうすれば、それ以外は売ってもいいって、兄さんは言うと思うんだ。きっと、ものすごく高く売れるよ」

イザークとは正反対で、商売っ気たっぷり、しっかり者のフェルテンだった。

ニトラ時計工房の将来は、フェルテンがいる限り安泰だろう。

「え？……あ、でも」

「もちろん、受け取ってくれてもいいよ。……安心して。新婚家庭になったら、俺は近くの下宿に引っ越すから。もう、よさそうな場所に目星もつけてあるんだ。家賃のわりに条件もよくて、安心できる下宿なんだよ」

本当に、しっかり者すぎるフェルテンだった。

「……し、新婚!?」

コーネリアは、あたふたしてしまう。

(気が早すぎであろう)

さすがのルードビッヒも呆《あき》れた。

そして、丁度その時――

「動くなっ！　金目のものを出せ！」

ナイフを持って覆面《ふくめん》をした一人の男が、店に押し入ってきた。

「マルセロさん」

この話題から離れられる、とコーネリアは思わずホッとしてしまう。

一方フェルテンは、帽子を目深《まぶか》にかぶり、顔全体を覆《おお》う覆面《ふくめん》までつけた黒装束《くろしょうぞく》の男の姿に、驚きの声を上げた。

「うわっ、本格的……」

「何をしている！　このナイフが目に入らないのか！　手を上げろ！　無駄な抵抗はするな！」

扉をしっかりと閉め、矢継《やつ》ぎ早《ばや》に怒鳴《どな》る男。

(すごい迫力ですね。怒鳴《どな》っていると、声まで変わって聞こえます。マルセロさんは、演技がお上手だったのですね)

大声で脅す男の声は、普段のマルセロの優しい声とは似ても似つかない。

コーネリアは、すっかり感心した。

むぅっと、ルードビッヒは眉をひそめた。

(気をつけろ、コーネリア。何かが変だ)

(変って何がですか、陛下?)

ナイフを持った男は、事前の打ち合わせ通りコーネリアのそばに近寄ってくる。

「女! お前はこっちに来い!」

彼が放ったのは、まさしくシナリオそのままのセリフだった。彼はやっぱり、演技中のマルセロに違いない。

ルードビッヒの言葉で少し怯《おび》えていたコーネリアは、ホッとする。

(もう、陛下ったら脅かさないでください)

(いや、しかし、もしかして……)

男はナイフをコーネリアに近づけた。

ここで、コーネリアは少し抵抗するような素振りを見せる。

そうでなければ、強盗はコーネリアに対し、本当に攻撃しようとはしないはずだからだ。防御魔法付き懐中時計《かいちゅうどけい》は、攻撃されなければ防御効果を発揮しないのである。

「きさま！　大人しくしろっ！」

シナリオ通り怒り出し、コーネリアを切りつけるべく、手を上げる強盗。

そのナイフが、なんのためらいもなくまっすぐにコーネリアを狙《ねら》って振り下ろされるのを見て――ルードビッヒは自分の懸念《けねん》が当たったことを確信した。

（まずい！　コーネリア、気をつけろ！）

その声と同時に、コーネリアが隠し持っていた防御魔法付き懐中時計《かいちゅうどけい》が発動する。

ナイフを振り上げた強盗は、何かに弾《はじ》き飛ばされるように、何もないところで転んだ。

（スゴイ！　想定通りの威力です）

（今のうちだ。逃げろ、コーネリア！）

ルードビッヒは、必死に叫ぶ。

（そんな！　それじゃ予定と違います）

このあと、コーネリアは防御魔法の反動で強盗が動けないうちに、ロープで彼の動きを封じるという筋書きだった。

心の中でルードビッヒに反論して、コーネリアはフェルテンに声をかける。

「フェルテン！　ロープを持ってきて！」

「あっ、ああ、……うん」

フェルテンも何故《なぜ》か戸惑った様子で、あらかじめ店に置いてあったロープをコーネリアに渡した。

彼女は、差し出されたロープをガシッ！　と掴み、倒れている男の体にロープをかける。

（バカモノ！　逃げろ！　逃げるんだ、コーネリア！）

（安心してください、陛下。私、畑で杭《くい》や柵をいつも縛っていたので、ロープを結ぶのには、ちょっと自信があるんです。それに、いくらマルセロさんの演技が迫真だからって、陛下は心配しすぎですよ）

そう言いながら、コーネリアは実に手際よく、倒れている男を縛り上げた。

「大丈夫ですか？　マルセロさん。痛くはないと思いますけれど……命綱を結ぶ時に使われる、ゆるんだりほどけたりしにくい結び方にしてみました。二重八《ふたえはち》の字結《じむす》びっていうんですよ」

男性を縛り上げるのは意外と力が必要だったので、コーネリアは達成感で胸を張る。

そんな彼女を、ルードビッヒは何故《なぜ》か残念そうに見つめてくる。

（コーネリア……そやつは、マルセロではない）

呆《あき》れたような声で、ルードビッヒは言った。

「え？」

コーネリアはピタリと動きを止める。

(覆面《ふくめん》を外してみよ)

彼女は恐る恐る、ルードビッヒの言葉に従った。

外した覆面《ふくめん》の下からは、コーネリアが見たことのない厳《いか》つい男の顔が現れる。

先刻からピクリとも動かない男は、白目をむいて気絶していた。

「ひぇっ⁉」

「うわっ！」

驚きの声を上げる、コーネリアとフェルテン。

(おそらくそいつは、本物の強盗だ)

複雑そうな声でルードビッヒが推測を披露《ひろう》する。

そして、その瞬間——

「じゃ～ん！　強盗参上ー！　大人しく金目のものを出してね！」

場違いなほど明るい声で、自称強盗のマルセロが店に入ってきた。どこから用意したものか、黒いマントを翻《ひるがえ》しながら、である。

……この日、コーネリアたちは思いもよらず強盗を捕まえてしまったのだった。

王都警備隊から表彰までされた彼女たちだが、このあと、ホルテンにひどく怒られたことは、言うまでもないだろう。

何はともあれ、防御魔法付き懐中時計《かいちゅうどけい》の実力とコーネリアのタフさが証明され、大変有意義な訓練であった。

◇

コーネリアが王都で大捕り物を演じた数日後。

今日は、各長官が一堂に会する会議の日である。

半月ほど前までは、ホルテンが会議に出かけたあと、王宮にある殺風景な財務長官室に多くの若い貴族男性たちが集まってきていた。しかし、ここ最近、その数はかなり減っている。

原因はもちろん、コーネリアが舞踏会の準備で忙しくて、王宮に来なくなったせいだ。

彼らはそもそも彼女という癒《い》やしを目当てにこの部屋に集まっていた。その習慣がつくにつれ、政治や経済についての議論が活発に行《おこな》われる場になったという側面もあるが、彼女がいなければ集まる人数が減るのは当然で、仕方のないことでもあった。

その中でも、変わらずこの部屋に顔を出している伯爵家の三男坊。彼は部屋に入ると、

近くにいた子爵に声をかけた、

「やあ、ルスカ。グレイはいたかい？」

その声に、いかにも貴族のお坊ちゃん然とした容姿のルスカ子爵は振り返る。そして、残念そうに首を横に振った。

「これだけ人数が減ったのだから、来ていればすぐに見つかりそうなものなのだけれど……何故《なぜ》かな？　私は、コーネリアさんがいないと、彼が見つかる気がしないよ」

いつのまにか現れ、気づけばコーネリアのそばにいるアレックス・グレイ。田舎を治める男爵家の次男だという青年だ。実は、王太子アレクサンデルが魔法のアイテムやカツラで外見を偽《いつわ》った姿なのだが、その事実を知るのはコーネリアしかいない。

グレイは物静かで、注意を向けなければいるかいないかさえわからなくなりそうだ。そんな彼は、貴族男性たちが気づくと、いつも必ずコーネリアと共にいた。

彼は自分から何かを主張することはない。けれど、いったん話をはじめれば、その博識さとしっかりとした意見で、たちまち相手に一目《いちもく》も二目《にもく》も置かれる存在となる。

最近では、彼と意見を戦わせることを目的に、ここに集まる者も出てきたほどだ。

その一人である伯爵家の三男が、残念そうに肩を落とす。

「そうか。……最近、王宮内で噂《うわさ》されている話を、ぜひ彼にも教えておきたかったのだがな」

ルスカ子爵は「ああ」と言って、相槌《あいづち》を打った。

「王太子殿下の、あの噂《うわさ》だろう？」

「王太子殿下の？」

びっくりしたように、伯爵家の三男は聞き返す。

「あれ？　違ったかい。——『氷の王太子殿下の〝氷〟が溶けはじめた』っていう噂《うわさ》だと思ったのだけれど？」

アレクサンデルは、一切感情を見せず笑わないので、氷の王太子と呼ばれている。

ルスカ子爵は伯爵家の三男が話そうとした内容が、自分の予想と違うことに戸惑った顔をする。

そこに、彼らの話を聞いていた別の青年が、口を挟んでくる。

「ああ。その話ならば、私も聞いているよ。——王宮の廊下ですれ違って頭を下げた者に、王太子殿下が目礼を返されたっていう、あれだろう？　以前は見向きもされなかったのに」

伯爵家の三男の背後からも、別の青年が声を上げた。

「私も聞いたぞ。軍の閲兵式《えっぺいしき》で殿下が行軍を見ながら、ほんの少し微笑まれたと」

「なんと！　微笑まれたのか？」

ルスカ子爵は目を丸くする。

「そうだ。見惚《みと》れた兵士や騎士が隊列を乱して、大変だったと聞いたぞ」

「いや、それは私も見たかったな」

そんな話をしていると、彼らの周りにいつのまにかわらわらと人が集まってきた。

どうやら氷の王太子のその噂《うわさ》は、ほかの者たちにとっても興味津々《きょうみしんしん》な話題らしい。誰もが大きな声で話しはじめた。

「最近は、会議でもお言葉を発せられることが増えたと聞いているぞ。……なんでも、言わなければ伝わらないこともある、と学ばれたとか」

「そのお声がまた麗《うるわ》しく、ほかの者の意見を聞く姿もとても真摯《しんし》でいらっしゃったらしい。会議に出席していた者たちは、感激しきりだったそうだ」

「それはそうだろう」

「殿下と直《じか》に意見を交わせる栄誉など、滅多《めった》に賜《たまわ》れるものではないからな」

――実際には、すでにバンバンその栄誉にあずかっている彼らであった。

しかしそんな事実は知らず、あんな話もこんな話も聞いた、と次々に王太子殿下の噂話《うわさばなし》が続く。

その騒ぎに呆然としていた伯爵家の三男だが、ハッと我に返ると「違う！」と叫んだ。

「違う、違うぞ、貴公たち。私がグレイに教えたいと思った話は、そんな話じゃない！」

彼らはピタリと口をつぐんだ。

伯爵家の三男は、彼らの中では一番身分が高い。彼の話を邪魔しようなどという強者《つわもの》はいなかった。

「それでは、どんな話なんだい？」

代表して、ルスカ子爵が彼に水を向ける。

「私が教えたかったのは、コーネリア嬢の話だ」

コーネリアの名前が出た途端、若い貴族男性たちは、全員伯爵家の三男に注目した。

今度開かれる王太后さまの誕生日祝いの式典で、はじめて舞踏会デビューをするために、王宮に来なくなってしまった少女。

平民であるにもかかわらず、前トーレス伯爵夫人にお披露目《ひろめ》をされるという彼女である。

彼らの興味は、並々ならぬものがあった。

全員の視線を集めて、伯爵家の三男はフッと笑う。心持ち、体をかがめて声をひそめる。

「コーネリア嬢が、前トーレス伯爵夫人にお披露目《ひろめ》される理由を、私は聞いたのだ。これはまだ公《おおやけ》にはできないらしい話なのだが――どうやら、彼女は前トーレス伯爵夫人の養女になり、オスカー第二王子の……側室として輿入《こしい》れするらしい」

『この場の誰も知らない噂話《うわさばなし》を自分だけが知っている』という優越感いっぱいに、伯爵家の三男は話した。

「……っ⁉　なんだって？」

「ご側室！」

「平民なのにかっ⁉」

その話が引き起こした貴族男性たちの反応は、凄《すさ》まじかった。

「それは、あのレインズの関係か！　オスカーさまの犬を、彼女が世話していることに関係があるのか⁉」

「うわぁあっ‼　私の天使が！」

悲鳴と怒号《どごう》が飛び交う。

その中で――

「うわっ！」

伯爵家の三男は、突如《とつじょ》若者たちの中から飛び出してきた何者かに、襟《えり》を掴まれた。そのまま首を絞め上げられて、壁に叩きつけられる。

「グレイ！」

「いたのか⁉」

「おい、やめろよ！」

周囲の者達は、突然のことに驚きつつも口々に言った。

伯爵家の三男を絞め上げているのは——いつもの穏やかな仮面を脱ぎ捨て、ギラギラと目を光らせたアレックス・グレイだった。

「その話、詳しく聞かせてもらおうか」

田舎男爵家の次男であるはずの男は、とてもそうは見えぬ迫力を纏《まと》わせて、伯爵家の三男に迫ったのだった。

◇

そして、あっというまに迎えた舞踏会当日。

王宮に出ていないコーネリアは、自分がどんな風に噂《うわさ》されているかをもちろん知らない。のんびりと舞踏会へ行く準備をしていた。

（考えてみたら、舞踏会って貴族の綺麗なご令嬢がたくさん出席するんですよね。そんな中で私を見る人なんか、誰もいないに決まっています。人ごみにこっそり紛れ込んで、マリア・バルバラさまとリリアンナ・ニッチさまを見張ることに専念すると決めました）

ホルテンはダンスの断り方を教えてくれたが、そもそも自分をダンスに誘うような、物好きな貴族がいるとも思えない。

（お約束しましたし、多分私がダンスを踊る最後の機会だと思いますから、ご領主さまとは踊りますけれど）

あんなに一生懸命練習したのだ。一曲くらいは踊りたい。

それが最初で最後のダンスになるだろうと考えて、コーネリアはびっくりするほど気が楽になったのだった。

（……そうとも限らないと思うが？）

そばにフヨフヨと浮かんだルードビッヒが、どこか困ったように言ってくる。

（限りますよ。……あ、でもコスタスさまが、ひょっとしたら一曲くらい誘ってくださるかもしれませんね？）

そうは言ったものの、コスタスも名家であるホルテン侯爵家の跡取り息子だ。今日が社交界デビューの彼は、舞踏会に参加する貴族のご令嬢にとって狙《ねら》いどころだろう。引く手あまたの侯爵子息が自分なんかと踊ってくれる可能性は、やはり低いとコーネリアは思う。

「コーネリアさん、少し上を向いてくれますか？」

化粧を施《ほどこ》してもらっている最中に考え込んでいたコーネリアに対して、ホルテン侯爵家のメイド仲間が声をかけてきた。

顔を上げれば、今度は目を閉じるようにと指示される。目を閉じると、瞼《まぶた》の上に柔らかなメイクブラシの感触が当たった。

（私、こんなに本格的なお化粧をするのは、はじめてです）

どこかそわそわしてコーネリアは呟《つぶや》く。

（フム。心配いらぬ。そなたの年齢に合わせてくれておるのだろう、それほど派手ではない自然なメイクになっておる。清楚《せいそ》で品があり、楚々《そそ》として愛らしく、初々《ういうい》しく可憐《かれん》で、艶《あで》やかだ。……キレイだぞ）

さすが、故国王陛下。女性を褒める言葉に不自由することはないようだった。コーネリアは照れてしまう。

（もう、陛下ったら）

（事実だ。……ドレスも装飾品も実によく似合っている）

ルードビッヒは心から感嘆のため息を漏《も》らす。

この日のドレスは、前トーレス伯爵夫人とリリアンナ・ニッチがすすめてくれた中からコーネリアが選んだものだ。

薄い青色が柔らかな印象を与える、ふわりと裾の広がるオフショルダーのロングドレスである。小さな花の刺繍《ししゅう》のちりばめられたチュールがなだらかな肩のラインを際立たせている。

大人っぽさも愛らしさも兼《か》ね備えたそのドレスは、ルードビッヒの言う通り、コーネリアにとてもよく似合っていた。

身につけているアクセサリーも、すべて青を基調に選ばれた優美で繊細《せんさい》なもの。派手な主張をしない上品な装飾品は、彼女の清らかな美しさを引き立てていた。

しばらくすると、仕上げの口紅を塗られる。

「もういいですよ」とメイド仲間に言われて、コーネリアは閉じていた目を開ける。

鏡の中の自分の姿に――コーネリアはびっくりした。

青のドレスに身を包んだ少女が、目を大きく見開いて彼女を見返している。

(え？　本当にこれが私ですか？)

(間違いなく、そなただ)

ルードビッヒも満足そうに頷いた。

それでも信じられず、まじまじと鏡の中の少女を見つめるコーネリア。

ドレスの青は、コーネリアの故郷ホルテンに咲いている花と同じ色だった。

……ワスレナ草《ぐさ》と呼ばれる、地味で小さなその花には、とある言い伝えがある。騎士が恋人のためにその花を摘《つ》もうとしたところ誤って川に落ち、『私を忘れないで』と叫んで岸に花を投げたあと、流れに呑み込まれてしまったという。

コーネリアは、その青に見入る。

戴冠式のあと、自分が王宮を離れたとしても、アレクは忘れないでいてくれるだろうか？

――コーネリアは当初、王太子さまは舞踏会に出席するものだと思っていた。

しかし、ホルテンにそれとなく聞いてみたら、アレクが参加するかどうかわからないという。舞踏会嫌いの王太子は、欠席することが多いのだそうだ。

（この姿を見てもらいたかったけれど……）

コーネリアは、心の中で呟《つぶや》く。

少しでもキレイな姿でアレクに覚えていてもらいたい、と彼女は願った。

（コーネリア？）

小さな小さな呟《つぶや》きは、ルードビッヒの耳に届かなかったのだろう。彼は動きを止めた少女に、心配そうに声をかける。

（あ、大丈夫です。本当にキレイになって、びっくりしました）

コーネリアは顔を上げて笑った。

そして、着付けや化粧をしてくれた仲間たちにも笑顔でお礼を告げる。

みんな、口々にコーネリアを褒めてくれた。

「本当にキレイだわ、コーネリアさん。きっと侯爵さまも、すごくお喜びになるわね。……さあ、下に行きましょう。そろそろエスコートをされる方もお着きになる頃でしょう」

促《うなが》されるまま、コーネリアは歩き出す。

（フン、ホルテンめ。自分がエスコートできないことを泣いて悔しがるであろうな）

迂闊《うかつ》にシモンと約束するからだ、とルードビッヒはフヨフヨ浮かびながら鼻で笑った。

（もう、そんなわけないじゃないですか。私よりシモンさまのほうがずっとおキレイに決まっています）

美貌《びぼう》のシモンのドレス姿を、コーネリアはうっとりと想像する。

ホルテンがシモンのエスコートをすると先に決まっていたため、コーネリアのエスコートをしてくれる相手は、前トーレス伯爵夫人が選んでくれることになった。

相手についてはは知らされていないが、今日はここへ迎えに来てくれるという話になっている。

ホルテンは、コスタスにコーネリアのエスコートをさせるつもりで、コスタス自身もずいぶん乗り気だったのだが、前トーレス伯爵夫人がさっさと決めてしまったために断れなかったのだ。

(おおかた、バルドゥルであろう)

ルードビッヒは、そう予想する。

バルドゥル・ディモ・トーレス――前トーレス伯爵夫人の末っ子であり王都警備隊隊長。王宮でホルテンの仕事を手伝っていた時の縁で、コーネリアも知る相手だ。彼女と前トーレス伯爵夫人を引き合わせた人物でもあった。

(お仕事は、大丈夫なのでしょうか?)

(そんなもの、どうとでもなる。あの母親だ。無理やりにでも休ませるに決まっておるだろう)

それは、ものすごく迷惑をかけたのではないか、とコーネリアは心配した。

前トーレス伯爵夫人に任せて本当によかったのだろうかと思った、丁度その時――

陛下から、なんだか大きな喧騒《けんそう》が聞こえてきた。

「エスコート役のお方が、お着きになったのでしょうか?」

それにしては騒がしすぎる気がして、コーネリアも周りの女性も顔を見合わせる。

「私、見てきますわ」

一人の使用人がそう言って部屋を出ていこうとする。

その瞬間、今開けようとしていたドアが、外側からバン！　と開けられる。

「コーネリア、来てやったぞ！」

ノックもなしに部屋へ飛び込んできたのは……オスカー第二王子だった！

彼の姿を見たコーネリアは、

「オスカーさま。当家の犬舎は別棟です。アレックスはそちらですよ」

と冷静に言って、ドアの外を指さす。

アレックスは、オスカーがオーナーをしているレインズの仔犬だ。彼はアレックスにあまり気に入られていないものの、コーネリアが王宮で働いている時は毎日のように会いにくるほどの溺愛具合である。

「おお、そうか」

言われたオスカーは、素直に踵《きびす》を返そうとして、ハッと立ち止まり――

「そんなわけがあるかっ！　私はアレックスに会いにきたのではない！」

――真っ赤になって怒鳴《どな》る。

コーネリアは、目を丸くした。

「まあ、ではいったい、なんのご用でいらっしゃったのですか？」

「お前のエスコートに決まっているだろう！」

怒鳴《どな》ってから、ぜいぜいと肩で息をするオスカー。

言われてみれば、今日のオスカーは、舞踏会に相応《ふさわ》しいきらびやかな王族の衣装に身を包んでいる。

金の刺繍《ししゅう》の入った豪華な服と丈の長いサーコートは、いかにも王子さまといった雰囲気だ。

確かにアレックスに会いに来ただけの格好とは、とても思えない。

「そうですか、エスコートを……って、えっ？　わ、私のエスコートですかっ？」

オスカーの服装を見ながら、なるほどそうなのかと納得したコーネリアだが、途中でその意味に気づき、素《す》っ頓狂《とんきょう》な声を上げてしまう。

「そう言っているだろう。私は、前トーレス伯爵夫人からお前のエスコートを頼まれたのだ」

聞いていなかったのか？　と、不機嫌そうにオスカーは首をかしげる。

コーネリアはビックリ仰天《ぎょうてん》した。

（へ、陛下？　王子さまが平民の女性をエスコートするなんて、ありえるんですか!?）

（……普通はあるまいな）

ルードビッヒは頭を抱え、大きなため息をついた。

「前トーレス伯爵夫人には世話になっているからな、頼みを断るわけにはいくまい。……お前にも、いつもアレックスの面倒を見てもらっている。舞踏会のエスコートくらいお安いものだ」

なんでもないことのように言うオスカー。

彼は、ためらいもなくコーネリアに手を差し伸べた。

「さあ、行くぞ」

（……こいつは、また安請《やすう》け合《あ》いをしおって）

ルードビッヒは、頭痛をこらえるかのように、こめかみをグリグリと揉《も》んだ。

そういえば、オスカーは『あまり深く考えずに行動する、お調子者の王子さま』と評判の人物なのだった。

（ど、どうしましょう？　王子さまのエスコートなんて、絶対悪目立ちしますよね）

ただでさえ、コーネリアは、貴族の養女候補となり舞踏会へ出席する平民少女、という特殊な事情を抱えている。

それでもこっそりしていれば、地味な自分が目立つことなどないだろうと思っていたのだけど、王子にエスコートをされてしまったら――

（いや。大丈夫だ。……確かに目立ちはするが、そなたが悪《あ》しざまに言われるようなことにはならぬだろう）

頭から手を離さぬままに、ルードビッヒは、そう保証してくれた。

（オスカーの軽はずみは、今にはじまったことではないからな。軽率な行動をしたオスカーを責める者はいても、その巻き添えをくったそなたを非難する者はおるまい。……少なくともそのくらいには、王宮の者たちはオスカーに迷惑をかけられておる）

本当に困った奴だと、ルードビッヒは再びため息をつく。

そんな故国王の態度に、コーネリアは内心首を捻《ひね》る。

彼女は、オスカーの軽い言動は見かけだけで、考えのない行為ではないのでは、と疑っていた。本当の彼は冷静で思慮深《しりょぶか》い人間だと、コーネリアは思っている。

何故《なぜ》、彼は他人に誤解されるような真似《まね》をするのだろう？

疑問を抱《いだ》きつつ、コーネリアは目の前にいるルードビッヒそっくりな王子さまを見つめる。

立ち止まって考え込むコーネリアに、オスカーはしびれを切らしたのだろう。ズカズカと近寄ってきた。

目の前に立った王子さまは、少し身を引こうとしたコーネリアの白く小さな手を素早く掴む。

そのまま頭を下げ、手の甲にそっと口づけた。

「へっ？」

自分の手に当たる柔らかな感触に、コーネリアは間抜けな声を上げる。

「美しいな。ここまでキレイになるとは、正直思っていなかった。……嬉しい誤算だ。さあ、行くぞ」

コーネリアの手を引いて、歩き出すオスカー。

コーネリアの足も自然に進んだ。

（ま、待て！　コーネリア、懐中時計《かいちゅうどけい》は持ったか？）

慌ててルードビッヒが聞いてくる。

ホルテンからも、防御魔法付きの懐中時計《かいちゅうどけい》を絶対持っていくように、とくどいほど注意を受けた。

そうでなくとも、先日使い方の訓練までした懐中時計《かいちゅうどけい》を忘れるわけにはいかない。

自分が今されたことがわからずに呆然としながらも、コーネリアは頷いた。美しい装飾のついた防御魔法付きの懐中時計《かいちゅうどけい》は、ふんわり膨《ふく》らんだパニエの内ポケットに入っている。

それを聞いて、ルードビッヒはホッと安堵《あんど》の息を吐いた。

(正直あの訓練だけでは、実際懐中時計《かいちゅうどけい》を活用できるかはわからぬが、何も持たないよりはマシだろう)

何が起こるかわからぬ舞踏会に参加するコーネリア。

今一つ危機感のない彼女を、ルードビッヒは心配しているらしい。

(こんな懐中時計《かいちゅうどけい》など、使う必要がなければよいのだが……)

コーネリアのあとを追いながらルードビッヒは呟《つぶや》く。

弾《はず》んだ足取りでエスコートするオスカーに引きずられるように、コーネリアは舞踏会への一歩を踏み出したのだった。


カポカポと蹄《ひづめ》の音が響き、車輪はガラガラ回る。

時折聞こえる、馬のいななきと「どうどう」という御者《ぎょしゃ》の掛け声。

王族専用馬車は、あまり揺れることもなく乗り心地は最高だ。

それなのに、その馬車に乗るコーネリアは、市場へ売られていく仔牛みたいな気分だった。

（なんで、こんなことになっているのでしょう？）

（まあ、オスカーだからな）

引きつった笑みを浮かべるコーネリアの前には、ニコニコと上機嫌のオスカーが座っている。

大人が六人は楽に乗れそうな馬車の中、コーネリアとオスカーは二人きりで向かい合っていた。

……正確には、ルードビッヒもいれた三人なのだが。

「ホルテン侯爵があんなに慌てたところを見たのは、今日と先日あったお前の誘拐《ゆうかい》事件の時だけだ。……よほど、お前を可愛がっているのだな。無愛想な財務長官のあんな姿を見られただけでも、今日のエスコートを引き受けた甲斐《かい》があったというものだ」

面白くてたまらないという様子で、オスカーは話す。

この馬車に乗る前に侯爵邸であった大騒ぎを思い出し、コーネリアはホルテンへの申し訳なさで、胸がいっぱいになった。

――先ほど、突如《とつじょ》ホルテン侯爵邸に現れ、コーネリアのエスコートを頼まれていると言い出したオスカー。

どうやら彼は、使用人の案内もなしにコーネリアのいた部屋まで来たらしい。オスカーに手を引かれて彼女が階下に降りた時には、ホルテンと執事のジムゾンが知らせを聞いてエントランスホールに飛び出してきていた。

当然、二人がオスカーの行《おこな》いに『はい、そうですか。よろしくお願いいたします』と頷くはずもなく、エントランスホールはてんやわんやになったのだ。

「コーネリアは平民です。オスカーさまのお相手は、とてもじゃないですが務まりません」

ホルテンがオスカーに頭を下げ、なんとかエスコートをやめてもらおうとする。

オスカーはムッとして、背の高い侯爵を見上げて睨《にら》みつけた。

「コーネリアは私のレインズの飼育係だ。彼女を貶《おとし》める発言は、ホルテン侯爵といえど看過《かんか》できないな」

ホルテンはグッと言葉に詰まりながらも、言い返す。

「それがコーネリアのためなのです。王子のエスコートを受ける彼女が、どれほど他人の好奇の目にさらされることか……それをお考えください！」

「すでに、前トーレス伯爵夫人の養女となる話が出ている時点で、彼女は皆から注目されている。今さら、手遅れだ」

（え？　そうなんですか？）

コーネリアは真っ青になった。

ルードビッヒはなんとも言えない表情で視線を逸《そ》らす。彼の眉間には、深いしわが刻まれている。その態度が、何より雄弁にオスカーの言葉を肯定していた。

「だからこそです。そうであれば、尚更、火に油を注《そそ》ぐような真似《まね》はやめていただきたいのです。オスカーさま、どうかお考え直しを！」

必死の形相《ぎょうそう》でオスカーに頭を下げるホルテン。

しかし、それで思い止まるようなオスカーであれば、ルードビッヒの眉間のしわはもっと少なかっただろう。

（無駄だ。こやつがこうと決めたことを途中でやめるはずがない。失敗するまで突き進むだけだ。……あきらめよ、ホルテン）

（そんな不吉なことをおっしゃらないでください！）

手遅れとばかりに、力なく首を横に振るルードビッヒに、コーネリアは心の中で悲鳴を上げる。

……そして、本当に残念ながら、その言葉は現実になってしまった。

ホルテンが何をどう言おうとも、頑《がん》として自分の主張を曲げなかった第二王子。彼は、最後には半ばさらうような形で、コーネリアを自分が乗って来た馬車に連れ込んでしまう。

「コーネリア！」

「ご領主さま！」

そして、コーネリアは市場に売られる仔牛の気分になったのだった。

「──愛されているな、コーネリア」

向かい合った馬車の中、オスカーがニヤニヤしながら言ってくる。

「ご領主さまは、とてもお優しい方ですから」

本当に、本気で、心から、コーネリアはそう答えた。

オスカーの顔が、微妙に引きつる。

「とても優しさだけの態度とは思えなかったが……なにやらホルテン侯爵が不憫《ふびん》になってくるな」

彼はブツブツと呟《つぶや》いた。

オスカーの行動に振り回されたホルテンが不憫《ふびん》なのは、まさしく真実だろう。

コーネリアはそう思い、彼の呟《つぶや》きをきれいに聞き流す。

それより、どうせこの際だからと開き直ったコーネリアは、以前から気になっていたことをオスカーにたずねることにした。

「オスカーさま。オスカーさまは、何故《なぜ》、皆さまに誤解されるような言動を、わざと取っていらっしゃるのですか？」

コーネリアの質問を聞いて、オスカーの顔から笑みがスッと消える。

「わざと？」

目を細め、コーネリアをジッと見つめるオスカー。そこに、いつもの軽い〝王子さま〟の雰囲気はない。

かすかに開いた馬車の窓から、風が吹き込んでくる。

夕闇近い時刻の空気は、少し冷たかった。

コーネリアはゾクリと体を震わせる。

（コーネリア……）

心配するルードビッヒ。

（やっぱり、このドレス、胸と肩が出過ぎです！）

しかし彼の心配とは外れた返事をしたコーネリアは、あまり大きくない自分の胸を残念そうに見下ろしたあと、オスカーに向かって顔を上げた。

「……そう、わざとです。オスカーさまは、今回のことも、ご自分の評判を下げるために、わざと安請《やすう》け合《あ》いされましたよね？　どうしてそんなに、周囲の人々に軽く見られようとしていらっしゃるのですか？」

なんのかまえもなく、彼女はそうたずねる。

オスカーは虚《きょ》を衝《つ》かれた。

コーネリアの表情からは、深謀遠慮《しんぼうえんりょ》も策略も読み取れない。ただ純粋に、わからないから聞いているといった風の言葉に、オスカーは毒気《どくけ》を抜かれる。

細められた目が、呆《あき》れたように見開かれた。

「……そんなつもりはないが。お前の考えすぎではないか？」

オスカーはなお、否定の言葉を返してくる。

コーネリアは首をコテンとかしげた。

「違いますよ。だって、オスカーさまはアレックスのわずかな体重の変化にまで気づかれるような方ですもの。そんな注意深い方が、何も考えずに安請《やすう》け合《あ》いなんて、するはずがありません」

可愛い仔犬のアレックスの姿を思い出し、コーネリアは柔らかく微笑む。オスカーはほとんど毎日アレックスに会いにやってきていたが、抱き上げては体調や成長具合を気にしていたのだ。

オスカーは、ますます目を見開いた。

「……まさか、あのやりとりからそんな風に見られていたとは、思ってもいなかったな」

「オスカーさまは、観察眼に優《すぐ》れた慎重なお方です。……何故《なぜ》、そのことをほかの方に隠しておいでなのですか？」

コーネリアはまっすぐにオスカーの目を見つめる。

「ただの平民の娘かと思っていたが……。ホルテン侯爵が取り乱すほどに、心を向けるだけは、ある」

オスカーは小さく呟《つぶや》いた。

「ご領主さまは、お優しい方ですから」

もはや口癖になっている言葉を返すコーネリアに、オスカーはフッと笑う。

そして、もうはぐらかすつもりはないのだろう。彼は肩をすくめると、まっすぐに彼女を見返してきた。

「そうだな。お前には今回の件で迷惑をかけるのだ。一言謝っておくべきなのだろう。……すまない。私の事情で、お前を一層面倒な立場に立たせてしまうな」

オスカーの黒い目には、彼と出会った日――前トーレス伯爵夫人の屋敷でコーネリアが犬舎の柵の中に落ちた際に垣間《かいま》見せたものと同じ、真剣な光が宿《やど》っていた。

（……オスカー、お前）

ルードビッヒが驚く。

「何故《なぜ》、ご自身を偽《いつわ》っていらっしゃるのですか?」

「私が、父上に――亡くなった前国王に似すぎているからだ」

コーネリアの問いに、オスカーは忌々《いまいま》しげに言った。

確かにオスカーの容姿は、ルードビッヒにとてもよく似ている。

自分に似ているせいだと嫌そうに言われたルードビッヒは、ガ～ンとショックを受けたように、宙でユラユラと揺れた。

「……えっと? 前国王陛下に似ていると、どうして軽い人物にならなければいけないんですか?」

(陛下が軽い方だからでしょうか?)

(そんなっ、コーネリア!)

軽いと言われて、ルードビッヒはますますユラユラと揺れる。ショックで泣きかけていた。

「……コーネリア、お前は兄上を――アレクサンデル王太子を知っているか?」

「へっ! え、ええ、まあ」

まさか知らないとは言えないコーネリアである。

「見た通り、兄上はご生母である王太后さまに似た優《すぐ》れた容姿の方で、父上にはあまり似ておられない。……そして世の中には、ただそれだけをもって、次期国王には私のほうが相応《ふさわ》しいなどと戯言《たわごと》を言い出す輩《やから》がいるのだ」

オスカーは、悔しげに話す。

(そんな輩《やから》は、ほんの一握《ひとにぎ》りのはずだ。——コーネリア、オスカーにそう言ってやれ！)

(え、わ、私がですか？)

憤然《ふんぜん》としたルードビッヒに命じられ、コーネリアは考え込んでからおずおずと言う。

「……そういった方々は少ないのではないですか？」

オスカーは、眉間にしわを寄せる。

「たとえ少数であろうとも、その中心に国の重鎮がいれば、彼らの発言は無視できなくなる」

以前ルードビッヒに聞いた話だと、オスカーを次期国王に推《お》す中心人物は、現宰相であるオスカーの祖父だ。宰相の言葉とあれば、周囲の者が軽々しく聞き流せないのは、当然だろう。

(陛下？)

(わしは、はっきりとアレクサンデルを次期国王に任命し、立太子させたのだ。その事実を覆《くつがえ》すことなど、いくら宰相といえど、できん！）

自信満々に言い放つルードビッヒ。

コーネリアは再び、その言葉をコーネリア風に言い換えながらオスカーへ伝えた。

「えっと、ルードビッヒさまは、アレク……サンデルさまを次期国王にすると明言したと言っておられ……たって聞きました。すでにアレクサンデルさまは、王太子になっておられますし。どんなお方でも、それを変えることはできないのではないですか？　だから、無視しておけばいいんじゃないかって思いますけれど」

「ことはそう単純ではない。その筆頭は、私の祖父――宰相なのだ。……父上もそうであったが、皆、宰相の本気をわかっていない。あの男は、私を次期国王とするためならば、なんでもするぞ」

苦々しくオスカーは言葉を吐き捨てる。

実の祖父を〝あの男〟と呼ぶオスカーに、コーネリアはびっくりして黙り込んだ。

「やっかいなのは、宰相のその行為の動機が、あくまで父上への敬意と崇拝による点だ。……あの男は、兄上が父上の子ではないと心の底から信じている。父上自身のお言葉でさえ、王太后さまに騙《だま》されておいでなのだと思い込んでいるのだ。……自分の私利私欲《しりしよく》による行《おこな》いじゃない。この国と王家のために、何がなんでも私を王にしようと、宰相は画策している」

それは、ただ単純に自分の利益だけを求めるよりも、よほど強い決意だろう。

オスカーはギュッと唇を噛《か》む。その顔は悲壮で、漂《ただよ》わせている空気は厳しい。

(そう言われれば、宰相は計算高いわりには、思い込んだら一直線という面がある奴だったな)

困ったように眉を寄せるルードビッヒ。

「えぇっ、そんな面倒くさいお方なんですか？」

思わず、コーネリアは声に出してそう言った。

オスカーが目を見開く。

「面倒くさいって……お前」

どう考えても、一国の宰相を評して平民が言う言葉ではないだろう。

コーネリアは、慌てて自分の手で自分の口を塞《ふさ》いだ。

オスカーは呆《あき》れたようにため息をつく。全身からハァ〜っと力を抜いた。

「……え〜、えっと。それでオスカーさまは、宰相さまの画策によってご自分が王さまにならないために、ご自分の評判を落とす行動をしていらっしゃるのですか？　どれだけ宰相さまが本気でも、ご当人が王位に相応《ふさわ》しいと周囲に思われなければ、画策は成功しないと？」

張りつめていた空気がゆるんだのを感じて、コーネリアはそうたずねる。

オスカーは、コクリと頷いた。

「そうだ。兄上は、弟の私から見ても次期国王に相応《ふさわ》しい知識と力、品位や威厳を兼《か》ね備えた素晴らしい方だ。私は王弟として、力及ばずながらも兄上の治世を支え、共に歩んでいきたいと願っている。……間違っても、兄上の即位の障害になどなりたくないのだ」

そのために、普段から軽率な王子を演じているのだと話すオスカー。兄を語る彼の瞳はキラキラと輝いている。

思いもよらぬオスカーの軽率な行動の理由を知ったルードビッヒは、驚き……そしてどこか不安そうに自分の息子を見つめる。

そんなルードビッヒには気づかず、

「わかります！　オスカーさま。アレク……サンデルさまは、とってもお優しいお日さまのような方ですよね！」

感激で、こちらも瞳をキラキラさせて、コーネリアは語った。

ルードビッヒは、頭を抱えてかがみこむ。

二人の様子は、いつぞやの王宮でホルテンの話で盛り上がった時のシモンとコーネリアそのままだった。

「フム。そうだな。兄上は太陽のごとく、あまねく人民を照らす輝けるお方だ」

微妙にイメージがズレているのだが、それには気づかないオスカーとコーネリア。

（……いや、それはさすがにアレクサンデルを買いかぶりすぎだと思うぞ）

冷静なルードビッヒのツッコミは、テンションマックス状態のコーネリアに届かない。

熱い瞳を交わし合う二人。

そんな彼らを、困ったように見下ろす故国王陛下だった。

アレクサンデルへの〝愛〟という共通の思いでオスカーと通じ合ったことにより、市場へ売られゆく仔牛のようだったコーネリアの気分は、あっというまに晴れた。

（アレクのためにあえてご自分の評判を落とすなんて……オスカーさまは、素晴らしいお方だったんですね！）

その目は、感動にキラキラと輝きっぱなしだ。

（……いや、ただのバカだろう）

そんな彼女の感動を、ルードビッヒはバッサリと切り捨てる。

（陛下っ！）

（本当のことだ。……よく考えてみよ。このままでは、たとえアレクサンデルが何事も

なく、即位したとしても、オスカーはそのアレクサンデルを補佐する立場に立てなくなるぞ）

いくら王弟とはいえ、王位に相応《ふさわ》しくないほどの悪評が立った人物を、王が重用するわけにはいかない。もしアレクがオスカーの真意を見抜いていたのだとしても、周囲への配慮から弟を遠ざけざるを得ないだろう。

（事実、わしもオスカーが政治の舞台に立つのは無理だろうと思っておった。まだ若いゆえ、当分処遇を決めるつもりはなかったがな。このままいつまでも成長しないようならば、よくて軍に入れ、かつてのわしのように北の砦《とりで》の司令官とするか、最悪は王宮で幽閉同然の生活をさせるしかないかとも覚悟していた）

ルードビッヒが語ったのは、暗いオスカーの未来予想図だ。

「そんなのダメです！」

コーネリアは思わず叫ぶなり、ブンブンと首を横に振った。

「コーネリア！　どうしたのだ？」

驚いたのはオスカーである。ついさっきまでアレクサンデルへの思いを分かち合っていた少女の突然の奇行に、慌てて腰を浮かせた。

――しかし、ここは揺れる馬車の中。

そこで急に立ち上がった者がどうなるかは、火を見るよりも明らかだろう。

案の定、オスカーはフラリとバランスを崩す。

その時、石にでも乗り上げたのか、馬車がカクンと揺れた。

座っていれば気にもならないほどの揺れだが、立っていたオスカーは前のめりに倒れる。

当然、倒れる先は正面――コーネリアの座っている場所だった。

コーネリアにぶつかるまいと、彼女の顔の両脇に手をつき、腕を突っ張るオスカー王子。

――いわゆる、壁ドン状態の出来上がりだった。

（オスカー！　コーネリアに何をする！）

怒鳴《どな》るルードビッヒ。

「うわっ！　と、すまない」

謝るオスカー。

「ダメです！　オスカーさまっ」

この状況をわかっているのかいないのか、コーネリアは涙目で至近距離にいるオスカーを見上げた。

ゴクリとオスカーが生唾を呑み込む。

その視線は、大きくあいたドレスから覗《のぞ》くコーネリアの胸元に吸いつけられている。
——オスカー第二王子は十七歳。青春真っ盛りの男の子であった。
顔を赤くする王子さまの様子には気づかず、ルードビッヒが語った彼の未来予想図に
ショックを受けたコーネリアは、切々とオスカーに話し出す。
「——このままでは、ダメです。オスカーさまは、アレクを支える大切な存在になって
くださるのでしょう？　せっかくアレクが王さまになれても、そこにオスカーさまがい
なくては、アレクはきっと悲しみます。……だって、アレクは、本当に優しい人だか
ら。……オスカーさま、お願いです！　どうかご自分を貶《おとし》める作戦はおやめになってく
ださい！」
興奮のあまり、コーネリアはアレクを愛称で、しかも敬称もつけずに呼んでしまう。
——幸いにして、そのことに気づくほど、オスカーには心に余裕がなかった。
（……あまり大きくはないが、形のいい胸だな）
十七歳の男の子の思考は、胸一色である。
「オスカーさま？」
ボーッとして反応のないオスカーを訝《いぶか》しんで、コーネリアが声をかけた。
彼はようやく我に返り、慌ててコーネリアから体を離す。

「えっ？　あ、あぁ、……私を心配してくれたのか？」

オスカーは、なんとかコーネリアの話していた内容を思い出しながらたずねた。

「もちろんです！　オスカーさまは、大切な方ですもの」

（アレクを助けてくれる大事な味方ですよね、陛下）

コーネリアは、心のうちでルードビッヒに同意を求める。

話しかけられたルードビッヒは、何故《なぜ》か頭を抱えていた。

心配され、〝大切な方〟と言われたオスカーは、感動に打ち震える。

「ありがとう、コーネリア、お前は優しいな」

彼は真剣な表情で言った。

「私のことはどうでもいいです。……それより、考え直していただけますか？　どうか行《おこな》いをあらためて、アレク……サンデルさまを支える立派な王弟殿下になってください」

そして、今日のエスコートをやめてくれるといいな、とコーネリアは思う。手っ取り早く行《おこな》いをあらためられるのは、その点だろう。

これぞ一石二鳥《いっせきにちょう》。ウィンウィンの結果ではないか、と期待した。

なのに、上機嫌でニッコリ笑ったオスカーはとんでもないことを言い出す。

「お前を選んでよかった。前トーレス伯爵夫人に頼まれてここまできたが、今回のことはさすがにどうしようかと悩んでいたのだ。しかし、今のお前の言葉で決意がついた。……私は今日の舞踏会のファーストダンスを、お前と踊ろう」

ルードビッヒが、頭を抱えたまま天を仰《あお》いだ。

ファーストダンス。それは文字通り、舞踏会の最初のダンスのことだ。

侯爵以上の位を持つ者とそのパートナーで踊られる、華々しい開幕セレモニーである。

オスカー曰《いわ》く、国王を皮切りに、身分の高い男性から順に女性にダンスを申し込み、中央に出て踊るらしい。

「今までは、まず父上が王妃の手を取り、真ん中に進まれ位置についていた。その次は、順番から言えば兄上なのだが、兄上はダンスがお嫌いだからな、辞退されて踊られないことがほとんどだ。……そしてその次が、私の番になる。いつもは高位貴族の令嬢から差《さ》し障《さわ》りのない者を適当に選んで踊っていたのだが……今回は、真剣にお前と踊りたいと思う」

ルードビッヒと同じ黒い瞳をキラキラと輝かせ、コーネリアを見つめるオスカー。

「ま、待ってください！　オスカーさまは、軽率な行《おこな》いをあらためられるのではなかったのですか？　私のような平民と踊っては、オスカーさまの評判にまた傷がついてしまいます」

コーネリアは慌ててオスカーを諌《いさ》めた。

コーネリアをエスコートするというだけで、オスカーに対する評価はすでに落ちていることだろう。その上、大切なファーストダンスまで平民の彼女と踊ったりすれば、どんな悪評が立つかわかったものではない。

なのに、真剣に心配するコーネリアの姿を見るオスカーは、とても嬉しそうだ。

「本当に、私を案じてくれているのだな」

「当たり前でしょう！」

ついには、第二王子を怒鳴《どな》りつけてしまうコーネリア。

オスカーは、幸せそうにヘラリと笑った。

「わかっている。……私とて、今までその心配をしなかったわけではない。ただ、ほかに方法が見つからず、とりあえず兄上の王位継承が盤石《ばんじゃく》になるまでは、と思っていたのだ。……父上が亡くなった今は、兄上が即位をされるまでと考えている。……王となられた兄上の隣にすぐ立てぬのは無念だが、そこからがむしゃらにがんばって、失った信頼を取り戻すつもりでいる。なに、私はまだ若い。すぐに名誉挽回《めいよばんかい》してみせるさ」

明るく話すオスカー。

しかし、それは、言うほどに楽な道ではないはずだ。

それでも、彼の瞳には、一片の悔《く》いも迷いもなかった。

「オスカーさま……」

（オスカー……）

コーネリアもルードビッヒも言葉をなくす。

オスカーは、コーネリアの頬にそっと手を伸ばし、指先で触れた。

「案ずるな。――それに、私がお前と踊ることは、それほど悪いことではない。むしろ兄上の意向に適《かな》うことだと思っている」

その上、そんなことを言い出す。

「え？」

（いや、オスカー。それだけは、ないぞ！）

ルードビッヒが大きく手を横に振る。

もちろん、オスカーには見えないし聞こえていない。

「兄上は、貴族と平民の身分差をなくそうと考えておられる――そう、私は思う」

第二王子は力強く話しはじめた。

コーネリアが、目を大きく見開く。

「兄上の提唱される政策の多くが、それを示している。……兄上が、貴族も平民も分け隔《へだ》てのない教育を目指しておられるのを、お前は知っているか？　貴族にも利があることだと巧《たく》みに誘導されているが、あれは間違いなく、平民の貴族社会への進出を狙《ねら》ったものだ。それに、騎士団の強化政策。兵の増強と言いながら、兄上は平民が騎士団へ入隊することを可能にしようとしておられる。……今まで貴族だけが独占していた武官への道を、平民にも開こうとしているのだ」

オスカーは滔々《とうとう》と語る。

言われてみれば、それは確かにその通りだと思えることだった。

（陛下？）

その真偽を問うべく、コーネリアはルードビッヒを呼ぶ。ルードビッヒはオスカーが言うことにはすでに気づいていたのだろう、驚くでもなく重々しく頷いた。

（以前より、アレクサンデルの言動には、そういった傾向があった。表立って動けば、特権を享受《きょうじゅ》している貴族側から猛烈に反対されるから、さりげないものではあったが。――生前わしは、そんなアレクサンデルの行動を、謂《いわ》れのない噂《うわさ》で自分を責める王侯貴族への反発と思っておったのだが……）

そう言って、ルードビッヒはコーネリアを見る。

（アレクサンデルがそんな様子を見せはじめたのが、いつからだったのか覚えておらぬ……。しかしおそらく、コーネリア――そなたと出会った頃からなのだろうな。教育制度にしろ、軍の強化にしろ、それを政策という形で公《おおやけ》に示すためには、多くの時間と労力がかかる。決して一朝一夕《いっちょういっせき》にできることではない。そなたと出会い、そなたに癒《い》やされ――アレクサンデルは、そなたと共に歩く未来を望み、それを可能とする政策を考えはじめたのだろう。……普通であれば、「決して叶わぬ」と泣いてあきらめるような、その未来を）

叶う可能性は、とても小さい、まだまだ遠いその道。

それをアレクは望んでいるのだろうとルードビッヒは話す。

（まだ子供だと思っていたのだが……わしの息子たちは、いつのまにか立派な男になっていたようだ。軽いと思っていたオスカーさえも、兄を王位につけるという目的を持ち、そのために何をなすべきか考えて行動に移していたとは）

ジンと感動するルードビッヒ。

コーネリアは、信じられなかった。

（アレクが……私と共に歩く未来を？）

ルードビッヒの言葉が理解できずに、コーネリアは戸惑うばかりだ。

そんなコーネリアを――

「よし！　兄上のために踊るぞ、コーネリア」

オスカーの一言が、一気に現実に戻してくれた。

（陛下っ！　感動するのはあとにして、どうすればオスカーさまが思い止まってくださるのか、ちゃんと考えてください！）

コーネリアは声なき悲鳴を上げたのだった。

ようやく馬車が王宮に着く頃、コーネリアはすでにクタクタだった。

あれからコーネリアは、オスカーになんとかファーストダンスをあきらめてもらおうと一生懸命お願いし続けた。

しかしオスカーは、たいへんイイ笑顔で――

「わかった。お前は心配しなくていい。すべて私にまかせておけ」

と言った。

（本当にわかっておられるのでしょうか？）

ものすごく不安だ。

（オスカーだからな）

返事をするルードビッヒも、不安そうだった。

やっぱり、どう考えても心配が残り、コーネリアはオスカーから『コーネリアとはファーストダンスを踊らない』という確約を取ろうとする。

しかし丁度そのタイミングで、馬車は停まってしまう。

「あっ、その、オスカーさま」

「ああ。着いたな。行くぞ」

従者が外から馬車の扉を開けた。

オスカーに手を差し出されれば、その手を取らないわけにはいかない。

キュッと手を握《にぎ》りしめられて導かれるまま……コーネリアは、馬車から降りてしまった。

時刻は、夜のとばりにつつまれる頃。

常ならば暗いはずの馬車の外は、きらびやかな魔導具の照明灯に照らし出され、煌々《こうこう》と輝くように明るい。

オスカーとコーネリアの乗っていた馬車は、多くの馬車が次から次へと到着する広い車寄せの真正面に停まっていた。

……王族専用馬車なので、このように優遇されるのは当たり前だ。

降り立つオスカーとコーネリアに、周囲の視線が集まるのも、また必然だった。

オスカーの姿を確認した途端、周囲にいた者全員が一斉に頭を下げる。

(へ、陛下……)

(オスカーは第二王子だ。皆が礼をとるのは当然だ)

王族の権威を目の前にして、今さらながらコーネリアの心は畏縮《いしゅく》した。

頭を下げられれば、当然相手の顔は見えない。見えないことが、尚更コーネリアを不安にさせた。

『誰だ？　あれは』

『見たことがないな』

『第二王子の隣に、不相応な』

コーネリアに対する敵意と侮蔑《ぶべつ》、怒りを含んだ非難の声が聞こえてくるかのようだ。

王位継承権第二位である王子の隣に得体のしれない小娘がいれば、それは仕方のないことかもしれなかった。

むき出しの悪意を感じ、コーネリアの心は、ますます縮こまる。

俯《うつむ》き、徐々に背を丸めるコーネリア。

(コーネリア！　頭を上げよ)

そんなコーネリアを、ルードビッヒの言葉が打った。

（顔を正面に向け、顎《あご》を引き、背筋を伸ばせ！　お腹に力を入れ、笑うのだ）

（へ、陛下？）

（――それが、我ら王族が一番に教えられる〝処世術〟だ）

ルードビッヒはそう言った。

（処、処世術ですか？）

コーネリアは呆気にとられる。

かつての国王は、大まじめに頷いた。

（王族など、見られてなんぼの生活を送っているのだ。……常に他人の目に映り、威厳と品位を求められる。垣間《かいま》見た王族の姿がだらしないものであれば、民《たみ》や臣下は失望するだろう。それは敬意の喪失につながる。いついかなる時も王族たれ、毅然《きぜん》とせよと我らは最初に教わるのだ）

ピン！　と背筋を伸ばし語る、故国王陛下。

（……それは、たいへんそうですね）

（ああ。だが、いい面もある。常に偉そうに堂々としていれば、相手は勝手に思考を巡《めぐ》らせて、そうそう攻撃的には当たってこなくなるものなのだ。こいつは自信がありそうだから、自分は敵《かな》わないかな？　と判断してくれる。……だからコーネリア、顔を上げ

よ！　堂々としておれ。そなたが俯《うつむ》く必要など、何もないであろう）

強く、けれど優しくそう言われ、コーネリアの体からフッと力が抜けた。

畏縮《いしゅく》していた心が、少し軽くなる。

平民の自分に向けられる視線は、ルードビッヒが言うほど簡単に変わるものではないだろう。

それでも、自分の隣には、いつでも自分を見てくれているルードビッヒがいる。

コーネリアは顔を上げ、目の前に浮かぶ彼を見た。

ほかの誰でもなくルードビッヒの目に映る自分を、コーネリアは意識する。

背筋を伸ばし、お腹に力を入れた。前を向き、顎《あご》を引き……口元に笑みを浮かべる。

夜闇を照らす光の中――平民の少女は、しっかりと立った。

周囲に、ハッと息を呑む気配が広がる。

（それでよい。……美しいぞ、コーネリア）

ルードビッヒの満足そうな顔が、嬉しい。

それだけで、コーネリアは周囲の視線を気にしないでいられた。

彼女の隣で、オスカーが嬉しそうに笑う。

「やっぱり、お前はいいな」

顔を寄せ、耳元で低く囁《ささや》かれる。

満足げな第二王子にうやうやしくエスコートされ、コーネリアは王宮へと入っていった。

そしてそのまま数メートル進んだか進まないかのところで、オスカーは呼び止められる。

「オスカーさま」

頭を下げながら声をかけてきたのは、コーネリアもいつも財務長官室で会っている伯爵家の三男とルスカ子爵だった。

「シュテファン？」

シュテファン・オーレン・ドルフ……ドルフ伯爵家三男の名前である。

オスカーに名を呼ばれ、シュテファンは顔を上げる。

一緒にルスカ子爵も顔を上げた。

コーネリアと目を合わせ、儚《はかな》く笑う彼は、なんだかとっても疲れているように見える。

「お呼び止めいたしまして申し訳ありません、オスカーさま。お母君がオスカーさまをお探しです」

「母上が？」

オスカーの顔が歪《ゆが》んだ。

オスカーの母は、ルードビッヒの第三妃である。美貌《びぼう》においては正妃に遠く及ばないが、父親である宰相譲《ゆず》りの頭のよさで側妃になった、と噂《うわさ》されるほどの才女だ。

ただ惜《お》しいかな、彼女はその才能を、国のためではなく自身の保身と私利私欲《しりしよく》のためにのみ使っていた。当然、自分を貶《おとし》める行為ばかりをするオスカーとは、徹底的にそりが合わない。

「私は、母上になど用はない」

オスカーは素っ気なく言い捨て、コーネリアを連れて立ち去ろうとする。

「お待ちください！　今回お母君さまは、王太子殿下を通してオスカーさまをお呼びになっているのです」

王太子という言葉に、オスカーの足は止まった。

「兄上を？」

「はい。ですので、今回オスカーさまをお呼びになっているのは、表向きは王太子殿下になります」

オスカーは、忌々《いまいま》しげに舌打ちをした。

もしもオスカーがこの呼び出しを無視すれば、その非はアレクサンデルに及ぶ。そう言っているのだろう。

「クソッ！　あの女狐《めぎつね》め」

口汚く自分の母を罵《ののし》るオスカーに、コーネリアはびっくりして目を向ける。

シュテファンは慌ててオスカーに呼びかけた。

「オスカーさま、このあとのサンダース嬢のエスコートは、ここにいるルスカ子爵が責任を持って行《おこな》います。その件は、すでに前トーレス伯爵夫人にもご了承いただきました。……どうか私と一緒にいらしてください」

オスカーにコーネリアのエスコートを頼んだ前トーレス伯爵夫人にまで、すでに話をつけているあたり、シュテファンは用意周到《よういしゅうとう》である。

（ほほう。ドルフの息子は、なかなか切れ者だったのだな）

ルードビッヒも感心する。

（私も、こんな方とは思いませんでした）

財務長官室にいるシュテファンは、そこに集《つど》うメンバーの中で身分が一番高いということもあって、どちらかと言えば高飛車《たかびしゃ》で自分勝手に振る舞っていたイメージがある。

こんな風に気配りをし、多方面に手を回せる人物には見えなかった。

そこまで言われては、オスカーも呼び出しを断りづらい。

「すまない、コーネリア」

「私は、大丈夫です。どうかお気になさらず、行ってください」

むしろ離れてもらえてホッとする。第三妃さまに感謝するコーネリアだった。

「コーネリア！　本当にお前は優しい娘だな」

感動したのだろう、オスカーがコーネリアを軽く抱きしめる。

「……っ！」

「オスカーさま！」

焦ったようにシュテファンが声を上げた。

しぶしぶコーネリアから離れるオスカー。

「では、コーネリア。またあとで」

オスカーは、びっくりして固まるコーネリアの手の甲にサッとキスを落とすと、シュテファンを引きつれ去っていく。

コーネリアは、呆然としたまま彼の後ろ姿を見送った。

本当に行動力のある、人の意表を突く王子さまである。

「コーネリアさん」

コーネリアがどうしたらいいのか反応に困っていると、疲れた表情のルスカ子爵が声をかけてきた。いつもと同じ貴公子然とした甘い笑みを浮かべているが、なんだか覇気《はき》がない。

「久しぶりだね。……見違えたよ、とてもキレイだ」

「ありがとうございます、ルスカ子爵さま。……今日はご迷惑をおかけするみたいで、申し訳ありません」

先刻からの成り行きから、多分このあとコーネリアは彼にエスコートしてもらうのだろう。

当事者であるコーネリアが、何故《なぜ》かまったく蚊帳《かや》の外という状況なのだが、とりあえず謝らなければならない。そう思って、彼女は頭を下げた。

「ああ、そんな必要はないよ。君をエスコートできるのは、私には迷惑でもなんでもないし、むしろ嬉しいことなのだけれど――」

ルスカ子爵はそう言いながらコーネリアに頭を上げさせ、顔を見合わせる。

彼は困ったように笑った。

「――コーネリアさん、君は、ずいぶん偉いお方と親しかったんだね」

しみじみとした口調で呟《つぶや》くルスカ子爵。

オスカーのことを指しているのだと思い、コーネリアは少し不思議に思う。財務長官室に通っていた彼は、オスカーがオーナーになっている仔犬アレックスを彼女が世話していることを知っているはずだ。

「オスカーさまとは、仔犬の件で――」

説明をはじめるコーネリアに、ルスカ子爵は弱々しく首を横に振った。

「オスカーさまのことじゃないよ」

「え？」

オスカーでなければ、いったい誰のことなのだろう？

（……マリア・バルバラさまのことでしょうか？）

首をかしげるコーネリア。

（一番偉いのは、当然、わしだ）

ルードビッヒはおかしなところで競争心を発揮する。

ルスカ子爵はそこで話をやめ、コーネリアを舞踏会会場へ導いたのだった。

キラキラと眩《まばゆ》いほどの光に溢《あふ》れた大広間。

その光の中では、美しく着飾った男女が思い思いに群れ集《つど》っている。

コーネリアがはじめて見る舞踏会の会場は、まるで夢のような世界だった。

（こんなにキレイな世界があったんですね）

感激するコーネリアに対し、ルードビッヒは皮肉そうに唇を歪《ゆが》める。

（外見だけキレイでも、何にもなるまい。こやつらの多くは、欲と見栄《みえ》で腹の中が真っ黒な奴らなのだぞ）

尖《とが》った声と、苦々しい表情。ルードビッヒは、舞踏会にあまりいい感情を抱《いだ》いていならしい。

コーネリアは、きょとんとする。

（それでも、キレイなものはキレイじゃないですか。それだけで、とってもステキなことだと思います。少なくとも、見た目も中身も醜《みにく》いよりは、いいですよね？）

純粋に舞踏会の美しさを褒めたたえ、コーネリアはそんなことを言った。

ルードビッヒは、その様子に毒気《どくけ》を抜かれたように呟《つぶや》く。

（……そなたは、本当に善良なのだな）

生前、飽きるほどに見慣れたはずの舞踏会の会場に、ルードビッヒはあらためて視線を向ける。

（そうだな。言われてみれば、確かに美しいな。……なるほど、美しさだけを愛《め》でるのもまた一興か。…………何度も舞踏会をねだった〝あれ〟も、そんな心境だったのかも

しれぬな）

眩《まぶ》しそうに目を細めながら、ルードビッヒは話す。

（陛下？）

〝あれ〟とは、誰のことなのだろうか、とコーネリアは首をかしげる。

しかし、彼女がルードビッヒにたずねようとしたと同時に、声をかけられた。

「まあ、コーネリア！　とってもキレイよ。さすが、私の〝娘〟だわ」

ギョッとするコーネリア。

とんでもないことを大声で言いながら近寄ってきたのは、もちろん前トーレス伯爵夫人だった。

「娘じゃありませんから！」

慌てて否定する。

「まだ、ね」

そう言って、年齢不詳の美女はニッコリ笑った。

今日の彼女は、モスグリーンのシンプルなドレスを着ている。レースやフリルも抑えられた、どちらかと言えば地味なドレスは、彼女の年相応の装《よそお》いと言えるだろう。

しかし――

（どうしてでしょう？　ものすごく、お可愛らしく見えるのですが……）

同じドレスをほかの人が着れば、間違いなく目立たず落ち着いた雰囲気になるはずだ。それなのに、前トーレス伯爵夫人が着た途端、そのドレスはとてつもなく清楚《せいそ》で品のいい、しかも可憐《かれん》なドレスに見えた。

（……どんなドレスを着ても愛らしく見える前トーレス伯爵夫人の姿は、王宮七不思議の一つと言われておる）

確か、ほかの七不思議には、シモンの気持ちに気づかないホルテンのことがあったはずだ。

なんとも微妙な七不思議に、コーネリアの顔は引きつる。ほかの五つは敢《あ》えて聞くまい、と彼女はこの時決意した。

「お初にお目にかかります。前トーレス伯爵夫人」

コーネリアの隣で、ルスカ子爵が礼儀正しく頭を下げる。

「はじめまして。あなたがルスカ子爵さまね。今日は、コーネリアがお世話になるわね。……とは言っても、コーネリアがあのままオスカーさまにエスコートしていただいても、私は別にかまわなかったのだけれど。……フフッ、思いもよらない横槍が入ったものよね」

ドレスと同じ色に染められた羽扇《うせん》を優雅に扇《あお》ぎながら、上機嫌で前トーレス伯爵夫人は話す。

「横槍ですか？」

「ええ。……金ピカのね」

コーネリアの疑問に、ニッコリ笑って答えてくれた。

なんだか焦った様子で、前トーレス伯爵夫人に目配せをするルスカ子爵。

（……金ピカの横槍って、なんでしょう？）

さっぱりわからぬコーネリアだった。

一方、ルードビッヒはどうやら察しがついたようで、額《ひたい》に手を当て（あ～）と呻《うめ》き、天を仰《あお》ぐ。

しかし、いくら待ってもルードビッヒは答えてくれない。

仕方ないので、前トーレス伯爵夫人に聞こうと、コーネリアは口を開いた。

しかし、その瞬間、誰かが彼女に声をかける。

「コーネリア！」

今日はよく名前を呼ばれる日だなと思いながら、コーネリアは振り返る。

そこに、急いでやってきたのは、ホルテン侯爵とシモンだった。

「コーネリア！　無事か？」

息急《いきせ》き切《き》って彼女のもとへ駆けつけるホルテン。

いつも不気味なほどに仏頂面《ぶっちょうづら》のホルテン侯爵のそんな姿に、周囲の貴族たちは驚き、好奇の目を向けてくる。

「ご、ご領主さま？」

ホルテンが何をそんなに慌てているのか見当もつかず、コーネリアは困惑した。

彼女の無事な姿を確認し、ホッと息を吐いたホルテンは、次《つ》いで隣に立つルスカ子爵に目を向ける。そして、訝《いぶか》しげに目を細めた。

「君は……確か、ルスカ子爵だったな。どうして君がここに？　オスカーさまはどちらだ？」

背が高く、迫力たっぷりの侯爵閣下に迫られて、ルスカ子爵は思わず逃げ腰になる。

だが、すくめそうになった首を、なんとか伸ばし、口を開いた。

「は、はい。ホルテン侯爵閣下、実は――」

状況を説明しようとしたルスカ子爵。

しかし、彼が話し出したその瞬間、ホルテンと彼の間にモスグリーンの羽扇《うせん》がサッと差し込まれた。

びっくりする男二人。

そんな彼らに、羽扇《うせん》の持ち主である年齢不詳の美女が、ニッコリと笑いかけた。

「ごきげんよう、ホルテン侯爵。……ごめんなさいね。最近、年のせいかしら？　耳が遠くなったらしくって、あなたのご挨拶《あいさつ》が聞こえなかったわ」

優雅に扇《おうぎ》を揺らしながら、痛烈な嫌味を言う前トーレス伯爵夫人。

ホルテンは彼女に対する挨拶《あいさつ》をすっかり忘れていたことに気づき、慌てて頭を下げた。

「これは、申し訳ありません。マリア・バルバラさま。……急にオスカーさまが、当家にお出《い》でになりましたものですから、私もうろたえてしまいました。……今宵《こよい》は、お目にかかれて光栄です」

彼は頭を下げながらも、彼女が勝手にオスカーにコーネリアのエスコートを頼んだことに言及する。

前トーレス伯爵夫人は、クスリと笑った。

「可愛いコーネリアに、最高のエスコート役をつけてあげたかったのよ。……もっとも、少し人選を間違えてしまったのだけれど。最高を目指すからには、二番目で手を打っちゃいけなかったのよね」

前トーレス伯爵夫人は、扇《おうぎ》の陰でブツブツと呟《つぶや》く。

「は？」

聞こえてきた言葉の意味がわからず、ホルテンは首をかしげた。

コーネリアも頭に疑問符を浮かべる。

二番目というのは、どういう意味だろう？

「あっ！　あのっ！　……っと、えっと……と、とてもお綺麗ですね、前トーレス伯爵夫人！」

ホルテンと前トーレス伯爵夫人の間に、突如《とつじょ》、ルスカ子爵が割って入った。

彼は何故《なぜ》か顔を青くし、額《ひたい》にびっしり汗をかいている。

「まあ！　お上手ね」

ウフフと前トーレス伯爵夫人は、笑った。

「最近の若者は礼儀知らずなんて言うけれど、そんなことはないわね。むしろ、いい年をした朴念仁《ぼくねんじん》のほうが、よほど気が利《き》かないわ。……ホルテン侯爵。私はどうでもいいけれど、あなた、可愛いお嬢さんたちにきちんと褒め言葉を伝えたの？　まだなんて言ったら、ただじゃおかないわよ」

細い眉をキュッと寄せて、ホルテンを睨《にら》む前トーレス伯爵夫人。

「え？　あ、その――」

先ほどここに到着するまで、ホルテンはバタバタしていた。オスカーがコーネリアをさらって行ったあと、大急ぎでシモンを迎えに行き、慌てて舞踏会会場に駆けつけたのだ。

そんな彼に、女性のドレス姿を褒めるような心の余裕など、あるはずもなかった。

指摘されて、ようやく自分の無作法に気づいたホルテン侯爵は、顔色を失くす。

「……マリア・バルバラさま。どうかお義兄《にい》さまを、お責めにならないでください」

そんなホルテンを庇《かば》って、彼の後ろに控えていたシモンが前に出た。

前トーレス伯爵夫人に対し、丁寧に腰を折る伯爵令嬢シモン。純白のドレスが、彼女の動きに合わせてサラサラと揺れる。

顔を上げた伯爵令嬢は、まるで美の女神かと思うほど美しかった。

コーネリアはうっとりとそんなシモンを見つめる。

「まあ！　シモン、とってもキレイよ。……こんなに美しいあなたを褒めないなんて、やっぱりホルテンは極刑に値《あたい》するわ！」

前トーレス伯爵夫人は、柳眉《りゅうび》をきりりと逆立てた。

シモンは、静かに首を横に振る。

「お義兄《にい》さまは優しいお方です。世話をしている使用人の少女が、突然オスカーさまに連れていかれてしまっては、動揺されないはずがありません。……私なら、大丈夫です。

今日お義兄《にい》さまにエスコートしていただけるだけで、とても嬉しいのですもの」

健気《けなげ》に微笑むシモン。

「まあ、シモン」

前トーレス伯爵夫人は、尚更きつくホルテンを睨《にら》んだ。

ホルテンは大きな体をビクッと震わせ、焦ってシモンとコーネリアのほうに向き直る。

「あ……その、すまなかった。――シモン、いつも以上にとても美しいぞ。コーネリアも……キレイだ」

しどろもどろになりながらも、ホルテンはようやくそう言った。

途端に、キラキラと瞳を輝かせ、花が咲くように笑うシモン。

「お義兄《にい》さま。ありがとうございます」

「ありがとうございます。ご領主さま」

コーネリアも一緒に礼を述べた。

褒められて嬉しくない女性なんていないだろう。頬を染める彼女たちの様子を見て、ホルテンはあらためて自分の非を悟《さと》り、前トーレス伯爵夫人に向き直った。

「ご忠告ありがとうございます」

そう言って頭を下げた。

前トーレス伯爵夫人は、クスリと笑う。

「わかればいいのよ。それで、若いお嬢さんの次は？　私には何か褒め言葉はないの？」

ゆっくりと羽扇《うせん》を開き、ポーズを取る年齢不詳の美女。

「変わらずいつもお美しくていらっしゃいます」

生真面目なホルテンの言葉に、前トーレス伯爵夫人は満足そうに頷いた。

「いいわよ。月並みな言葉だけれど、それで許してあげるわ。――まあ、大切な少女を連れ去られたあなたの動揺も、わからないでもないですものね」

彼女は飄々《ひょうひょう》とそんなことを言い出す。

「大切な――」

彼女の言葉に、ホルテンは少し顔を赤くした。自分がコーネリアを大切に思っていることは、そんなにわかりやすいのだろうか、と彼は思う。

だが、羽扇《うせん》の一振りでホルテンたちを自分のそばに寄せ、前トーレス伯爵夫人は声をひそめる。

そして、ホルテンの心配とはまるで違うことを話しだした。

「――コーネリアは、王太子さまからお預かりした、将来この国の正妃になろうという大事な少女ですもの。急にオスカーさまにエスコートをさせたりしたら、それは焦るわよね。……ごめんなさい。でも、あなたも悪いのよ、ホルテン。私にそれを教えてくれないのだもの」

言い終えると、前トーレス伯爵夫人はプーっと可愛らしく頬を膨《ふく》らませる。

「え？」

「えぇっ？」

「えっ、えええええぇぇぇぇっっ!?」

ホルテンとシモン、そしてコーネリアの悲鳴のような絶叫が、舞踏会会場に響き渡った。

◇

コーネリアたちが、叫んでしまったのと同じ頃——

「えぇっ？」

「えっ、えええええぇぇぇぇっっ!?」

舞踏会会場に続く控えの間でも、大きな驚きの声が上がっていた。

ここは、今日の舞踏会に出席している貴族の付き添い人たちの控え室だ。主人について王宮へ来た彼らは、舞踏会終了までここで待機するのである。

ホルテン侯爵家の執事であるジムゾンと護衛のマルセロも、当然ここにいた。

先刻の大声は、この二人が上げたものである。

そして、彼らにそんな声を出させたのは、目にも艶《あで》やかな紅薔薇《べにばら》のリリアンナ・ニッチだ。彼女は、前トーレス伯爵夫人の付き添いとしてここに来ているのだった。

「シーッ！」

真っ赤な唇の前で白い指を一本立てて、リリアンナ・ニッチは、彼らを軽く睨《にら》む。

同時に、驚き振り返る周囲の使用人たちに「なんでもないわ」と手を振り、ニッコリ笑って視線を追い払った。

「もうっ、白々《しらじら》しく驚かないでくださいな」

腰に手を当て、彼らに抗議するリリアンナ・ニッチ。

これに驚かずに何に驚けというのだろうか？

ジムゾンとマルセロは、そう思う。

「……今、なんとおっしゃったのですか？」

ジムゾンは聞き間違いであってほしいという思いから、祈るようにそうたずねる。

「だ・か・ら！　コーネリアさんを王妃にしようとなさっておられるなんて知らずに、オスカーさまにエスコートを頼んでしまって、申し訳ありませんでした、と謝ったのではないですか」

声をひそめ、こんなことを何度も言わせないでください！　と、リリアンナ・ニッチは怒る。

「……いったいどうして、そんな話になっているのですか？」

呆然としながらジムゾンは、重ねてたずねた。

「あら、今さらお隠しにならなくてもよいのですよ。マリア・バルバラさまは、王太子殿下から直接お話をうかがった、とおっしゃっておられましたから」

「王太子殿下から⁉」

「シーッ！」

再び大声を上げたせいで、たしなめられるジムゾン。彼の輝かしい執事人生で、同じ失態を二度も繰り返すなどはじめてのことである。

それでも、声を上げられただけ、ジムゾンはいいほうだ。マルセロなどは、先刻から魂《たましい》が抜けたように呆然としている。

「知らないふりは必要ありません、と言っておりますでしょう」

リリアンナ・ニッチは、冷たい視線で二人を睨《にら》む。

知らないふりも何も、本当に初耳なジムゾンとマルセロだった。

「聞けば、ホルテン侯爵はコーネリアさんに王族の作法を教えていらっしゃったそうではないですか。マリア・バルバラさまにコーネリアさんを養女にしていただくようにと望まれたのも、彼女は妃《きさき》となるに相応《ふさわ》しい身分を備えるべきと考えた上でのことなのでしょう？」

ごまかしてもムダですよ、とリリアンナ・ニッチは目を光らせる。

「それは……」

ジムゾンが紡《つむ》ごうとした言葉を、リリアンナ・ニッチは大きく頷いて遮《さえぎ》る。

「ええ、わかりますとも。コーネリアさんを財務長官でもあり有力貴族でもあるホルテン侯爵ご自身の養女にして、王太子殿下にお輿入《こしい》れさせるのは難しそうですものね。侯爵にこれ以上力をつけさせたくない周囲の貴族が、かなり反発するでしょうから。……その点、マリア・バルバラさまならば、適任ですわ。元々王家の姫であられた彼女の養女であったら身分に不足はないし、伯爵夫人の座を退《しりぞ》いた彼女を敵視する者はおりません。……何より、閣下はまだお若いですものね。妻にされてもかまわないくらいの年頃のコーネリアさんを養女にするのは、不自然ですわ。……さすがホルテン侯爵、やることに隙《すき》がありませんわね」

リリアンナ・ニッチは感心した様子で頷く。

まったく、完璧に、紛《まご》うことなき……誤解だった。

「違います。主人にそんなつもりは毛頭《もうとう》ありません」

コーネリアが王族の作法に精通しているのは、亡くなった国王の記憶を取り込んでしまったからだ――と、ジムゾンは思っている。

そこにホルテンの思惑はない。何より、ホルテンがコーネリアを前トーレス伯爵夫人の養女にしたかったのは、彼女を自分の妻に迎えたいからだ。

決して、ほかの誰か――王太子に嫁《とつ》がせるためなどでは、ない。

「……頑固ですのね。まあ、あなたのお立場では仕方のないことかもしれませんけれど」

ジムゾンの言葉を少しも信じず、リリアンナ・ニッチは呆《あき》れた風にため息を漏《も》らす。

なんとか誤解を解こうと、ジムゾンが口を開きかけた時、それまで呆然としていたマルセロがようやく口を開く。

「お、王太子殿下が、本当にコーネリアさんを正妃にとおっしゃったのですか?」

それは、とても信じられない――いや、信じたくないという気持ちのこもった質問だった。

そもそも、コーネリアと王太子にどのようなつながりがあるかも、マルセロとジムゾンはわからない。王太子が平民のコーネリアを妃《きさき》に指名するなど、理解できなかった。

しかし、無情にもリリアンナ・ニッチは、大きく頷く。

「ええ。……王太子殿下は今日の午前中、お忍《しの》びでマリア・バルバラさまをお訪ねになったのです。そして『ホルテン侯爵の使用人であるコーネリア・サンダース嬢は自分の想い人であり、自分が唯一《ゆいいつ》の妃《きさき》としたいと思う女性なのだ』と、はっきりおっしゃったそうですよ」

彼女は嫣然《えんぜん》と微笑む。

マルセロが大きくよろめいた。

ジムゾンは長い人生の中で、はじめて倒れかけたのだった。

◇

一方、舞踏会会場。

前トーレス伯爵夫人は人目をはばかり、コーネリアたちを有無を言わさず壁際に移動させた。

そしてコーネリアたちは、控え室でリリアンナ・ニッチが話したものと同じ内容を聞かされ、こちらもショックを受けていた。

（へ、陛下……いったい、どういう理由でそんなことになっているのでしょう？）

コーネリアの顔色は、誰が見てもはっきりとわかるほど悪い。

（どういう理由も何も、アレクサンデルがそなたを好いていることなど、わかっていたことであろう？）

ルードビッヒは、慌てることなく泰然としていた。いつかはこうなるだろうと思っていたという。

いつも通りの飄々《ひょうひょう》とした姿が、コーネリアにはちょっぴり恨《うら》めしい。

（で、でも、私は平民です。アレクのお妃《きさき》さまになんか、なれるはずがありません！）

確かにアレクは、いつも彼女に優しかった。

その優しさの中に、ひょっとしたら自分に対する特別な好意があるのではないか、と鈍《にぶ》いコーネリアでも思ったことがある。

しかし――たとえアレクが自分を好いてくれていたのだとしても、彼女の想いは叶わぬもののはずだった。

（そうだな。わしもそう思う）

ルードビッヒは、静かにコーネリアの言葉を肯定する。

そして、だが、と言葉を続けた。

(アレクサンデルは、そうは思わなかったのだろう。……コーネリア。そなたと知り合い、そなたに惹《ひ》かれ、そなたを愛し……アレクサンデルは、そなたを妃《きさき》にと望んだ。……そこにどれほどの葛藤《かっとう》と悩みがあったのか、わしには想像もつかない——しかし、そなたを妃《きさき》にしたいとはっきりと言葉に出して周囲に表明したからには、あやつの心はすでに決まっているのであろうよ)

困った奴だ、とルードビッヒは苦笑する。

しかしその笑みは、どことなく嬉しそうであり、また誇らしげにも見えた。

(だって、私は……だって……)

コーネリアは言葉をなくす。

大好きなアレクが自分を望んでくれているのは、とてつもなく嬉しいことのはずだ。

それなのに、素直に喜べない自分が悲しかった。

俯《うつむ》いてしまう、コーネリア。

彼女の耳に、シモンの言葉が聞こえてくる。

「でも、マリア・バルバラさまのお言葉が間違っていないのだとすれば……王太子殿下は、コーネリアを妃《きさき》にしたいとおっしゃっていても、正妃にしたいというお話ではないのではないですか？」

ここローディア王国では、いまだかつて、平民が正妃になったことはない。

しかし、ローディア建国以来の歴史をさかのぼれば、側妃の中には、元々は平民だったという者もいるのである。絶世の美貌《びぼう》を誇った踊り子や、側妃の側仕えだった美しい使用人など、その容姿が国王の目に留まり妾妃《しょうひ》になった平民も、確かに存在する。

政治の表舞台に立つことのない側妃だったら、平民がなることも可能なのである。

「国王陛下のお情けをいただいた平民が、有力な臣下の養女となり側妃となった例も、数少ないとはいえございます。――王太子殿下は、コーネリアを正妃ではなく側妃として望んでおられるのではないでしょうか？」

言われてみれば、それはもっともなことだった。

「側妃――」

ホルテンは小さく呟《つぶや》くと表情を険《けわ》しくし、ギュッと拳《こぶし》を握《にぎ》りしめる。

「……そうね。確かに王太子さまは、正妃にとはおっしゃらなかったわ」

前トーレス伯爵夫人も、シモンの指摘に同意した。

パッと顔を上げたコーネリア。彼女と目を合わせ……前トーレス伯爵夫人は、安心させるように優しく微笑んだ。

「でもね、アレクサンデルさまは、コーネリアを〝唯一《ゆいいつ》の妃《きさき》〟にしたいとおっしゃったの。それは聞き違いではないわ。……平民が正妃になる道は、とても険《けわ》しい。きっと、一朝一夕《いっちょういっせき》には叶わないことよ。でも、コーネリアが妃《きさき》となって、そしてアレクサンデルさまがほかの妃《きさき》を娶《めと》られなければ……その状態が長く続いたら、いずれは周囲も彼女を受け入れる。……受け入れざるを得なくなるはずよ」

力強く話す前トーレス伯爵夫人。

「まあ、それって巷《ちまた》で噂《うわさ》の事実婚と同じ話ではないですか？」

何故《なぜ》か目を輝かせるシモン。

どうして伯爵令嬢である彼女が、巷《ちまた》で噂《うわさ》の事実婚なるものを知っているのだろう？

（いったいそれはどんな噂《うわさ》なのだ？）

興味津々《きょうみしんしん》といった様子で、ルードビッヒが身を乗り出す。しかしもちろん、シモンには見えていないので、噂《うわさ》の内容は聞き出せない。

前トーレス伯爵夫人は苦笑した。

「どういった形になるのかは、まだわからないわ。でも、アレクサンデルさまはコーネリアを〝唯一《ゆいいっ》の妃《きさき》〟とする覚悟を決めていらっしゃる。……そして、私はそれを応援したいと思っているわ」

いけにえの姫と呼ばれ、王家の都合に人生を翻弄《ほんろう》された女性は、静かにそう言った。

「……不可能だ」

黙って聞いていたホルテンが、呻《うめ》くようにそう呟《つぶや》く。

「あら？　あなたがそれをおっしゃるの、ホルテン侯爵。王太子さまよりコーネリアを預かり、彼女を正妃とするべく画策していらっしゃる、一番の協力者であるあなたが？」

「誤解です！」

首をかしげる前トーレス伯爵夫人に、ホルテンはきっぱりと応じた。

「この期《ご》に及んで隠さなくてもいいのに……」

彼女は不満そうな表情を浮かべる。ホルテンの言葉をまるで信じていないことは、間違いないだろう。

「本当に誤解なのです。私がコーネリアを雇ったのは領地のホルテンでしたし、その理由はまったくの個人的なものでした。王太子殿下には、少しも関係ありません」

それは、嘘偽《うそいつわ》りのないことだった。

ホルテンは顔色の悪いコーネリアを心配そうに見て、意を決したように前トーレス伯爵夫人に向き直る。

「………マリア・バルバラさまを疑うわけではありませんが、そのお話は何かの間違いではありませんか？　コーネリアは私の領民です。私についてくるまでは、王宮はもちろん、王都にさえ来たことのなかった一般人なのです。彼女は王太子殿下に会ったことすらないはずです。……そうだろう、コーネリア？」

顔を覗《のぞ》き込まれ、同意を求められて、コーネリアは困る。

確かに表向き、コーネリアは王太子アレクサンデルと面識はないことになっている。

コーネリアが知っているのは、あくまでアレックス・グレイという田舎男爵家の次男。養護施設を慰問に訪れた際にコーネリアと出会い、偶然王宮で再会した優しい青年だ。

（私は、アレクが王太子さまだなんて知らないことになっているのですから、ここは頷いてもいいんですよね？）

そうそう、そうだったと思い出したコーネリアは、勢い込んで頷こうとする。

ここで彼女が頷けば、ホルテンは間違いなく庇《かば》ってくれるだろう。あわよくば、このまま具合の悪そうな彼女を屋敷に帰らせてくれるかもしれない。

しかし、コーネリアが頷く寸前――

今の今まで黙り込み、空気と化していたルスカ子爵が、申し訳なさそうな顔で前トーレス伯爵夫人に声をかけた。

「前トーレス伯爵夫人、何かお忘れでいらっしゃるのではないですか？」

「え？」

「王太子殿下は、確かあなたさまに、伝言をお願いしていたかと思うのですが……」

下級貴族ゆえの腰の低さで、恐る恐る話すルスカ子爵。

侯爵に前伯爵夫人、伯爵令嬢といった常ならば接点のない面子《めんつ》に囲まれた彼は、先刻から逃げ出したい気持ちを必死に抑えていた。

「あ！」

前トーレス伯爵夫人は声を上げる。

「そうだったわ。……私ったら、アレクサンデルさまからコーネリアへの伝言をすっかり忘れてしまっていたわ」

思い出した様子の前トーレス伯爵夫人に、ルスカ子爵はホッと息を吐く。

「いやぁねぇ、年のせいかしら？」

そうこぼし、彼女はコーネリアに優しげな視線を向けた。

「コーネリア、あなたは王太子殿下が誰か知らないのよね。……本当にごめんなさい。一番先にあなたに伝えなければならないことだったのに……。王太子殿下は、あなたの知っている〝アレックス〟という青年なの。〝アレク〟だと言ってもらえれば、すぐにわかるはずだって殿下はおっしゃっていたわ。……『騙《だま》していてすまない』と、謝ってほしいとお願いされたのよ。『心配しないで私にすべてを任せて、待っていてほしい』

とも」

フフフと、前トーレス伯爵夫人は笑う。

「若いっていいわよね。……私にそうおっしゃった時の王太子殿下の顔を、あなたに見せてあげたかったわ。――王太子殿下は真剣で、苦しそうで……でも、あなたのことを話す時だけ、とても優しそうなお顔になるの。……ああ、思い出しただけで、私の胸までドキドキしてきてしまいそうだわ。……王子と平民の禁断の恋。身分を打ち明けられずに苦しむ王子と、一途に王子を慕《した》う健気《けなげ》な少女！　王道の恋物語だわ！」と呟《つぶや》いて、前トーレス伯爵夫人は、うっとりと目を閉じた。

コーネリアの隣で聞いていたシモンは、いつしか瞳をうるうるさせている。

（ア、アレクは、いったいどんな顔をしたんでしょう⁉）

思わずコーネリアは逃げ腰になった。

「それは、本当なのですか？　……本当にコーネリアは王太子殿下と知り合っていたと？」

驚き、前トーレス伯爵夫人に詰め寄るホルテン。

「もう、お芝居はしなくてもいいと言っているでしょう」

「すべて本当のことです。ホルテン侯爵閣下。……私もつい先日、王太子殿下より直々《じきじき》に教えていただきました」

前トーレス伯爵夫人とルスカ子爵が、同時にホルテンへ答える。

ホルテンが、クラッとよろめいた。

そしてその時、高らかなファンファーレが鳴り響く。

それは、舞踏会会場への王族の入場を知らせる音色だった。

大ホール奥の中央に位置する王族専用の扉が、ゆっくりと開かれる。

会場にいるすべての者は、ファンファーレと同時に姿勢を正し、皆一斉にそちらを向いた。

男性は胸に左手を当て、頭を下げる。

女性は右手で軽くスカートを摘《つ》まみ、左手を胸の下に添えて腰を折る。

──王族への最敬礼だった。

扉に近い人から、水面に雫《しずく》が落ちて波紋が広がるように、次々と頭を下げていく。

パニックになっていたコーネリアも、一拍遅れで慌てて礼をした。

本当に、注意深く見ていた人しか気づかないほどの短い遅れ。

それなのに、そのほんの一拍の間に、コーネリアの目は、ホールに入ってきたアレクの姿をとらえてしまっていた。

王族の先頭に立って歩く、威風堂々《いふうどうどう》とした王太子。

顔をスッと上げ、背筋はまっすぐに伸ばされている。ごく自然に歩きながらも、漂《ただよ》う威厳と品位。

決して威圧的ではないのに、その姿は見る者に逆らうことを許さないほどの圧倒的な覇気《はき》を纏《まと》う。

輝くような金の髪と凍《い》てつく青い瞳をした、神のごとき美貌《びぼう》の王太子がそこにいた。

コーネリアは……深く深く、頭を下げ続ける。

頭を上げることなんかできなかった。

そんな彼女を訝《いぶか》しみ、ルードビッヒは声をかける。

(コーネリア?　顔を上げよ)

(陛下……私は、平民です)

こんなところにキレイなドレスを着て紛れ込んでいても、自分とアレクは全然違う。

コーネリアはそう思う。——思ってしまう。

思わざるを得ないほどに、彼女の目にはアレクが光り輝いて見えた。

ルードビッヒは大きなため息をつく。

(……コーネリア、顔を上げろと言ったであろう)

彼はコーネリアのそばに近づいて、耳元で囁《ささや》いた。

（そんなこと、できません）

（みんなやっていることだぞ？　なに、案外簡単なものだ。腰を低くしながら、顔だけそっと上げるのだ。……見てみろ、面白いものが見られるぞ）

ルードビッヒは、クククッと含み笑いをする。

〝面白いもの〟という言葉にそそのかされて、コーネリアはほんの少しだけ視線を上げた。

やはり一番に目に入ってしまうアレクの姿。

（アレク――）

（……まったく、情けないのぉ。滅茶苦茶《めちゃくちゃ》ビビッておるではないか）

小さく呟《つぶや》くコーネリアの脇で、ルードビッヒは肩をすくめた。

思わぬ言葉にコーネリアは目を見開く。

（えっ……ビビッているって？）

（よく見てみるがよい。アレクサンデルの視線がキョロキョロと彷徨《さまよ》っておるだろう？　……そなたを探しておるのだ。口元も引きつっておるし……心配でたまらぬのであろうよ。そなたが自分の正体を知って、万が一にでも逃げ出していたらと思えば、生きた心地がしないのであろうな）

顎《あご》に手を当て、ルードビッヒは（仕方のない奴だ）とこぼす。

（そんなに心配するくらいなら、焦って事を起こしたりしなければいいものを。オスカーの件に煽《あお》られおって……賭《か》けてもいいぞ、奴の手のひらは汗でびっしょりのはずだ）

そんなことまで言い出した。

コーネリアは信じられずに、ホール中央を堂々と歩くアレクを見つめる。

確かに言われてみれば、アレクは会場のあちこちに視線を彷徨《さまよ》わせていた。——言われなければ気づかない程度ではあるものの、青い瞳も不安げに揺れている。

（……アレクが、私を探して？　……不安でビビッているの？　あんなに毅然《きぜん》として、優雅に歩みを進めているように見える、王太子さまが？）

（ああ、間違いない。……嘘だと思うのなら、コーネリア、顔をもう少し上げてみよ。アレクサンデルに見えるように。タイミングを計って——そら、今だ！）

ルードビッヒの声につられ、コーネリアは思わず顔を上げた。

丁度そのタイミングで、アレクがこちらを見る。

（…………っ！）

途端、アレクは嬉しそうに口元をほころばせた。

ホッと安心したように、青い瞳が和《やわ》らぐ。

ルードビッヒの言った通り、周囲のほかの者たちもこっそり王太子へ視線を向けていたのだろう。アレクが笑った途端、驚愕《きょうがく》の声なき声が広がった。

何人かのご令嬢が、クラリとその場に倒れかかる。

コーネリアは慌てて顔を伏せた。

心臓がバクバクと高鳴り、騒ぎ出す。

（わしの言った通りであろう？）

偉そうに、ルードビッヒが胸を反《そ》らした。

本当にそうなのだと、コーネリアにもわかる。

（顔を上げよ、コーネリア。……そなたは間違いなく平民だ。——だが、王太子アレクサンデルが心を寄せ、そなたがいるかどうかで不安になり動揺する、平民なのだ。……そのようなことをあやつにさせることができる者は、貴族の中にもいない。……顔を上げ、堂々とするがよい。そなたにはその資格がある）

ルードビッヒはそう言った。

その声を耳に、アレクを——彼だけを、コーネリアは見つめていた。

◇

そういったわけで、残念ながらコーネリアの目にはまるで入っていないのだが――ルードビッヒは見ていた。

アレクの後ろには、オスカーをはじめとしたほかの王族たちも、ちゃんといたのだ。

まず、アレクの後ろにピッタリとついて歩く女性。アレクと同じ金の髪、青い瞳の美女はルードビッヒの正妃――現王太后だ。

高貴な家柄とその美貌《びぼう》で正妃の座についたと噂《うわさ》される彼女は、御年三十七歳。十六歳の時に二十八歳のルードビッヒに嫁《とつ》ぎ、月足らずでアレクサンデルを産んだ。

国王に似ても似つかぬ第一王子を産んだ正妃としての人生を、彼女自身がどう考えているかは、想像するしかない。しかし、にこやかに微笑みながら歩くさまからは、暗いものは感じられない。

そんな彼女を悪《あ》しざまに言う者は、常にあとを絶《た》たなかった。

今も――

「ルードビッヒさまの喪《も》もまだ明けぬというのに」

「誕生祝いの舞踏会とは、呆《あき》れてものも言えぬ」

「見ろ、あの派手な赤いドレス」

「なんでも、侍女長が黒いドレスをすすめたのに、王太后さまは頑《がん》として頷かなかったのだそうだ」

「まあ、あの方の興味がドレスと舞踏会にしかないのは、この国にとって幸いなことだろうな」

舞踏会会場のそこかしこで、悪意と共に囁《ささや》かれる声。

ひそやかであろうとも聞こえよがしなその声が聞こえぬわけではないだろうが、王太后の笑顔は少しも変わらない。

ルードビッヒは、顔を大きくしかめた。

脳裏にコーネリアの言葉がよみがえる。

――それでも、キレイなものはキレイじゃないですか。それだけで、とってもステキなことだと思います。少なくとも、見た目も中身も醜《みにく》いよりは、いいですよね？

素直な少女の、まっすぐな言葉。

（……そうだな。せめて外見くらいは、美しいほうがいい）

ルードビッヒは心の中で呟《つぶや》く。

にこやかな王太后の顔をジッと見た。

（これほどじっくりと見るのも、久しいな）

それどころか、ここ数年はまともに顔も合わせていなかったのではないか、とふと気がついた。

生前の自分が美しい正妃を愛していたのかと聞かれれば、ルードビッヒは言葉に詰まってしまう。

嫌いではなかった……とは、思う。

ただ、よくも悪くも彼女は自分の治世を安定させるために選んだ相手であり、ルードビッヒにとってはそれ以上でもそれ以下でも、なかった。

ほかの二人の側妃も同じだ。

王の結婚に、愛など必要ない。

ルードビッヒには当たり前のことであり、そのことに疑問も持っていなかった。

……………しかし今、次期国王であるアレクサンデルは、政略的になんのメリットもないコーネリアを唯一《ゆいいつ》の妃《きさき》として望んでいる。

コーネリアに憑《つ》き、彼女の人となりを知った今となれば、ルードビッヒはそのことに賛成こそすれ反対する気は毛頭《もうとう》ない。しかし、自分が国王として生きていた間にアレクサンデルがそう言ってきていたとしたら――

（おそらく一考もすることなく反対していただろうな。……自分の考えを疑うことすらせずに）

傍《かたわ》らの愛くるしい少女を見ながら、故国王はブルッと体を震わせる。

そんなことにならなくてよかった、と心から思った。

（時代は変わるのだな。………いや、わしとて変えることはできたのであろう。……少なくとも、政略結婚で嫁《とつ》いできた妃《きさき》を慈《いつく》しみ、大切にしてやることくらいは、できたはずだ）

悪意を向けられる中、毅然《きぜん》と頭を上げ笑う女性。

化粧を施《ほどこ》したその肌は、以前のルードビッヒが知るよりもくすみ、荒れているように見える。

（わしは、彼女の苦労に対する労《いたわ》りの言葉さえ、かけてやったことがなかった）

王太后の後ろには、第二妃と、オスカーにエスコートをさせている第三妃の姿もあった。

降嫁した娘の姿はないが、コーネリアは彼らをルードビッヒの〝家族〟と呼ぶのだろう。

（家族か……そんなことは、思ったこともなかったな）

ルードビッヒの家族のイメージには、コーネリアが亡くなった両親を語る際に溢《あふ》れる、優しく温かな想いはまるでない。

そんな感情を、ルードビッヒはコーネリアと出会ってはじめて知ったのだ。

とはいえ、王族という立場で、彼が格別に家族の情に薄いわけでは決してなかった。

ルードビッヒ自身が、仮の王太子という、本物の王太子が産まれれば即座に用なしになるような立場で生まれ育っていた。そこに、家族としての無償の愛情など育《はぐく》まれるはずもなかったのだ。

王族ならば、それで当たり前なのである。

王としての常識で言うと、おかしいのアレクサンデルのほうなのだ。

(いったいどこで、あやつは〝家族〟を知ったのであろう?)

──お忍《しの》びで、各地の養護施設を訪問していたというアレクサンデル。

親を、家族を喪《うしな》って生きる子供たちに接して、彼は何かを感じたのだろうか。

王族の常識とはまるで違う、でもおそらくはアレクサンデルにとって、とても大切な何かを。

そして、彼はコーネリアと出会い、彼女を自分の〝家族〟として望んだ。

ルードビッヒは、舞踏会の会場を進む王族たちをもう一度見つめた。

もはや、触れることも叶わない……目の前の彼ら。

死んでしまった者のどんな後悔も、彼らには届かない。

ルードビッヒは、苦々しく笑った。

◇

ホールに入場した王族たちが中央の壁際に作られた一段高い席に座り、舞踏会の開始が告げられる。

主催者として王太后が無難な——しかし、それゆえ誰の心にも残らない挨拶《あいさつ》をして、全員が配られた杯《さかずき》を上げた。

わけのわからないうちにグラスを渡され、周囲につられて乾杯し、グラスを回収されたコーネリアは、ちょっとポカンとする。

(ものすごく手際がいいですね)

感心するのは、貴族たちの間を素早く動く使用人たちに対してだ。

まるで空気みたいに誰の邪魔にもならず確実に仕事をこなしていく彼らは、正真正銘《しょうしんしょうめい》、プロだった。

(そなたは…………、そんなところに感心している場合ではないぞ)

ルードビッヒは呆《あき》れてため息をつく。

(だって、すごいじゃないですか！　私もあんな風に動けるようになりたいです)

再び、使用人に目を向けるコーネリア。

ルードビッヒはもう一度ため息をつくと、彼女の前に回った。

(そなたの気持ちはよくわかる。突然のことに混乱して、どうしていいかわからぬのであろう。……だがな、悩み迷う時間が、今はない。もうすぐファーストダンスがはじまるのだ。心を決めておかねば、流されるままに足場を失うぞ)

コーネリアは思わず自分の足元を見た。

美しい青いドレスの裾が目に入る。

今まで着たこともないような上品なドレスを着て、目も眩《くら》むような豪華な場所にいる、自分。

(私は――)

そう言ったきり、コーネリアは言葉を失った。

ルードビッヒは、彼女に容赦《ようしゃ》なく言葉をかけてくる。

(アレクサンデルは、そなたを自分の妃《きさき》にしたいと望んでいる。それは、普通であれば叶わないことだ。しかし、やりようによってはできないことではない。……そなたには、マリア・バルバラの養女となる道が開けておる。まったくの偶然だったとはいえ、そなたはホルテンの信頼も得ている。そなたが、国王の妃《きさき》の座につくことは、可能だろう）

高位貴族の結婚には国王の許可が要る。それと同様、国王の正式な結婚には、高位貴族と国の重臣、軍の幹部で構成される議会の賛成がいる。

コーネリアの出自が平民であるため、満場一致の賛成は難しいだろう。

だが、ホルテンや前トーレス伯爵夫人、シモンの協力があれば、賛成多数として押し切ることはできるに違いない、とルードビッヒは語る。

（もっとも、ホルテンは……）

何かを言いかけて、ルードビッヒは黙り込んだ。

複雑そうに、かつての自分の数少ない信頼できる臣下だった男に視線を向けた。

ホルテンがコーネリアを愛していることを、ルードビッヒは知っている。

そして、それゆえにコーネリアの幸せを何よりも望むだろうことも。

二人が想い合っていたとしても、アレクサンデル――国王と結婚したコーネリアが幸せになれるとは限らない。むしろ彼女にとって、その結婚は不幸になる可能性のほうが大きい。

コーネリアが幸せになるのなら、おそらくホルテンは潔《いさぎよ》く身を引くに違いない。しかし彼女が、苦しみ悲しむ結果になるのなら……

コーネリアに優しいご領主さまは、強固に反対するだろうと思われた。

(まったく、不器用な奴だ)

ホルテンはいまだに、この事態を信じられないといった風に呆然としている。

ルードビッヒは、頭を一つ振ると、再びコーネリアに視線を向けた。

(コーネリア。すべては、そなた次第だ。以前、そなたをアレクサンデルのもとに引き止めたわしが、何を今さらと言われるかもしれないが……今ならまだ間に合う。すべてを放り出してこの会場から駆け去れば、おそらくその時点で、そなたは前トーレス伯爵夫人の養女として失格となる。当然、そんなそなたをアレクサンデルの妃《きさき》にするなどということは、誰にもできなくなる)

真剣な顔でルードビッヒは話す。

同時にホルテンの妻となる道も閉ざされるのだろうが、その道を示されてもいないコーネリアに、それを言っても詮《せん》ないことだった。

(駆け去る？　でも、そんな……そんなことをしたら、陛下は？　陛下は、この会場で起こるかもしれないことを確認されたいのでしょう？　できることならば、危機を止めたいのでしょう？)

前トーレス伯爵夫人とリリアンナ・ニッチが、この舞踏会で何かを企《たくら》んでいると知ってしまったルードビッヒ。コーネリアは、それを心配する彼に頼まれて舞踏会に出席することにしたのだ。

なのに、ルードビッヒは首を横に振る。

(それよりそなたのほうが大事だ。──コーネリア、もう時間がない。急いで考えるのだ。今すぐ逃げて、慎《つつ》ましくも穏やかな平民としての生活に戻るのか。……それともこのままここにいて、アレクサンデルと苦難の道を歩むのか。──二つに一つだ)

言われて、コーネリアは固まった。

(そ、そんな、急に言われても……)

(早く！)

ルードビッヒに急《せ》かされ、コーネリアは──途方に暮れて立ちつくした。

そして結局、彼女はどちらも選べなかった。

しかしそれも仕方のないことだろう。難しい問題に、短い時間で答えを出せと言うほうが無理だ。

選べなかったコーネリアを責めることなど、誰にもできない。

ただ、選べなかったということは……逃げないという選択と同じ結果となった。

立ちつくすコーネリアの周囲で、時は待ったなしに進む。

国内最高の室内楽団が、美しいワルツの旋律《せんりつ》を奏でだし、ファーストダンスがはじまった。

身分の高い者から順にパートナーを誘い踊る、ファーストダンス。

この場で一番高位なのは、王太子のアレクサンデルである。

そのため、侍従は一応の手順として、王太子に対しダンスを促《うなが》すための礼をとった。

しかし、アレクサンデルのダンス嫌いは有名で、彼が踊ったことは今までほんの数回しかない。その数回も、父王であるルードビッヒが舞踏会を欠席した際に、父から命じられ、代理として母と踊っただけのことだった。

ルードビッヒがいない今、王太子であるアレクサンデルに命令できる者は誰もいない。王太后となった彼の母が、自分と踊ってほしいという旨《むね》をさりげなく息子に伝えたらしい。だが、あっさり断られたという。それは、ここ最近王宮で噂《うわさ》される公然の秘密であった。

当然、今回のダンスもアレクサンデルは踊らないだろう、と誰もが思っている。

現にオスカーは、すぐに自分の番となることを確信し、腰を浮かそうとしていた。彼は、先ほど無理やり引き離されてしまったコーネリアをジッと見ている。

しかしその時――

今にも立ち上がらんとしていたオスカーの耳に、カタンという音が届いた。

慌てて、音がしたほうを見るオスカー。

それは、アレクサンデルが席を立った音だった。

「へ？」

オスカーは思わず、間抜けな声を出してしまう。

そんな彼に一瞥《いちべつ》もくれずに、アレクサンデルは歩き出した。

誰もが驚愕《きょうがく》で目を見開く。

「王太子殿下が……」

「踊られるのか？」

「いったい、どなたと？」

美しい音楽が流れる会場に、ザワザワと雑音のようなざわめきが広がる。

その中を、アレクサンデルはまっすぐに進む。

やがて彼は一人の少女の前で、歩みを止めた。

背の高い財務長官と優雅な前伯爵夫人の間に立つ、年若い少女の前だ。

そして、蒼白な顔をしたその少女に――王太子アレクサンデルは、膝をついた。

人々の間に衝撃が走る。

「リア……私と、踊ってくれる？」

そう言ったアレクサンデルは、コーネリアにうやうやしくその手を差し出したのだった。

「……リア？」

王太子がコーネリアを愛称で呼ぶのを聞いて、ホルテンが呆然と呟《つぶや》く。

コーネリアは、ますます顔色を悪くした。

（ムリ、ムリ、ムリです！　どうしましょう、陛下⁉）

彼女は心の中で慌てふためく。

平民の自分が、王太子であるアレクサンデルとなんて踊れるはずがなかった。

（た、確か……ファーストダンスは、ご領主さまと踊る約束があるからって言って、断ればいいんですよね？）

縋《すが》るように聞くが、ルードビッヒは無情にも首を横に振った。

（ダメだ。あれはホルテンより下位の貴族にしか使えない言い訳だ。アレクサンデルはこの場の誰よりも位が高い。王太子の誘いを断るのに、ほかの者との約束を言い訳には

できぬ）

（そ、そんなぁ～）

泣き出しそうなコーネリア。

そこにルードビッヒはなおも言葉を続けた。

（ホルテンにも言われたであろう？　舞踏会でダンスを申し込まれた女性は、よほどのことがない限りそれを受けるのが慣例となっておる。理由もなく断ることは、相手への侮辱《ぶじょく》になる。……そなたは、アレクサンデルと踊らざるをえないだろう）

彼女は恐る恐る周囲をうかがった。

会場にいるすべての人間が、呆気にとられてコーネリアとアレクサンデルを見ている。

――特に、いつも感情をあらわにしないアレクサンデルに、全員が驚いていた。

氷の王太子と呼ばれているはずの彼は、今、春の女神もかくやという温かく優しい笑みを、目の前の少女に向けている。

誰もが、彼の笑みに驚き、心奪われていた。

その中で、唯一《ゆいいつ》彼の笑みを見慣れているコーネリアだけが、それとは別のことに思い悩む。

（どうすれば断れるのでしょう？）

（ムリだと言っておるだろう）

（で、でも……）

そうだ、今からでも逃げ出せばよいのではないか？　と、コーネリアは考える。

平民の少女が大舞台に上がり、気が動転して逃げ出す——彼女に対する笑い話になってアレクに同情が集まったとしても、彼の評価が下がることにはならないだろう。

そう考えたコーネリアは、わずかに体を動かし、一歩足を引こうとする。

そのタイミングで、アレクが声をかけてきた。

「お願いだよ、リア。こんなことになって、多分とってもビックリしているのだと思うけれど——」

アレクは、情けなさそうに眉を下げる。

「——私があまりダンスをしないという話は、もう聞いたかい？　……本当なんだよ。私は舞踏会があまり得意ではないんだ。今もすごく緊張して、手に汗をかいている。……こんなカッコ悪い私が踊ってと頼めるのなんて、リアしかいないんだ。お願いだよ、リア。頼む、私と踊ってほしい」

頭を下げんばかりに、彼は懇願《こんがん》する。

それはコーネリアと一緒の時の、いつものアレクの姿だった。

気さくで、優しくて、親しみやすい、お日さまのような青年。

「……え？　汗を？」

そういえば、先ほどルードビッヒも、アレクが手に汗をかいていると言っていたな、とコーネリアは思い出す。

「ああ。……ほら、触ってみて」

アレクはコーネリアに向かって差し出していた手を伸ばし、手のひらを見せる。

その仕草はいつもと変わらぬ何気ない調子で——

つい、思わず、コーネリアは言われるままに手を伸ばした。

アレクの大きな手のひらを、確かめるように触る。

彼の言った通り、その手はしっとりとした感触がした。

「まあ！　ホントだわ」

「……ああ」

アレクは、ニッコリと笑う。

そのままギュッとコーネリアの手を握《にぎ》ってきた。

「あっ！」

「リア、踊ろう」

彼は立ち上がり、少女の手を握《にぎ》りしめてスッと引き寄せる。

そこからのアレクは、実に素早かった。

コーネリアを自分のそばに近づかせ、自然な形で腰に手を回す。

「きゃっ！　……ア、ア、アレクッ？」

「大丈夫、私に任せて」

先ほどまでダンスが苦手なのだと言っていたのは、いったいなんだったのか？

アレクは自信たっぷりに言い切って、コーネリアの顔を覗《のぞ》き込み、安心させるように優しく微笑んだ。

「……うっ」

そんな笑顔を見せられたら、コーネリアの頭はたちまちボッ！　と沸騰《ふっとう》し、何も考えられなくなってしまう。

アレクはその隙《すき》に、さっさと彼女を会場の中央に連れていったのだった。

残されたホルテンたちは、呆然と二人の後ろ姿を見送る。

「……誰、あれ？」

ポツリと呟《つぶや》く、前トーレス伯爵夫人。王太子を〝あれ〟と称するのは不敬ではあったが、

それを指摘する者は、この場に誰もいなかった。

「し、知りません！」

間違いなく知っている相手だろうに、シモンはブンブンと首を横に振る。

「確かに――少しくらい微笑まれてもいい、とは言ったけれど……」

以前と差がありすぎるだろう？　とルスカ子爵は、頭を抱える。

ホルテンは――言葉もなく、立ちつくしていた。

そして――

（どうしてこうなったのでしょう？）

懸命に覚えたステップを間違えないように踏みながら、コーネリアは混乱していた。

彼女の目の前、超至近距離には、嬉しそうに笑うアレクの絶世の美貌《びぼう》がある。

それだけでなく、アレクの左手はコーネリアの右手を掴み、右手は彼女の背中に回されている。

コーネリアの左手は彼の右腕にそっと置かれ、二人の距離はほぼゼロだ。

美しい音楽に合わせ、アレクの巧《たく》みなリードで、コーネリアはクルクルと回る。

心の中も、クルクル回っているみたいに混乱していた。

「コーネリア、もう少し近寄って。こっちの手は、私の肩に触れるくらいで……そうそう、顔を上に向けて――」

まだ頭がボーっとしているコーネリアは、アレクに言われるままに動いていた。

なんとかポーズを取って、彼と視線を合わせる。

――途端、アレクはスッと真面目な顔になった。

「……キレイだよ。リア。とてもステキだ」

耳元に顔を寄せ、そう囁《ささや》いてくる。

「ア、アレクッ！」

ズルイ！　と思った。そんな真剣な表情で褒め言葉を言われて、嬉しくないはずがない。

照明を受けてキラキラと光る会場に流れる、美しい旋律《せんりつ》。

アレクに続いて踊るはずのオスカーが呆然としたまま動かないため、今ダンスをしているのはアレクとコーネリアの二人だけだ。

キラキラしたお日さま笑顔全開のアレク。

コーネリアがクルリと回るたび、青いドレスがフワリと広がる。

心も体もフワフワと浮いているような気分を、彼女は感じていた。

（まるで、夢の中みたいです）

豪華な王宮のホールの中央で、王太子と踊る自分。

夢だとしか思えない。

コーネリアはぼんやりとそう考える。

そしてそれと同じタイミングで――

「まるで、夢みたいだ」

アレクがうっとりと呟《つぶや》いた。

「アレク？」

「だって、そうだろう？　こんな風にリアと踊れるだなんて。幸せすぎて夢だとしか思えない。……ああ、本当にこれが夢だったら、どうしよう？」

コーネリアとそっくり同じことを、アレクも考えていたらしい。

驚きで目を丸くする彼女に、彼はさらにとんでもないことを言ってくる。

「……ねぇ、リア。夢じゃないって確かめるために、ちょっと私の足を踏んでくれないかい？」

「え!?　えぇぇっ！」

驚いたコーネリアは、ステップを乱す。

結果、彼女はアレクの注文通りに……彼の足を踏んでしまった。

「っ痛！」

「きゃっ！　アレク、大丈夫？」

「ああ、大丈夫だ。……痛いってことは、ホントにこれは夢じゃないんだね」

足を踏まれて、アレクは本当に嬉しそうに笑ったのだった。

「……なんなの、あのバカップル」

二人の様子を見ていた前トーレス伯爵夫人が、またまた不敬なことをボソッと呟《つぶや》く。……だが、やっぱりツッコむ人は誰もいなかった。

一曲目の最後の音が名残惜《なごりお》しそうに消えて、ダンスが終わる。

アレクのリードによりまるで宙を滑るようにふわりと回ったコーネリアは……動きを止めた。

広がって浮かんでいたドレスの裾が、ゆっくりと落ちる。

アレクも静かに止まり、上着の裾の揺れも止まった。

二人は、黙って見つめ合う。

（……夢が、終わったのね）

コーネリアはそう思った。

平民の自分が王太子さまと踊るという、儚《はかな》くも美しい夢。

先ほど、アレクが自分を妃《きさき》にしたいと言っていると聞いたが、コーネリアは現実的な話ではないと考えていた。こうして手を取ってもらえたのは、この場限りのこと。

だってやっぱり、コーネリアは平民なのだ。

アレクが国王に即位すれば、彼女はきっともう二度と彼に会えなくなる。

生涯《しょうがい》一度の美しい夢を……コーネリアは見させてもらった。

踊り終わってまだ弾《はず》む息を整えながら、コーネリアは現実に戻っていく。

少し俯《うつむ》き、小さくホウッと息を吐くと、顔を上げようとする。

そこには、自分と同じく夢から醒《さ》めたであろうアレクの青い瞳があるはずだ。

……その瞳を見るのは怖い。

それでも、このままではいられない。コーネリアは覚悟を決めて、しっかり前を向いた。

いつか醒《さ》める夢ならば、早いほうがいい。

そう思っていたのに——

（え？）

コーネリアの目には、アレクの真剣な表情が飛び込んできた。

青い瞳が彼女を一心に見つめている。その輝きの強さは、ダンスの最中と少しも変わらない。

（アレク……）

コーネリアは大きく目を見開いた。

終わったはずの夢が、まだそこにある。

コーネリアは、戸惑い、逃げるように熱い視線から目を逸《そ》らし……丁寧に礼をした。

アレクも胸に手を当て、頭を下げる。

ダンスが終わったあとに踊った男女がとる、お決まりのポーズ。

……そこから、コーネリアは動けなくなった。

シンと静まり返る舞踏会会場。

彼女だけでなく、ほとんどの者が動くことすらできず、静寂《せいじゃく》が生まれていた。

しかし――パンパンパン！　という拍手の音が、唐突に静寂《せいじゃく》を切り裂いた。

驚き振り向く、コーネリアとアレク。

そこには、白髪《しらが》まじりの頭をした初老の男がいた。

背はあまり高くなく、いかにも文官といった小柄な体格で丸顔だ。彼は愛想のよさそうな笑みを浮かべて、二人のもとへ近づいてくる。

アレクがスッと表情を消し、コーネリアを庇《かば》うように彼女の前に立った。

（……宰相のスベイデルだ）

それまで黙ってコーネリアたちを見ていたルードビッヒが、男の正体を教えてくれる。

男は、この国の宰相――フォルカー・アガタ・スベイデル伯爵だった。

コーネリアは彼の話を聞いたことはあったが、初対面だ。慌てて、頭を下げる。

（な、なんだか、イメージが違います）

彼女は焦って心の中でルードビッヒに言った。

宰相はアレクを王太子の座から引きずり落とし、自分の孫であるオスカーを玉座《ぎょくざ》に就《つ》けようとしているという。

コーネリアは、そんな宰相を、いかにも悪役然とした冷たく厳《いか》つい男といったイメージを持っていた。

けれど目の前の宰相は、どちらかと言えばお人よしそうに見える。

（見かけに騙《だま》されてはいかん。こいつはこう見えて、実に油断のならんタヌキジジイだからな）

ルードビッヒはコーネリアの隣に浮かび、眉間に深いしわをよせる。

（タ、タヌキ……）

（スベイデルは切れ者なのだ。だがな、頭がよすぎるからか、国の利益をあげるついでに自分の利益も忘れないという、ちゃっかりした一面を持っておる）

（ちゃっ……ちゃっかりですか？）

下を向いたまま、コーネリアは目をぱちくりさせる。

（ウム。何か政策を行《おこな》うにあたって、効果が一つでは満足できないという強欲な一面もある。……「一石二鳥《いっせきにちょう》など生ぬるい、百羽くらいまとめてカスミ網で捕獲する気概をお持ちください」と、常々言われておった）

――カスミ網は、細い糸で作られた網で飛んでいる鳥を捕獲する狩猟法《しゅりょうほう》だ。残酷かつ種を問わぬ乱獲にもつながるため、この国では、特別な許可を持つ者以外の使用を固く禁じている。

コーネリアは思わず顔を上げた。

マジマジと、目の前の宰相を見つめる。

（このおじいさんが、カスミ網と言ったのですか？）

（あぁ、カスミ網は比喩《ひゆ》だ。実際にスベイデルがカスミ網で猟《りょう》をするわけではないぞ）

慌ててルードビッヒは否定する。

そんなことくらいはコーネリアだってわかっている。けれど、やっぱりその言葉と、目の前の好々爺《こうこうや》の印象はまったく合わなかった。

スベイデル宰相は、ニコニコと人のよさそうな笑みを崩さない。

「実に見事なダンスであらせられましたな、アレクサンデルさま。いやいや、すっかりおみそれいたしました」

しゃがれた声でそう言った。

「宰相、なんの用だ？」

ひどく冷たい声でアレクが問い質《ただ》した。

今まで一度も聞いたことのないアレクの声に、コーネリアは驚いて彼を見上げてしまう。

感情の一切が抜け落ちた能面みたいな顔が、そこにあった。

思わず震えるコーネリア。

ルードビッヒが、困り顔になる。

（そなたが怯《おび》える必要はない。……それに、普段のアレクサンデルはいつもこんなものなのだ。アレクサンデルがそなたに見せているあの笑顔のほうが、わしらには見慣れない、おかしなものに見える）

そうは言われても、彼女の知るアレクはいつでも優しいお日さまみたいな人だ。

自分の知っているアレクと違うとでも言うように、コーネリアは小さく首を横に振る。

そんな彼女の仕草に気がついたのだろう。ハッとしたアレクが、彼女のほうに向き直り「ごめん」と言って笑いかけてきた。

「疲れたよね？　……向こうに行って、休もう」

アレクは優しく手を握《にぎ》り、ホルテンたちのほうへと導いてくれる。

たった今見せた無表情が夢か幻《まぼろし》だったみたいな豹変《ひょうへん》ぶりだった。

「アレク、でも……」

不安そうにコーネリアが呟《つぶや》くと、彼が手を腰に回してきて、グッと引き寄せられる。

促《うなが》されるまま彼女が歩き出した、その背後から――

「アレクサンデルさま！」

無視された形の宰相が、強い口調で呼びかけてきた。

アレクは仕方ないといった様子で振り返る。

意識的にやっているのだろう。彼はコーネリアから顔を背《そむ》け、隠してしまった。

「あとにしろ」

聞こえてくる声は、果てしなく冷たい。

「そうはまいりません！　私どもに、そちらのご令嬢をご紹介ください」

（え？　私ですか？）

突然指名されて、コーネリアは驚いた。

（まあ、そうであろうな。……無理もあるまい。そなたは今、注目の的《まと》だ。スベイデルの言葉は、ある意味この場にいる全員の内心を代弁していると言ってもいいだろう）

ルードビッヒは小さくため息をつく。

――今まで貴族社会で見たこともない少女が突然現れ、氷の王太子と呼ばれるアレクサンデルの笑みを一身に受け、彼とファーストダンスを踊った。

この場にいる多くの貴族にとって、今の出来事はそう映るのだ、とルードビッヒは話す。

コーネリアは、一気に我に返った。

夢のようだと思ったファーストダンス。

だが、それはすべて現実に起こったことだ。

夢ならば醒《さ》めて終わりだろうが、現実であれば……そこに終わりはない。

コーネリアは、この現実に向き合わなければならないのだった。

いつかどこかで聞いたおとぎ話に、王子さまとダンスを踊ったヒロインが十二時の鐘の音と共に自《みずか》らにかけられた魔法が解けるのを恐れ、逃げ出したというものがあるが――アレクにがっちり手を握《にぎ》られた上に腰をホールドされたコーネリアは、とても逃げ出せそうにない。

(……えっと、私はどうすればいいのでしょうか？　……ひょっとして、自己紹介とか必要ですか？)

あらためて自分の立場を考えてみる。

出自は平民。現在、ホルテン侯爵に仕える一方で、前トーレス伯爵夫人から養女にならないかと誘われている。

(マリア・バルバラさまのお話はお断りする予定ですから、話さないほうがいいのでしょうか？　あ、でも、彼女の養女候補として舞踏会に出席していることになっていて……)

どこかズレた彼女の言葉に、ルードビッヒは呆《あき》れたようにため息をついた。

(そうではあるまい。そなたが言ってやらなければならぬのは、もっと違うことであろう？)

コーネリアは首をかしげる。

ルードビッヒはフヨフヨと宙を漂《ただよ》うと、宰相の目の前に移動した。そのまま、ビシッ！と右手を突き出し、宰相を指さす。

(正々堂々、言ってやるのだ！　――我こそはコーネリア・サンダース！　次代のローディア国の王妃だと！)

（そんなセリフ、言えるわけがないでしょう！）

コーネリアは心の中で、故国王陛下を思いっきり怒鳴《どな》りつけた。

ルードビッヒが口にしたセリフを言うか、言わないかといった内容で、ルードビッヒとコーネリアはひそかに争う。

そんな二人とは関係なく、アレクは宰相と対峙《たいじ》する。

「そのような不躾《ぶしつけ》な要求を聞くつもりはない」

王太子の絶対零度の声は、宰相の頼みを断った。

丸顔を赤くする宰相。

「この状況で、そんなワガママが通るとお思いですか？」

「宰相、あなたは誰にものを言っている？」

冷たい青い瞳に睨《にら》まれて、宰相はグッと言葉に詰まった。

それでも意を決したように口を開こうとしたところに、思いもよらぬほうから声がかかる。

「アレクサンデル――あなたに、ですよ。私はおろか、ここにいるほとんどの者が見も知らぬ娘とファーストダンスを踊るという前代未聞《ぜんだいみもん》なことをしでかした、あなたにです。……もしもあなたが宰相の問いに答えられないと言うのなら、私が聞きましょう。……その娘は、誰です？」

話しながら近づいてきたのは、アレクによく似た女性――王太后だった。

言うまでもなく、第三妃の父である宰相と王太后は、とても仲が悪い。

犬猿《けんえん》の仲と言うよりも不倶戴天《ふぐたいてん》の敵であり、互いを蛇蝎《だかつ》のごとく嫌っている。

そんな王太后が宰相の味方をするとはと、誰もが驚いた。

当の宰相など、ポカンと口を開けている。

アレクが小さく舌打ちした。

「母上には関係ございません」

「関係ないわけがないでしょう？」

二人は実の親子の会話とはとても思えないほど、冷え切った声でやりとりをする。

自分にかけられた言葉ではなかったが、その声を耳にしたコーネリアは、思わず身を硬くした。

――アレクは、先ほど見たような無表情な顔をしているのだろうか？

コーネリアは、グッと頭を上げる。

大好きなお日さまみたいなアレクに、そんな顔をさせるわけにはいかない。

（それに、だってこの方は、アレクのお母さんなのでしょう？）

（……コーネリア）

コーネリアの問いかけに、ルードビッヒはつらそうに表情を歪《ゆが》める。

「ご自分のお席にお戻りください。……母上」

アレクの冷たい声が、もう一度会場に響いた。

自分を産んでくれたお母さんに対して、こんな冷たい言い方をさせるわけにはいかない。

そう思ったコーネリアは、自分の手を握《にぎ》るアレクの手をギュッと握《にぎ》りしめ、そっと呼びかけた。

「アレク」

アレクは、ビクッと体を震わす。

その隙《すき》を突いてコーネリアは足を進め、アレクの隣に並んだ。

慌てて彼女を隠そうとするアレクを制し、ルードビッヒに教えられた通りに王族への最敬礼をする。

「リアっ！」

「はじめてお目にかかります。……私は、コーネリア・サンダースと申します」

頭を下げたまま、彼女はそう名乗った。

突然のコーネリアの行動に、王太后や宰相が驚いている様子が伝わる。

「……コーネリア・サンダース？　どこかで聞いた名前ね？」

王太后が考え込むように首をかしげた。

（え？　陛下、私の名前なんて、王太后さまはどこでお聞きになったのでしょう？）

驚くコーネリア。

聞かれたルードビッヒも驚いたが、その疑問には背後から聞こえてきた声が答えてくれた。

「私がお話ししたのですよ、王太后さま。……本日、私の養女となる娘をご紹介すると申し上げましたでしょう。彼女がその娘です」

いつのまにか、前トーレス伯爵夫人が羽扇《うせん》を優雅に揺らしながら、コーネリアとアレクの背後に立っていた。

「マリア・バルバラさま!?」

王太后が驚きの声を上げる。

その顔が少し強張《こわば》って見えるのは、気のせいではないだろう。

王家から降嫁した前トーレス伯爵夫人と王太后では、身分はもちろん王太后のほうが上だ。しかし、その力関係は推《お》して知るべしである。

「王太后さま。今宵《こよい》は私とコーネリアを舞踏会にお招きくださり、ありがとうございます」

前トーレス伯爵夫人は美しく微笑みながら頭を下げる。

感謝と同時に、コーネリアにはここにいる資格があるのだと、彼女は暗《あん》に伝えている。

王太后は少し気色《けしき》ばみ、苛立《いらだ》ちを抑えるようにキュッと拳《こぶし》を握《にぎ》る。

「ご養女ですか⁉　前トーレス伯爵夫人が？」

一方、驚きの声を上げたのは宰相だ。

「そんな話は、まったく聞いておりませんでしたが……」

「なぜ、あなたに話さねばならないのですか、スベイデル伯爵？」

扇《おうぎ》の陰からチラリと視線を流し、前トーレス伯爵夫人はツンと顎《あご》を上げてみせる。

そんな姿も可愛らしく映るのだから、年齢とは関係なく、彼女の魅力《みりょく》は殺人的だ。

宰相は、「いえ……その……」と口ごもった。

「高位貴族の養子縁組には、婚姻同様、国王陛下のご許可が要ります。しかし、それはつまり陛下のご許可さえあればいい、ということです。――いくら宰相とはいえ、王族でもないあなたに話す必要はありませんでしょう？」

宰相を軽んじているとも受け取れる、前トーレス伯爵夫人の発言。

さすがに宰相も苛立《いらだ》ちをあらわにしたが、彼女の言うことが間違っているわけではないため、それ以上文句は口にしなかった。

フフッと笑いながら、前トーレス伯爵夫人は言葉を続ける。

「コーネリアはホルテン侯爵ゆかりの者ですの。クロル伯爵令嬢とも親しくさせていただいていますのよ」

ねぇ、と前トーレス伯爵夫人は後ろを振り返る。

そこには、彼女のあとを追って近づいてきていたホルテンとシモンがいた。

さらにその後ろには、ルスカ子爵も控えめに従っている。

三人とも、緊張を隠せない様子で立ち止まり、うかがうように前トーレス伯爵夫人を見返した。

――ホルテン侯爵の縁などと言えば、まるで血縁か何かみたいに聞こえるが、その実コーネリアは領民の一人でしかない。

シモンとて、ホルテンのことを思う存分話せる相手として彼女と親しくしているだけだった。

(……物は言いようだな)

呆《あき》れ半分、感心半分といった様子で、ルードビッヒが肩をすくめる。

(ど、どうしましょう？　私が自分で訂正したほうがいいのでしょうか？)

口を挟んでよいものかどうか悩むコーネリアに、ルードビッヒは放っておけと答えた。

（貴族同士の化《ば》かし合《あ》いに参加することなど、今のそなたにはどうあがいても無理だ。マリア・バルバラに任せておけばいい）

（で、でも――）

（彼女には彼女なりの考えがあるのだろう。しばらく様子を見るのが一番だ）

そう言われれば、コーネリアは従うしかなかった。

そしておそらく、ホルテンも同じような結論に至ったのだろう。いつもの仏頂面《ぶっちょうづら》をさらにしかめながらも、黙って前トーレス伯爵夫人に頷き返す。

彼の瞳はコーネリアを心配そうに見つめていた。

「……は、はい」

ホルテンにならい、シモンも慌てて肯定の返事をする。

……まあ、ここで『違います』と言えるような強者《つわもの》は、いないのだろうが。

そんな二人に、前トーレス伯爵夫人は『よくできました』とでもいうように、微笑みながら大きく頷いた。そして羽扇《うせん》を頬に当て、小さく首をかしげる。

彼女の赤い唇の端が蠱惑的《こわくてき》に上がり……宰相が赤くなった。

「私、男の子は五人も育てていますけれど、女の子ははじめてでしょう。……コーネリアにステキな舞踏会デビューをさせてあげたくて、ちょっぴりワガママを言ってしまいましたの」

前トーレス伯爵夫人はそう言うと羽扇《うせん》を前方に伸ばし、王太后と宰相の後ろを指し示す。

「王宮までのコーネリアのエスコートは、オスカーさまにお願いしましたのよ」

一際大きな声で、彼女は言い放った。

ピシッと指された羽扇《うせん》の先には、第二王子オスカーがいる。

周囲から、控えめながらもどよめきが上がった。

当のオスカーは、コーネリアに近づいた宰相の姿を見てこちらに来ようとしたところを、母である第三妃に引き止められている状態だ。

「なっ！　オスカーさまがっ⁉」

宰相も驚きの声を上げる。

王太后もまた、アレクサンデルに似た青い目を大きく見開いた。

「そして、ファーストダンスは王太子さまにお願いしましたの。――二人の王子さまにエスコートされるなんて、女の子にとって最高の舞踏会デビューでしょう？　……王太子さまもオスカーさまも快《こころよ》くご協力してくださって、とても感謝しておりますわ」

前トーレス伯爵夫人は、ありがとうございましたと言いながら無邪気な様子で微笑む。

誰もがポカンと呆気にとられていた。

「そ、そんな。たかが一人の少女のために、王子お二人にエスコートをさせたと？」

信じられないと言いたげに、宰相は頭を横に振る。

「……………いくらなんでも軽率ではありませんか？」

王太后は絞り出すように声を出した。

「まあ、そうでしたでしょうか？」

いかにも、そんなことは思いもよらなかったという風に、前トーレス伯爵夫人は驚いた顔をする。

「ご迷惑でしたか？　王太子さま」

彼女はアレクを見て首をかしげた。

……氷の王太子が、フッと笑い返す。

「いいえ、少しも。――むしろ、こんなにキレイな私のリアとファーストダンスを踊ることができて、感謝しております」

アレクは堂々と甘いセリフを返した。

本当にこれは誰なのだ？　とコーネリア以外の全員が思う。

「ああ。でも一つだけ発言を許していただけるのでしたら、できれば迎えのエスコートも私に任せていただきたかったですね。……可愛いリアがオスカーと二人っきりで馬車に乗ってきたかと思えば、嫉妬《しっと》でおかしくなりそうだ。――ねぇ、リア。今回は過ぎたことだし仕方ないから我慢するけれど、今後二度とこんな真似《まね》をしたらいけないよ。私は君のことに関してだけは、とてつもなく心が狭くなる自信があるんだ」

まるでとろけてしまいそうなほど甘い笑みを浮かべながら、アレクはリアの顔を覗《のぞ》き込む。

「もっ、もっ、もうっ！　アレクったら、からかわないで！」

コーネリアは顔を真っ赤にして怒鳴《どな》った。

「可愛い……リア」

「アレク！」

（……絶対、本気だろう）

ルードビッヒの呟《つぶや》きは、この場にいる全員の心の声を代表したものだった。

二人は衆目の中でじゃれ合っている。

さすがの前トーレス伯爵夫人も、呆気に取られて口を挟めずにいたのだが――

「いい加減になさってください！」

宰相の怒鳴《どな》り声が、会場いっぱいに響き渡った。

コーネリアがビクッと震える。

その様子を見たアレクは、スッと表情を消して宰相に冷たい視線を向ける。

宰相も負けじと睨《にら》み返した。

「お戯《たわむ》れもほどほどになさってください。……いくら前トーレス伯爵夫人の養女になるといっても、そのような素性も知れない少女をお相手にするなど、もってのほかです。……ホルテン侯爵ゆかりの者かどうかは知りませんが、私が知らぬということからして彼女が高位貴族の娘でないことはあきらかです。……身分違いもはなはだしい！」

宰相という役目柄、スベイデル伯爵は高位貴族とその家族すべての顔と名前を覚えている。当然ながら、彼はコーネリア・サンダースなどという少女を、見たことも聞いたこともなかった。

憤然《ふんぜん》とする宰相に対し、アレクは表情一つ動かさない。

「宰相、あなたが知らないのは当たり前だ。――リアは、平民だからね」

王太子はあっさりとそう言った。

その声を聞いた誰もが思わず息を呑む。

前トーレス伯爵夫人は眉をひそめた。

「……へ、平民？」

宰相が間の抜けた声を上げる。

「そうだよ。……本当は、教えてやるのももったいないと思っていたのだけれど、こうなっては仕方がないかな。――彼女はコーネリア・サンダース。ホルテン侯爵領の町のはずれ、のどかな田舎で育った平民だ。流行病《はやりやまい》で両親を亡くし、施設で育ち、自分の力で精一杯働いて生きる健気《けなげ》な娘だよ。自分の境遇を恨《うら》むでも嘆《なげ》くでもなく、まっすぐ生きているステキな人だ」

凛《りん》とよく通る声で、アレクは語った。

彼の青い瞳はこの上ない優しさをこめてコーネリアに注《そそ》がれている。

「ア、アレク……」

ベタベタに褒められて、コーネリアは身の置きどころがなくなってしまう。

それでも、アレクの言葉は止まらなかった。

「彼女は私の知る限り、最高の女性だ。優しく素直で、何にでも一生懸命努力することを惜《お》しまない。私は、そんな彼女のありのままを好ましく思う」

アレクは堂々とそう言った。

「こ、好ましいだなんて――」

コーネリアの頬は、真っ赤に染まる。

その様子にますます笑みを深くしながら、アレクは前トーレス伯爵夫人を見た。

「ですから、マリア・バルバラさま。どうか、リアが養女になるお話は、無理強《むりじ》いなさらないでください。あなたの彼女に対するご厚意には、深く感謝いたします。あなたのお話にそのまま頷いているほうが最善なのだと十分わかっておりますし、私も一時《いっとき》はそれを望もうとしました。……でも、何より大切なのはリアの心です。……もちろんリアが心から同意するのであれば、私は喜んで彼女があなたの養女になる許可を出します。ですがそうでないのならば、彼女の心を曲げてまでリアを貴族にしたいとは、私は思いません。……私が欲しいのは、そのままのリアのすべてですから」

青い瞳に揺るぎない決意が光る。

前トーレス伯爵夫人は、大きく目を瞠《みは》った。

「……それは、とても難しいことよ」

「覚悟の上です。──ですから、私は強くなります」

きっぱり言い切るアレク。

……そこにはもはや、氷の王太子の姿はなかった。

アレクはそのまま視線をホルテンへと移す。

「ホルテン侯爵。あなたも――あなたが、何を思ってリアを前トーレス伯爵夫人の養女にしようとしたのかはわからないが……どうか、リアをリアのままでいさせてやってほしい。ただの使用人であるはずの彼女に、あなたはとても優しかった、とリアから聞いている。そんなあなたであれば、たやすいことだろう？」

アレクはまっすぐ彼を見たまま、そう言ったのだった。

◇

舞踏会会場でコーネリアについて王太子に提言され、ホルテンはギュッと唇を噛《か》みしめた。

（どうして、それをあなたに言われなければならないのです！）

ホルテンは腹の中で思いっきり叫んだ。

そんなことは、王太子に言われるまでもなくわかっている。

事実、ホルテンは、すでに前トーレス伯爵夫人にコーネリアを養女にしたいと言われた件は断っていた。もっとも、前トーレス伯爵夫人には突っぱねられてしまったが、ホルテンは誰に指摘されるまでもなく、コーネリアの意志を最優先にすることを決めたのだ。

ホルテンは目の前のアレクサンデルを見返す。

氷の王太子と呼ばれ、いついかなる時も感情を見せなかった青年は今、真摯《しんし》な表情でホルテンをまっすぐ見つめていた。

その青い瞳には、彼の傍《かたわ》らにいる少女への熱い想いが輝いている。

……いったい、コーネリアと王太子はいつ知り合っていたのだろう？

ホルテンがはじめてコーネリアと出会った時、彼女の態度には、王太子と知り合いだというような雰囲気は、欠片《かけら》も見受けられなかった。

高い身分の知り合いがいる人間は、知らず知らずのうちに人を見下したような驕《おご》りや、ツンとすました態度を取る者が多い。虎《とら》の威《い》を借《か》る狐《きつね》のごとく、他人の権力を笠《かさ》に着て自《みずか》らの身分をわきまえぬ振る舞いをする者は、けっこういるのだ。

しかしコーネリアにそんなところはなかった。

それは、誰よりホルテンが一番よく知っている。

（確かに、私に怯《おび》えぬ度胸の据《す》わった少女ではあったが……）

しかしそんな態度も、高慢《こうまん》さやうぬぼれとは、まったく違うものであった。

王太子の影を人に感じさせなかったコーネリア。

前トーレス伯爵夫人は、コーネリアがアレックスという青年を王太子だとは知らずに付き合っていたのだと言っていた。

しかし、コーネリアは故国王ルードビッヒの記憶を封じた球——オーブを拾い、彼の記憶を持ってしまったはずである。その状況でアレックスの正体に気づかないということはないだろう。

(私と出会ったあとで、王太子殿下と会ったのか？)

それにしては、二人の様子は親密すぎるように思えた。

ホルテンは、心の中で首を横に振る。

——おそらくコーネリアは、ホルテンが彼女を知るずっと前から、王太子を知っていたのだろう。

(コーネリアの様子に疑問は残るが……)

先ほどの二人の姿を見たら、そうとしか考えられなかった。

そしてその二人で過ごした日々の中で、王太子はコーネリアに心を向けたに違いない。

ホルテンの知る氷の王太子とは、似ても似つかぬ目の前のアレクサンデル。

(この変化がコーネリアのもたらしたものなのだとすれば……)

ホルテンの心の中で、何かがストンと落ちる。

(コーネリアには、それだけの力がある)

アレクサンデルはコーネリアを愛し、彼女のために変わり、強くなると宣言した。

彼の気持ちが、ホルテンには痛いほどによくわかった。

(……とはいえ、それは言うほどに簡単なことではない)

ホルテンはそう思う。

ただの平民の少女を、王太子であり国王になるアレクサンデルが、ありのままに受け入れて妃《きさき》とする。そんなことは、前トーレス伯爵夫人が言うまでもなく、とても難しいことだった。

(数いる側室の末席になるのならばまだしも、たった一人の妃《きさき》になど、なれるはずもない)

果てしない困難。

そうであればこそ――ホルテンは、スッと背筋を伸ばした。

長身の彼がこうすれば、アレクサンデルの頭の位置は彼より下になる。

一瞬、王太子を見下ろし……ホルテンは深く礼をした。

コーネリアのために困難な道を進む王太子に、頭を下げる。

それでも、ホルテンはコーネリアのすべてをアレクサンデルに預ける気にはなれなかった。

「王太子殿下の仰《おお》せに従います。――私が一番に望みますのもまた、コーネリアの幸せですから」

ホルテンは言外に、コーネリアが幸せになれないのならば、従うことはしないのだという思いを込める。

（コーネリアを側室になどさせない！）

ホルテンは固く拳《こぶし》を握《にぎ》りしめる。

アレクは、少し目を見開いて――やがて静かに微笑んだ。

まるでホルテンの心をすべて理解したかのような表情である。

男二人は静かに視線を交わしたのだった。

◇

「ご領主さま……」

（やっぱり、ご領主さまは、とってもお優しい方です）

感激で目に涙を浮かべながら、コーネリアはうっとりと呟《つぶや》く。

ルードビッヒが大きなため息をついた。

なんとも言えぬ空気が舞踏会会場に満ちていた。

「……あ、あの、お義兄《にい》さま……」

どこか不安そうに、シモンがホルテンに声をかけようとする。それを遮《さえぎ》り――

「本当に、いい加減になさってください！」

再び、会場に宰相の怒鳴《どな》り声が響き渡った。

見れば宰相は、王太子を睨《にら》みつけている。その拳《こぶし》はギュッと握《にぎ》られ、体中に力がこめられていた。

「アレクサンデルさま。先ほどから黙って聞いていれば……あなたは、平民の娘をこんなところにまで連れてきて、大切にしたいだの好ましいだのべらべらと――。その上、まともに聞くのもバカバカしいような大騒ぎを起こすなど、いったい何をなされたいのですか⁉」

宰相はアレクに強い叱責《しっせき》の声を浴びせる。

正確に言えば、コーネリアを連れてきたのは前トーレス伯爵夫人だが、そんなことは宰相にとってどうでもよいことのようだ。

「バカバカしい？」

アレクが低い声で聞き返す。

その声の不穏な響きに、激昂《げっこう》している宰相は気づかない。

なおも居丈高《いたけだか》に怒鳴《どな》った。

「バカバカしいですとも！　アレクサンデルさまは、国王の妃《きさき》となる者に一番必要なものが何か、おわかりになっていないのですか？」

宰相はコーネリアに蔑《さげす》んだ視線を向ける。

そしてアレクの返事を待たず、自分でその回答を口にした。

「礼儀作法に教養、知識。その上、表舞台に立つ正妃ともなれば、万人を魅了《みりょう》する美しさと聡明さが必要不可欠になります。……まあ、中には美しさはともかく聡明さに欠ける正妃もおられるようですが――」

その瞬間だけ、宰相はチラリと王太后を見た。

彼は、キッと眦《まなじり》を上げる王太后にフンと笑って見せ、言葉を続ける。

「――しかし、それより何より、国王の妃《きさき》に必要なものは、国と王を支えるだけの揺るぎない力です！　一個人が持つようなちっぽけなものではなく、国王の権勢を盤石《ばんじゃく》にできるほどの権力と財力、そして高貴な身分。……強い力を持つ後ろ盾《だて》が、妃《きさき》になる者には絶対に必要なのです！」

きっぱりと宰相は言い切る。

それは、どれほど裕福な平民であっても、決して持ちえないものだった。

宰相の鋭《するど》い目に睨《にら》まれて、コーネリアはビクリと震える。

——そんなことは、言われるまでもなくわかっていた。

(フム。……正論だな)

どこかのんびりとした様子でルードビッヒは言う。

(……へ、陛下)

(そんなに情けない顔をするな、コーネリア。言ったであろう、顔を上げて笑っていろと。……宰相の言うことなど、アレクサンデルは百も承知しておる。その上で、奴はそなたを選んだのだ。堂々としておるがよい)

フヨフヨ浮きながら、笑いかけてくれるルードビッヒ。

彼のいつも通りの姿にコーネリアはホッとする。

(それに、宰相の言うことなど理想論だ。そんな完璧な王妃など、世の中にそうそういるはずもなかろう?)

確かに、そんな完璧な女性を見たことはなかった。

いるのならぜひ会ってみたいものだ、とルードビッヒはしみじみ話す。

宰相の理想論に一番近いのではないかと思われる前トーレス伯爵夫人だって……あの性格だ。

（そう言われれば、その通りかもしれませんよね？）

（だろう？）

ルードビッヒと顔を見合わせ、コーネリアはクスリと笑う。

「何を笑っている!?」

宰相の怒鳴《どな》り声が、またまた会場に響いた。

コーネリアは思わず首をすくめる。

「自分が原因でアレクサンデルさまが責められていると言うのに、ヘラヘラしおって……これだから平民は」

バカにしたように鼻を鳴らす宰相。

アレクがスッとコーネリアの前へ出た。

「リアに対する誹謗《ひぼう》は許さない。彼女は私の大切な人だ」

「ですから！　その〝大切な人〟というのが問題なのです。アレクサンデルさまは、その平民の少女を、側室にでも召すおつもりですか!?　妃《きさき》の一人もいない、この状況で！」

もしもアレクサンデルに、正妃でなくとも妃《きさき》の一人でもいたのなら、コーネリアが妃《きさき》に選ばれたとしてもここまで大きな問題にはならなかっただろう。歓迎されなくとも、王太子の一時の気まぐれとして黙認されたかもしれない。

しかし現在、王太子に妃《きさき》はいない。王位への即位に向かい水面下で妃《きさき》候補の選定を行《おこな》ってはいるが、正式には何も決まっていないのが現状だ。

そんな状況でのアレクサンデルのこの言動は、問題以外の何ものでもない。

宰相にとっては、憤慨《ふんがい》に堪《た》えない許されざるものだった。

それなのに、平民の少女を庇《かば》った王太子は、なおも宰相の怒りを煽《あお》る言葉を続ける。

「側妃になどするつもりはない。……コーネリアは私の唯一《ゆいいつ》の人なのだから」

「ア、アレク――」

驚き惑《まど》いながらも喜びに頬を染める少女と、彼女を庇《かば》い堂々と立つ王太子。

……宰相の中で、プツンと何かが切れた。

「――わかりました。アレクサンデルさま……やはりあなたは、ルードビッヒ陛下のお子さまではない」

低く、しかしはっきりと会場に響きわたった、宰相の言葉。

「っ！」

「宰相閣下！」

「スベイデル伯爵！　口を慎《つつし》みなさい！」

息を呑む王太后と宰相を止めようとするホルテン、前トーレス伯爵夫人の叱責《しっせき》が続く。

コーネリアはサッと顔色を失い、アレクサンデルは静かに宰相を見つめた。

宰相も厳しい目で王太子を見返す。

「ご自身の立場も考えずに、このような騒ぎを起こすなど……。あなたは、王としての自覚も責任もお持ちでありません。王太子として育てられ教えを受けようとも、所詮王の血を引かぬあなたでは、国を治めることなどできないのです。——それでも、ルードビッヒ陛下はあなたを自分の子と最後まで信じておられた。陛下のお心をくんで、あなたを廃嫡《はいちゃく》するのは人目のないところでと思っておりましたが……もはや、堪忍袋《かんにんぶくろ》の緒《お》が切れました！　この場であなたには王太子の位から退《しりぞ》いていただきましょう！」

宰相は鋭《するど》い口調で言い募《つの》った。

「何を世迷言《よまいごと》を！　控えよ、宰相！」

叫びながら駆け寄ってくるのは、オスカーだ。

その後ろから、彼の母であるルードビッヒの第三妃が緊張の面持《おもも》ちで追いかけてくる。

「兄上に対する無礼！　いくら宰相と言えど、許すわけにはいかぬ。……そこへ直れ！　孫である私自《みずか》ら成敗してくれる！」

オスカーは普段の軽い調子をかなぐり捨て、真剣な表情で宰相を糾弾《きゅうだん》した。

責められているにもかかわらず、宰相は嬉しそうに目を細める。

「おお！ 本当にルードビッヒ陛下に生き写しだ。──オスカー王子。やはりあなたこそが、唯一正統な国王になるお方。……お待ちください。今すぐに王太子を騙《かた》る偽物《にせもの》を排除し、あなたに王位をお渡しいたしましょう」

「まだ言うか！」

宰相のもとへ駆けつけたオスカーは、憤怒《ふんぬ》の表情で怒鳴《どな》る。

今にも剣を抜こうという時──

「出合えー！」

宰相の大声が響いた。

声を合図に、二十人ほどの武装した騎士が舞踏会会場になだれ込んでくる。

「キャァッ！」

「うわっ！」

「なんだ⁉」

会場は大騒ぎになる。

「静まれっ！」

一喝《いっかつ》する宰相を中心にあっというまに円陣を組んだ騎士が、こちらへ剣を突きつけた。

茶と白の制服を着た彼らは、スベイデル伯爵家直属の騎士団だ。

会場を見回せば、いったいいつのまに入り込んだのだろうか。同じ制服を着た騎士たちがすべての扉を締め切り、この部屋を外部と遮断《しゃだん》していた。

当然、その扉の中には、各家の従者や護衛たちが控える部屋に続くものもある。

扉の向こうからは、異変に気付いた従者たちが「開けろ！」と怒鳴《どな》る声が漏《も》れ聞こえてきた。

舞踏会の会場内で警備についていた近衛兵《このえへい》たちも、アレクとコーネリアの騒動でふいを突かれ、スベイデル伯爵家の騎士たちに取り囲まれ動きを封じられている。

会場の中心に、宰相と彼を守る騎士たちが立つ。

宰相の前面には、コーネリアとアレク。二人の後ろには前トーレス伯爵夫人とホルテン、シモンがいた。

宰相の後ろには、呆然とした王太后と駆けつけてきたオスカー、そして第三妃がいる。

ほかの者たちは、貴族も使用人も全員、宰相の騎士たちに脅されて壁際に追いつめられていた。

（陛下！　これは……）

（ああ。マリア・バルバラたちの予想通り、宰相がシモンの抜けた監視網の隙《すき》を突いて、自分の私兵を潜《もぐ》りこませたのだ。……宰相であれば、今日の警備体制の情報を事前に知ることは簡単だろうからな）

ルードビッヒは苦々しい表情を浮かべる。

（宰相め、上手《うま》く乗せられおって。……これで奴は退《ひ》くに退《ひ》けぬぞ）

王宮に私兵を引き込み、王太子に向かって剣を向ける——これは立派な反乱だった。

宰相の行く末は、王太子を廃嫡《はいちゃく》させるか……自《みずか》らの破滅。この二つのどちらかしかない。

前トーレス伯爵夫人が、羽扇《うせん》の陰でわずかに口角を上げた。

怯《おび》えた風を装《よそお》いながらも、若草色の瞳は、宰相の一挙手一投足に注目している。

それとはまったく別に、近衛《このえ》第二騎士団副団長——シモンは、即座に目の前の騒動に反応しようとしていた。優美なドレス姿ながら、戦闘のかまえを取り、魔力を身に纏《まと》う。

王宮の中は特殊な結界がくまれているので攻撃魔法は使えないが、相手の動きを封じる拘束魔法ならば利用可能だ。

彼女の強い魔力をもってしても、宰相の騎士全員を一気に拘束するのはさすがに無理だろうが、仲間の近衛《このえ》騎士の動きを封じている敵を拘束することくらいならできる。仲間を解放し勢力を増やせば、宰相を追いつめて捕らえることも可能だろう。

しかし、彼女が魔法を使おうとした瞬間――

「やめよ、クロル伯爵令嬢。そなたが私を攻撃すれば、ホルテン侯爵が死ぬぞ」

宰相が淡々とした口調で告げた。

シモンが慌てて周囲を見回すと、スベイデル伯爵家の騎士たちは会場の四方八方からホルテンに弓矢を向けている。

「くっ！」

悔しそうに呻《うめ》き、シモンは纏《まと》った魔力を引っ込めた。

「何をしている！　シモン、私はどうなってもいい！　王太子殿下をお助けせよ！」

怒鳴《どな》るホルテン。

しかしそんなことがシモンにできるはずもなかった。

なおも彼女に攻撃を促《うなが》そうとするホルテンを、アレクが止める。

「やめよ、ホルテン侯爵。近衛《このえ》第二騎士団副団長を――シモンをそれ以上責めてやるな。今は宰相も私を殺そうとまでは思っていないだろう。あなたを危険にさらしてまで彼女が攻撃する必要はない。何より私は……あなたを愛している彼女にそんな真似《まね》をさせたくない」

落ち着いて語るアレク。

言われたホルテンは……ポカンとした。

「は？」

彼の様子にアレクは眉をひそめる。

「なんだ、その反応は？　……まさか、まだ彼女の気持ちに気づいていなかったのか？」

それならホルテンは何故《なぜ》、〝婚姻の許し〟を自分に願い出たのだろう？　と、アレクは訝《いぶか》しんだ。というのも、王家の私有財産流出事件にまつわる対応でホルテンに褒美を与えたいと言った時、彼は『自分が婚姻の許しを願い出た時は、相手が誰であっても許してほしい』と言ったのである。アレクはてっきり、相手はシモンだと思っていた。

ホルテンがコーネリアを特別に可愛がっていることを、アレクは十分知っている。だが、よもやそこに自分と同じような恋情があるとは、思いもしていないのだった。

「……シモンが？　私を？　愛していると？」

ホルテンは呆然として、シモンのほうを見る。

意図せず自分の恋心を知られてしまったシモンは――頬を真っ赤に染めた。

「あっ…………」

もはや宰相の騎士からの防衛も攻撃もすっかり頭から飛ばして、シモンはうろたえる。

「シモン？」

「あ、あ……いやぁっ！」

涙目になったシモンは、そのままホルテンからジリジリと距離を取ると、パッと身を翻《ひるがえ》してコーネリアの後ろに隠れた。

とはいえ、シモンはコーネリアよりずいぶん背が高いので、体はまったく隠れていないのだが……。

「シモンさま！　……もうっ、アレクったら、なんてことを言うんですか！　シモンさまの気持ちを勝手にご領主さまに伝えてしまうなんて――無神経すぎます！」

プンプン怒るコーネリア。

アレクは……宰相が騎士を呼び寄せた時よりも、よほど焦った。

「あ、リア、ごめん！　私はそんなつもりじゃ」

「私じゃなくて、シモンさまに謝ってください！」

王太子はコーネリアに叱られて素直に頭を下げる。

「あ、あ、そうだね。……すまなかった、シモン。私はもうてっきり、あなたとホルテン侯爵は思いを通わせ合っているのだと思っていて――」

シモンは慌てて首をフルフルと横に振った。

「おやめください、王太子殿下。……すみません。取り乱してしまって——今はそんな場合ではありませんのに」

まったくもって、その通りだった。

宰相やほかの者も呆《あき》れたようにこちらを白い目で見ている。

その中でホルテンだけが、いまだに「シモンが？ 私を？ 本当に？」と呟《つぶや》いていた。

ゴホン！ とアレクは咳払《せきばら》いする。

「宰相、私に言いたいことがあるのなら、聞こう」

アレクは精一杯威厳を込めて言ったが、時すでに遅しと言う言葉は、こんな場面のためにあるのかもしれなかった。

「父を心から敬愛していたあなたが、その父の言葉に反してまで私を引き落とそうとするのだ。そこには確固とした理由があるのだろう？」

凛《りん》と声を響かせるアレク。

宰相も、気を取り直したように表情を引き締めた。

「もちろんです。私とてなんの確証もなしに王家に弓を引くなんて真似《まね》はいたしません」

話しながら宰相は右手を上げ、手招きした。

それに応《こた》え、目立たない風貌《ふうぼう》の一人の男が、長い箱を両手に抱えるようにして持ち、近づいてくる。彼は別の男が運んできた台の上に、その箱をうやうやしく置いた。

「それは？」

長さ一・五メートルほどの長方形の箱は、派手な装飾こそないものの、一目で上質とわかる漆黒《しっこく》の木でできている。側面には精緻《せいち》で美しい文様《もんよう》が刻まれていた。

（あれは……！）

ルードビッヒが息を呑んだ。

（何かご存じなのですか？）

（あれは、王家の秘宝だ。何故《なぜ》、こんなところにあれが出てきておるのだ!?）

ルードビッヒの声は、焦りを含んでいる。

その間に、宰相は箱に近づき、一礼したあと、丁寧に箱の蓋《ふた》を開けた。

箱の内側はビロード張りになっていて、中には玉のついた一本の杖が入っている。

慎重に杖を取り出すと、宰相はそのままそれを押し戴《いただ》いた。

「それはっ！」

前トーレス伯爵夫人が、驚きの声を上げる。

「ほう。さすがは王家の姫君。前トーレス伯爵夫人は、これが何かご存じのようですね」

宰相は満足そうに笑った。

「あの杖は、王家の秘宝だわ。――宰相、何故《なぜ》あなたが門外不出のその杖を持っているのです？」

厳しい声で糾弾《きゅうだん》する前トーレス伯爵夫人。若草色の瞳は、厳しく宰相を睨《にら》んでいる。

その場に居合わせた彼女以外の面々は、はじめて見る王家の秘宝に驚き、目を奪われている。

前トーレス伯爵夫人の羽扇《うせん》がピシッ！　と宰相を指し示した。

「いいえ。今は、そんなことを聞く必要はないわね。……宰相、あなたはルードビッヒ陛下がお亡くなりになった混乱に乗じ、王家の私有財産を故意に流出させたでしょう。あなたが今持っているその杖こそが、言い逃《のが》れようのない証拠品です！　王家の財産を勝手に持ち出した罪は大きいわ。素直に縛《ばく》につきなさい！」

前トーレス伯爵夫人がキリリと命じる。その姿は威厳に溢《あふ》れ、人を従える力を持っている。

しかし、罪を暴《あば》かれたはずの宰相は、彼女を小ばかにするようにククッと笑った。

「元王族とはいっても、所詮は傍系の姫。この杖が王家の秘宝であることは知っていても、どんな用途に使われる杖かはご存知ないようですな」

余裕に満ちた宰相の態度に、前トーレス伯爵夫人もかすかに焦りを覚える。

「そんなことはどうでもいいことでしょう！　問題は――」

「どうでもよくはありません！」

前トーレス伯爵夫人の言葉を遮《さえぎ》り、大声を出す宰相。

その迫力に、誰もが驚いて彼を見た。

宰相はさらに高々と杖を掲げる。

「この杖が何か教えてさしあげましょう」

舞踏会会場のきらびやかなシャンデリアの明かりを受け、キラリと光る杖の玉。

「これは、代々の王が、生まれてきた子供が真に自分の子かどうかを確認するための杖――王家の血を持つ者のみに光を与える、魔法の杖だ！」

宰相の言葉が会場中に響いた。

（違う！　それは違うぞ！）

ルードビッヒが叫び、宰相を止めようとする。

しかし当然彼の声はコーネリア以外には聞こえず、宰相は得意げに語り続けた。

「杖の存在はずっと知らなかったのだが、ルードビッヒ陛下が亡くなったあと、とある筋から聞いてな。秘密裏に探し、手に入れたのだ。杖の紛失が気づかれにくくなるよう、ほかの私有財産も同時期に流出させたりして、けっこう骨が折れた。……もっとも、この杖は秘宝中の秘宝であったために、なくなったことすら王宮にいる誰にも気がつかれなかったみたいだがな」

ひそかに王宮を揺るがしたその事件を、宰相は悪びれることもなく語る。

（え？　私有財産を流出させたのは、アレクの王としての管理能力を問うためじゃなかったんですね⁉　じゃあ、なんで私有財産を国外にまで持ち出そうとしたのでしょうか？）

マルセロは、王家の私有財産である皿が流出した店へ、クモールから間諜《かんちょう》としての仕事を命じられて出向いたのだ。そのことからルードビッヒは、黒幕が一度品を国外に流出させ、私有財産流出の証拠として自分の手元に戻すつもりだったのではと考えていた。その予想は違っていたのだろうか？

（今はそんなことを言っている場合か！　コーネリア、宰相を止めよ！）

不思議がるコーネリアに、ルードビッヒは（なんとかしろ！）と怒鳴《どな》った。

彼女の立場でそれはできるはずもないことだ。しかし、コーネリアはとりあえず宰相に声をかけてみることにする。

「あの――」

コーネリアの声など耳にも入れず、宰相は語り続けた。

「この杖を手にした私は、ひそかにアレクサンデルさまに使ってみたのだ。……執務の間、仮眠を取られていた際に、そっとお手に触れさせてみたが――杖はわずかな光すら放たなかった」

会場内にどよめきが起きる。

「それでは……」

「やはり、噂《うわさ》は本当なのか？」

「王太子殿下は――」

王太后は大きく目を瞠《みは》り、フルフルと首を横に振る。

アレクは、ギュッと唇を噛《か》んだ。

「世迷言《よまいごと》を！　宰相、お前のような罪人の言葉を誰が信じるものか！」

強い口調でオスカーがきっぱりと言い放つ。

彼を振り返った宰相は、憐《あわ》れむような視線を向けた。

「お優しいオスカーさま。あなたは、アレクサンデルさまと王太后に騙《だま》されているのです。……今この場で、それを証明してご覧に入れましょう。――さあ、オスカーさま。どうかこの杖をお受け取りください。最初に、あなたさまが間違いなく王の子だと示すのです。そしてそのあと、アレクサンデルさまに杖をお渡しください。……そうすれば、誰の目にも真実は明らかになる」

　宰相はそう言うと、オスカーに向かって杖を差し出した。

　オスカーは思わず後ずさる。

「さあ！」

「断る！　お前の狂言になど乗らぬぞ！」

「狂言だなど、とんでもない。私は真実しか申し上げておりません。さあ、どうか、お手をこちらに」

　嫌がるオスカーに宰相が迫る。

「いい加減に……ッ！」

　オスカーが怒鳴《どな》りかけた時――宰相の味方が現れた。

「オスカー、宰相の言う通り、その杖を受け取ってみてくれないか？」

　そう言ったのは、なんとアレクだった。

「何を!?　兄上！」

「私も常々、自分の出自を確かめてみたいと思っていた。……これは丁度いい機会だと思う」

　静かに語るアレク。

「アレク……」

コーネリアは呆然とする。

(やめよ! アレクサンデル!)

「兄上! 誰がなんと言おうとも、兄上は私の兄上です。宰相の言うことなど、お聞きになる必要はありません!」

幽霊のルードビッヒと、父にそっくりなオスカーが、揃ってアレクを止めた。

「オスカーさまの言う通りです。このような茶番に付き合うのは時間の無駄。今すぐ謀《む》反《ほん》を起こした宰相を拘束なさるべきでしょう」

前トーレス伯爵夫人も、そう進言する。

それでもアレクは首を横に振った。

「すでにここまで騒ぎが大きくなってしまっているのだ、宰相の言い分を確認せずに収めることはできないだろう。——オスカー、杖を受け取りなさい」

はっきりと命令されては、オスカーには逆らうことはできない。

「いいご覚悟です。——さ、オスカーさまお早く」

宰相は、嬉々《きき》としてオスカーを促《うなが》した。

オスカーはしぶしぶ杖を受け取る。

すると、杖がボーッと光を放った。

「おお！　やはり、オスカーさま、あなたはまさしく王家の血を引くお方です！」

宰相は、感激したように体を震わせる。

「さあ、今度はあなたの番です。アレクサンデルさま——杖をお受け取りください」

宰相の言葉を嫌そうに聞きながら、オスカーは仕方なく杖をアレクに差し出す。

（やめよ、アレク！　今の状態のその杖を、お前が持って光るはずがない！）

ルードビッヒはオスカーとアレクの間に、遮《さえぎ》るように体を割り込ませた。

しかし、無情にも二人の王子の手はその体をすり抜ける。

杖がアレクの手に渡り——

光っていた杖は……スッと輝きを消した。

「はっ、はっ、ははは っ！　見よっ！　これが何よりの証拠だ。アレクサンデルさまは、王家の血を引いておられない！　ルードビッヒ陛下のお子ではないのだ！」

高らかに笑う宰相。

「兄上……」

オスカーの顔は、蒼白になっていた。

——杖を持つアレクの顔は……静かだ。

氷の王太子と呼ばれる通り、何一つ表情のない彫刻のような顔で、アレクは光らぬ杖を見つめている。

「アレク……」

心配するコーネリアの声が聞こえても、彼の表情は動かなかった。

「これでわかったであろう！　ここにいるのは、王太子などではない。王の子を騙《かた》る不届き者だ。ルードビッヒさまの正妃でありながら不貞を働いた王太后共々、捕らえてしまえ！」

宰相は居丈高《いたけだか》に命令を下す。

とはいえ、そんな命令に急に従えるほど、人は柔軟ではない。誰もがこの事態に驚き、どうしていいかわからずに動きを止めている。

しかしその中でも、宰相家の騎士たちは、あらかじめ言い含められていたのだろう。自分の主人の命《めい》に従おうとためらいなく動き出す。

まず、数人の騎士たちが王太后を捕らえようと近づいた。

「違う！　違います！　これは何かの間違いです！　アレクサンデルは間違いなくルードビッヒ陛下のお子です。こんなはずがないわ！」

叫び、後ずさる王太后。

（やめよ！　クソッ！　これは、違うのだ！　あぁ、こんなことになるならば、戦《いくさ》に行く前にアレクサンデルへ教えておくべきだった！）

ルードビッヒは王太后を庇《かば》おうと、実体のない体で騎士たちの前に立ちはだかる。

当然、その体はすり抜けられてしまう。

それでもルードビッヒはあきらめずに再び王太后の前に立ち、なんとか彼女を守ろうとしていた。

故国王のその姿に、コーネリアはいても立ってもいられない。

「やめてっ！　やめてください。これは間違いなんです！　――アレク！　彼らを止めて！」

必死で叫ぶコーネリア。

彼女は、立ちつくしたままのアレクの手を掴んで揺《ゆ》すった。

「……リア？」

アレクはそれまで自分に近づいてくる宰相の騎士たちをなんの感情も表さずに見ていたが、ハッと気づいたようにコーネリアを見る。

「ここは危険だ。……リア、君は私から離れたほうがいい」

そんなことを言った。

青い瞳に、何もかもをあきらめてしまったような光が浮かぶ。

「もうっ！　何を言っているんですか。しっかりしてください！」

たまらず、コーネリアはアレクを怒鳴《どな》りつけた。

少女に叱られて、彼は目をパチパチと瞬《またた》かせる。

掴んだままの彼の手を引いて、コーネリアは自分の視線とアレクの視線を真正面から合わせた。

「そんな杖がなんです！　ルードビッヒ陛下は、アレクを自分の子だと断言されていたでしょう？　陛下のお言葉よりその杖を信じるなんて、言語道断《ごんごどうだん》です！　陛下がお可哀相です！」

コーネリアはきっぱりと言い切った。

王家の秘宝を〝そんな杖〟呼ばわりする少女に、アレクもほかのみんなも口をポカンと開ける。

（いいぞいいぞ、コーネリア！　もっと言ってやれ！）

（まかせてください！）

ルードビッヒの後押しを受け、コーネリアはなおも声を張り上げた。

「陛下はアレクのお父さんでしょう。それなのに、お父さんの言葉じゃなくてそんな杖を信じるなんて……アレクの親不孝者！　――ルードビッヒ陛下は、ああ見えてけっこう繊細《せんさい》だし、寂しがり屋さんなんですよ！　陛下がいじけたらどうしてくれるんですか!?　扱いがとっても面倒なんですからね！」

　ぷんぷんと怒るコーネリア。

（面倒だなどと……そんな、コーネリア）

　彼女の話を聞いていたルードビッヒが、面倒と言われ、ガ～ン！　とショックを受ける。

　アレクやほかのみんなは……話の途中からわけがわからなくなっていた。

「リ、リア？」

「ともかく！　早く、王太后さまを――アレクのお母さんを、助けてあげてください。その杖は違うのだそうですから」

　コーネリアの懸命な訴《うった》えに、アレクはようやく王太后のほうを見た。

　王太后は宰相の騎士たちに半ば捕らえられそうになっているが、そんな彼女も騎士らも突如《とつじょ》王太子を叱りつけた平民の少女に驚いて、動きを止めている。

　誰も彼も――宰相までもが、呆気にとられてコーネリアに注目していた。

　その様子を確認してから、アレクはコーネリアに向き直る。

「いろいろとわけがわからないけれど……まず、杖が違うって、どういうこと？」

聞かれたコーネリアは宙に目を向けた。

もちろんそこにはルードビッヒがいた。

（秘宝の杖についてのお話は……この場で申し上げてしまっても、よろしいのですか？）

周囲には、王家の者だけでなく、多くの者がいる。ここで話してしまえば、王家の秘宝にまつわる本来は極秘事項であるべき話を、公《おおやけ》にすることになるだろう。

（よい）

ルードビッヒが断言する。コーネリアは重ねて質問した。

（では陛下、何が違うんですか？）

（使い方だ。杖の使用方法が間違っておるのだ！）

ルードビッヒの言葉に頷き、コーネリアは答える。

「使い方だそうです」

「使い方だとっ⁉　でたらめを言うな……この平民風情《ふぜい》がっ！」

宰相が怒鳴《どな》った。

「小娘が調子に乗りおって……平民に、王家の秘宝の何がわかるというのだ！」

苛立《いらだ》ちをあらわにする宰相に、コーネリアも負けずに怒鳴《どな》り返した。

「私にはわからなくても、ルードビッヒ陛下にはわかるんです。……ともかく、その杖の使用法は間違ってますから！」

ギッ！　と睨《にら》み合う宰相とコーネリア。

「何をわけのわからぬことを言っている！　ええいっ！　まず、その不敬な小娘から捕らえよ！」

宰相は部下に命じた。

命《めい》を受けた騎士たちが、アレクや王太后からコーネリアへと狙《ねら》いを変える。

アレクは慌てて彼女を背後に庇《かば》った。

「リアに、指一本触れるな！」

冷たく言い放つ、氷の王太子。

一触即発《いっしょくそくはつ》の危機に――

背の高い男が、二人と騎士たちの間にスッと割って入った。

「……っホルテン侯爵」

「ご領主さま！」

それは、ようやく先ほどの『シモンが自分を好き』という衝撃の事実で受けたショックから立ち直った、ホルテンだった。

手練《てだ》れの武官より迫力のある財務長官の姿に、宰相の騎士たちが尻ごみする。

ホルテンは、自分へ向けられていたシモンの気持ちを知ってしまい驚き、もんもんと悩んでいた。けれど一方で、切れ者の財務長官である彼は、今の事態もきちんと把握していた。

——コーネリアがルードビッヒの記憶を持っていると思っている彼は、この場の誰よりも彼女の言葉が本当なのだと信じる者でもある。

「お待ちください、宰相閣下。コーネリアは私の使用人。彼女の言葉については、私が全責任を負います。……どうか彼女の話を聞いていただけませんか?」

真摯《しんし》な態度で宰相に訴《うった》えかけた。

途端に宰相は、苦虫を噛《か》み潰したような顔をする。

財務長官であり有力な貴族でもあるホルテンの影響力は、宰相にとっても無視できぬものだ。

彼の依頼を拒むことは、難しい。

宰相が困っていると、杖の入った箱を持ってきた男が苛立《いらだ》たしそうに彼を急《せ》き立てた。

「宰相さま、何をためらっておいでなのですか。ホルテン侯爵が何を言おうと、相手は身のほどをわきまえぬただの平民です。さっさと捕まえてしまってください」

そこへ——

「あら。コーネリアの責任なら、私も喜んで負うわよ。彼女は私の養女になる娘ですもの」

前トーレス伯爵夫人までもがそう言い出して、宰相はさらに手が出せなくなる。

「コーネリア。私も知りたいわ。……残念だけれど、その杖が王家の秘宝であることは、この私が保証するわ。――だからこそ、教えてちょうだい。使い方がどう違うのかを」

その上、前トーレス伯爵夫人は宰相の意向を確認もせずに、コーネリアに話の先を促《うなが》した。

傍観している周囲の者たちの中でも、ざわめきが広がっていく。

「ホルテン侯爵や前トーレス伯爵夫人があそこまで言うのだ。聞くだけ聞いてやってもいいのではないか?」

「相手はなんの害もなさそうな少女だろう」

「宰相閣下の言い分は一方的すぎる」

「先ほど、王太子殿下は宰相閣下の言葉をお聞きになられた。今度は宰相閣下の聞く番ではないのか」

そういった話を口にし、周囲を煽《あお》る者の多くは若い貴族――ルスカ子爵やシュテファンだ。それに気づいたのは、アレクくらいであったが。

こう風向きが変わってしまっては、宰相も事態を止めることができない。

不機嫌に黙り込み、彼はコーネリアを睨《にら》みつけた。

これは、話をしてもよいということだろう。

「――はい。説明します」

コーネリアは、真剣な表情で頷いた。そして、宙に浮かぶルードビッヒを見る。

（陛下？）

（そうだな。――まず、論より証拠だ。その杖をマリア・バルバラに渡してみよ）

「えっと……最初に、今の使い方が〝違う〟ということを証明します。……アレク、その杖をマリア・バルバラさまに渡してみてくれますか」

コーネリアの言葉にアレクは首をかしげた。

「マリア・バルバラさまに？」

「まあ、私に？」

前トーレス伯爵夫人もびっくりする。

彼女と顔を見合わせて――アレクは杖を差し出した。

前トーレス伯爵夫人は、ためらいがちに手を伸ばす。

しっかりと受け取って――

「まあ！」

驚きの声を上げた。

前トーレス伯爵夫人の手の中――杖は、まったく光らずに沈黙していた。

いけにえの姫と呼ばれる前トーレス伯爵夫人は、正真正銘《しょうしんしょうめい》王家の姫だ。それを疑う者は、誰一人としていない。

絶世の美貌《びぼう》を誇る容姿には、王家の特徴が色濃く出ている。

（マリア・バルバラは、王家の遺伝子のいいところばかりを集めて生まれたと言われておる）

ルードビッヒがそう言うように、彼女の血筋は一目瞭然《いちもくりょうぜん》。

そんな彼女の手の中で、王家の者に触れられると光るはずの秘宝は、わずかな光も放たない。

「あら？　この杖は、王太子さまだけじゃ物足りなくって、私にまで王家の血が流れていないと言っているのかしら？」

前トーレス伯爵夫人は嫌味たっぷりに驚いてみせた。

「こんなっ！　こんなはずでは！」

宰相は狼狽《ろうばい》し、声を上《うわ》ずらせる。

彼の視線はウロウロと彷徨《さまよ》い……傍《かたわ》らに立つ、箱を持ってきた男をチラリと見た。

(フム。あの男は怪《あや》しいな。どこかで見たような気もするのだが……)

考え込むルードビッヒ。

(陛下、そんなことより、杖の使用法がどう違うのか教えてください！　私は説明しなければならないのですよ)

コーネリアにせっつかれて、ルードビッヒは我に返った。

(おお、そうだったな。その杖は――)

故国王陛下は、杖の正しい使い方を詳しく説明してくれる。

聞き終えたコーネリアは、大きく頷く。そして、固唾《かたず》を呑んで彼女の説明を待つ全員を、ぐるりと見回した。

コーネリアは息を吸って、吐いて……話し出す。

「――王家の秘宝の杖は、確かに代々の王が、生まれてきた子供が真に自分の子かどうかを確認するための杖です。それは間違いありません」

コーネリアの言葉に、宰相がパッと顔を上げる。やはりそうだろう、と力強く頷いた。

それにはかまわず、コーネリアは言葉を続ける。

「ただし、それは王家の血だけに反応するものではないんです。……王家の秘宝は、杖だけではありません。杖と杖の入っていた箱が揃って、はじめて王家の秘宝としての役割を果たすのだそうです」

コーネリアはそう言って、台の上に置かれた漆黒《しっこく》の木の箱を指さした。

全員が一斉に、木の箱を見つめる。

「――その杖は、『箱から取り出した人の血を引く者に反応して光る杖』なんです」

コーネリアの言葉に、宰相はポカンと口を開けた。

「先ほどその箱から杖を出したのは、宰相さまです。……ですから、今その杖が反応するのは宰相さまと血縁関係にある方になります」

オスカーは宰相の孫である。だから杖はオスカーに反応して光り、宰相とは血縁関係にないアレクや前トーレス伯爵夫人には反応しなかったのだ。

コーネリアはそう語る。

「そんなっ！　そんなバカな！」

宰相が口走るが、コーネリアは動じない。

「バカでもなんでも、それが真実です。……今の話が真実だと、証明したほうがいいですよね？　では、マリア・バルバラさま。すみませんが、その杖を箱に戻していただけますか？」

杖は、いったん箱に戻すとリセットされるのだ。

コーネリアのお願いに、前トーレス伯爵夫人は喜んで協力する。

「ありがとうございます。……では、今度はオスカーさま、杖を箱から取り出していただけますか？」

「はっ？　私がか？」

「はい。オスカーさまは、間違いなくルードビッヒ陛下のお子さまだと宰相閣下が信じておられますから」

言われたオスカーは、なんだかおっかなびっくりの様子で箱から杖を取り出した。

「え？　……今度は光らないぞ」

オスカーの手の中の杖は、まったく光を放たなかった。

「杖は、取り出した本人には光らないのです。光るのは、取り出した人と血のつながった人に対してだけ」

そういえば、先ほど箱から杖を出した宰相が握《にぎ》っている時、杖は光っていなかった。

あの時は、王家の血にしか光らないのだと思っていたのだが――

ルードビッヒの説明通りの状態に、コーネリアは微笑んだ。

説明を続ける。

「杖をすぐにアレクに渡してもらってもいいのですけれど……そうですね、その前に宰相さまに渡していただけますか？　今度は、杖が光るはずですから」

コーネリアの言葉が正しければ、杖を箱から取り出したオスカーの祖父である宰相に対し、杖は光を放つ。

反対に宰相の言う通り、王家の血にのみ反応するものであれば、杖は光らないはずだ。

そう説明されて納得したオスカーは、グイッと杖を宰相に差し出す。

「受け取れ、宰相」

宰相は……よろよろと後ずさった。顔色を悪くし、首を横に振って、宰相は杖を避《よ》ける。

そこへ――

「私が、受け取るわ」

静かな女性の声が割って入った。オスカーの母である第三妃だ。

「すでに、オスカー……あなたが持っても光らない時点で、その杖が『王家の血を持つ者のみに光を与える杖』でないことは証明されておりますわね。けれど、さらなる証拠が要るのならば私が受け取ります。宰相の娘である私でも、証明に不足はないでしょう」

しっかりした口調で、冷静に話す第三妃。

その様子からは、彼女が噂《うわさ》通り頭のいい人間なのだということが見て取れる。

突き出された母親の手に、オスカーは戸惑った。渡していいのか、とうかがうようにコーネリアを見てくる。

「三の妃《きさき》さま、ご協力ありがとうございます。もちろん杖を受け取っていただくのは、三の妃《きさき》さまでかまいません」

コーネリアは、丁寧に第三妃へ礼を言いながら、オスカーに頷いた。

第三妃はフッと笑うと、まだためらいがちな様子のオスカーから奪うように杖を受け取る。

杖は――眩《まばゆ》い光を放った。

「おぉっ」という感嘆の声が、周囲の者たちから上がる。

日の前に手をかざして光を遮り、宰相《さえぎ》は……グラリとよろけた。

「――念のためにお聞きします。第三妃さまは王家の血を引いていらっしゃいますか？」

コーネリアの質問に、第三妃は苦々しげに笑い、首を横に振る。

「いいえ。……スベイデル伯爵家は今は高位貴族ですが、元々はその末席に名を連ねるような格式の低い家ですもの。お父さま――宰相の才覚によって取り立てていただき、ついには私が国王に嫁《とつ》ぐまでになったけれど、それまでは王家の血など入りようもない貧乏貴族だったわ」

「エルネスティーネ！」

たまらず宰相が怒鳴《どな》った。エルネスティーネとは第三妃の名前である。

第三妃は、国王に嫁《とつ》いで以降はじめて父に名を呼ばれ、複雑そうに口元を歪《ゆが》めた。

「——その光は、私が先ほど光らせた時よりも強いな」

間近で杖の輝きを見ていたオスカーが、そう呟《つぶや》いた。

「その通りです。……箱から取り出した人と血のつながりが濃ければ濃いほど、杖の光りは強まるのだとか。第三妃さまはオスカーさまのお母さまですから、おじいさまの宰相さまとのつながりより強いのは当然です」

ここまでルードビッヒの言葉通りの結果になっていることに安心しながら、コーネリアは答える。

あとは——

「では、三の妃《きさき》さま。その杖をアレクに渡してください。……アレクとオスカーさまはお母さまが違うご兄弟ですので、杖の光は少し弱まるかもしれませんが、しっかり光るはずです」

そうなることを微塵《みじん》も疑わないコーネリア。

第三妃は、ふぅっとため息をつき——

「どうして私が素直に渡すと思っているの。——このまま逃げ出すかもしれないわよ？」

そんなことを言った。

コーネリアはキョトンと首をかしげる。彼女の視線は一瞬上を向き……正面の第三妃に戻った。次いで、コーネリアはニッコリと笑う。

「三の妃《きさき》さまは、そんなことはなさいません」

「……っ！　ずいぶん自信たっぷりに言うのね？　私はあなたとは初対面だと思うのだけれど」

「もちろんです。私は平民ですから。……でも、私、ティニさまのことをよく知っているお方を、知っているんです」

ティニとは、第三妃の名前であるエルネスティーネの愛称である。

幼いころから賢く大人びた少女だった彼女を、ティニという愛称で呼んだ人物は、あとにも先にもたった一人。ルードビッヒ故国王のみだ。

第三妃は、大きく息を呑む。

「あなたは――」

彼女は何かを言いかけ……やめた。首を大きく横に振る。

「そうね。ここで逃げても、意味がないわ。私に利益もないわね。――私は無駄なことはしない主義よ」

そう言うと、第三妃はアレクのそばまで歩み寄り、杖を差し出した。

「どうぞ。………王太子殿下」

静かに頷く、アレク。

彼は胸を張り、杖を受け取った。

アレクの手の中──王家の秘宝の杖は、きらめく光を放つ。

光る杖を持つ、若き王太子。

その姿はまさしく一幅《いっぷく》の絵画のようで、威厳と気品に溢《あふ》れている。

進み出たオスカーが、アレクの前に跪《ひざまず》いた。

「兄上こそ、我《わ》が国ローディアの真の国王です。このオスカー、命尽きるまで兄上を支え、共に国を守ると誓います」

頭《こうべ》を垂れる第二王子。

アレクは優しい眼差《まなざ》しで弟を見た。

「ありがとう、オスカー。よろしく頼む」

「はっ！」

それは感動的な場面だった。

「──王太子殿下、バンザイ！」

「アレクサンデルさま！」

「オスカーさま！」

期《き》せずして、周囲から歓声が上がる。

若い貴族を中心に起こった声は、広間中に広がった。

「ローディアに栄《は》えあれ！」

「アレクサンデル……国王陛下！」

「陛下、バンザイ！」

戴冠式を前にいささか気が早い声であったが、それを咎《とが》める者は誰もいない。

瞳を潤《うる》ませ感激し、コーネリアはその光景を見つめる。

しかし――

（まだだ、コーネリア。まだ喜びに浸《ひた》るのは、早いぞ）

そんな彼女に、ルードビッヒが忠告してきた。

（え？）

（わしには、まだ宰相に問い質《ただ》したいことがある）

ルードビッヒは、いまだ呆然としている宰相と、その傍《かたわ》らで顔を俯《うつむ》かせている目立たない男をジッと見つめている。

（陛下？）

（すまぬ。コーネリア、今一度わしの言葉を代弁してくれまいか？）

平民の身でありながら王太子アレクサンデルの好意を受け、あまつさえ王家の秘宝の秘密を知っていたコーネリア。今はアレクの血筋の正しさが確定したことに沸き立ち、興奮している貴族たちも、いずれは彼女を不審に思うだろう。

これ以上、コーネリアに目立つことをさせるべきではないと、ルードビッヒはわかっている。

それでも、今彼の胸のうちにある疑念は、晴らさずに放っておけるものではなかった。

かつてこの国を守り、戦いの中で死んだ故国王は、ただ一人自分の声を聞き姿を見ることのできる平民の少女に……頭を下げる。

（陛下！　おやめください。そんなことをなさらなくとも、私は陛下のお言葉に従います）

なんの迷いもなく、コーネリアは心の中で叫ぶ。

（……だって、それはこの国――ひいては、私たちローディアの民《たみ》のためなのでしょう？）

彼女はそう言って微笑んだ。

（……コーネリア）

（水くさいですよ、陛下。私と陛下の仲ではないですか。……それに、陛下は私に一生憑《つ》いてくださるのでしょう？　いちいち頭なんか下げていたら、そのうち頭が地面に落っこちてしまいますよ）

コーネリアはおどけてみせる。

その表情は温かく、慈愛《じあい》に満ちていた。

（コーネリア！）

ルードビッヒは、感極まる。

彼はコーネリアに抱きつこうと突進し――当然、彼女の体をすり抜けた。

そのいつもの光景にクスリと笑い……コーネリアは大きなため息をつく。

（それに……今さらです。私はもう十分、陛下に振り回されているじゃないですか。あと一つや二つの面倒ごとなんて、どうってことありません）

……実に男前なコーネリアだった。

ルードビッヒが、情けない表情を浮かべる。

（さあ、さっさと教えてください。私は宰相閣下に何をお聞きすればいいのですか？）

（いや、それはありがたいのだが……もう少し悲壮感というか、悲痛な覚悟というか……こう……そういう雰囲気があってもいいのではないか？）

（そんな暇、ありませんでしょう！）

コーネリアに心の声で怒鳴《どな》られて……ルードビッヒは、がっくりとうなだれた。

それから、故国王陛下は自分の懸念《けねん》とそこから考えられる脅威《きょうい》を語る。

すべてを聞いたコーネリアは、毅然《きぜん》と顔を上げた。

コーネリアが顔を上げ、視線を向けた先では――

そこでは、周囲の歓声を静めたアレクが、宰相と向き合おうとしていたところだった。

「何か言うことはありますか？」

氷の王太子の静かな声に、宰相は悄然《しょうぜん》として首を横に振る。

見渡せば、いつのまにか立場は逆転し、宰相家の騎士たちのほとんどは近衛《このえ》の騎士に拘束されていた。締め切られていた扉も開け放たれ、ジムゾンとマルセロが扉の一つから慌てて駆けこんでくる姿も見える。

「どんな言い訳も無駄だ！　兄上を陥《おとしい》れようとした罪は万死に値《あたい》する。……衛兵！　即刻、宰相を引っ立てよ！」

激昂《げっこう》して怒鳴《どな》るオスカー。宰相が自分の祖父であるがゆえか、オスカーの怒りは激しい。

コーネリアは慌てて、アレクに駆け寄る。

「ダメです！　アレク、宰相さまを連れていってはダメなんです！　宰相さまには、まだお聞きしなければいけないことがあります！」

コーネリアの言葉に、その場の全員が訝《いぶか》しそうな視線を向けてきた。

アレクは戸惑いがちに答える。

「もちろん、これから彼にはいろいろと尋問《じんもん》を受けてもらうつもりだけれど……」

そんな場面に、コーネリアが立ち会えるはずもない。

「その前にどうしても、私が直接お聞きしたいことがあるんです。お願い、少しだけ時間をください」

頼み込むコーネリアに、アレクは複雑そうな顔をした。

考え込んでから……………彼は口を開く。

「リアが直接だなんて、そんな羨《うらや》ましいことを……宰相に？」

「アレクッ！」

冗談を言っている場合か！　とコーネリアは怒った。

……絶対冗談ではないだろうと、周囲の者は皆、顔を引きつらせる。

そんなやりとりの末に、しぶしぶ許可をもらい、コーネリアはようやく宰相と向き合うことができた。

「――この上、私になんの用だ？」

苦々しげな表情の宰相を、ジッと見つめるコーネリア。

「私がうかがいたいことは、一つです。……宰相さまは、いったいどなたから、この杖の存在をお聞きになったのですか？」

コーネリアの質問に、宰相ではなくアレクやオスカーたちのほうが目を丸くした。

「え？　……当然、父上からではないのか？」

オスカーの呟《つぶや》きに、コーネリアはきっぱりと首を横に振る。

「それはありません」

ルードビッヒ曰《いわ》く、王家の秘宝の秘密は、たとえ宰相であっても知ることはできないものだ。

それを知るのは国王と国王の子だけであり、それも男子に限られるのだった。――知らされるのは、婚姻し子供ができた時だ。

（要は、国王になる可能性が少しでもある子が生まれた時に、その子が間違いなく王家の血を引く子供かどうかを確かめるための杖、ということよね）

女性は確かめる必要はないが、男性は確かめようがないから、魔法の杖が生まれたのだろう。

ルードビッヒが子をなす前に彼の父王は他界したので、ルードビッヒにこの秘密を教えてくれたのは、父の末弟である叔父《おじ》らしい。争いごとを嫌い、王位継承権を放棄して臣下に下った彼の叔父《おじ》でも、王家の秘宝の秘密だけは教えてもらっていたのだそうだ。

(しかし、その叔父上《おじうえ》もすでに鬼籍《きせき》に入って久しい。現在ローディアには王家の秘宝の秘密を知る者は誰もいない)

ルードビッヒはそう言っていた。

「私は――」

宰相は口を開いたが、何かをためらったまま、傍《かたわ》らに立つ目立たない男へちらりと視線を流す。

「教えてください。宰相さま。――ルードビッヒ陛下に仕えていらした当時、あなたさまは、ご自分の孫のオスカーさまを次期国王にと推《お》しながらも、陛下がアレクを王太子に決めたことに反対してはおられなかった。不満に思ってはいたものの、陛下のご決定ならばと受け入れておられたはずなんです。そのあなたが、亡きルードビッヒ陛下のご遺志に背《そむ》いてまで今回の事件を起こされた。……いったい、どうしてなんですか? どなたにどんな入れ知恵をされて、間違った王家の秘宝の使い方を信じ込み、こんな事件を起こしてしまわれたのですか?」

　コーネリアの問いかけに、誰もが息を呑んで宰相を見つめた。

「入れ知恵……」

　宰相は呆然と呟《つぶや》く。

「そうです。……だって、宰相さまは、口は悪くとも誰よりルードビッヒ陛下の治世を支えてこられたお方なのでしょう？　憎まれ口ばかり叩くけれど、聡明で知略に優《すぐ》れている。納得すれば最後には自分を後押ししてくれる悪友のような男だって、ルードビッヒ陛下はおっしゃっていました」

　宰相は権力欲が強く、私利私欲《しりしよく》に走ることもあるが、政治手腕は間違いない。むしろ思考傾向がはっきりしている分扱いやすかったとさえ、ルードビッヒは言っていた。

　利害が一致している限り、宰相はこの上なく頼もしい味方になるのだ――とも。

　そして、そんな宰相をルードビッヒは気に入っていたのだ。

（宰相は、ホルテン同様、わしの治世にかけがえのない存在だ）

　ルードビッヒにとって、ホルテンは無条件で信頼のおける安心できる臣下。

　反対に、宰相は気を抜けば一気に足元をすくわれるような、緊張感を刺激される好敵手とも言うべき臣下だったのだ。

（ご領主さまはともかく、宰相さまはタヌキジジイだってご自分でおっしゃっていた

のに）

ルードビッヒの話に、コーネリアは呆《あき》れる。ルードビッヒはもしかして、とてつもなく悪趣味なのかもしれなかった。

「悪友……」

宰相は一瞬、嬉しそうに顔をくしゃりと歪《ゆが》ませる。

しかし、その様子に驚いたオスカーたちの顔を見ると、途端に表情を引き締めた。

「……いっ、いい加減なことを言うな！　どうしてお前のような平民が、ルードビッヒ陛下のお心を知っている。――おだてて懐柔《かいじゅう》しようとしても無駄だぞっ！」

精一杯威厳をこめて、宰相は怒鳴《どな》った。

「おだててなんていません。平民の私には、そんな必要はまったくありませんから。……それより質問に答えてください。どなたから王家の秘宝のことをお聞きになったのですか？」

おだてる必要がまったくないと言われて、宰相は複雑そうな顔をする。

重ねて問われ、彼は再び隣の男に視線を流したが……口はつぐんだままだった。情報源は決して口にしないと約束しているのかもしれない。

話すつもりのなさそうな様子に、コーネリアはそっと上を見た。

そこにいるルードビッヒが頷いたことを確認して、さらに言葉を続ける。

「よく考えてみてくださいい、宰相さま。……王家秘宝の杖は、王族出身であるマリア・バルバラさまでさえ、その存在は知っておられても使い方はお知りにならなかったものなのです。なんでも、杖そのものが希少な品で、滅多《めった》に手に入れることが叶わぬものだからだそうですけれど……。現在同じ〝杖〟の所在がわかっているものは、世界に数本。それもすべて我《わ》が国同様、所持する国の王家の秘宝になっているそうです」

ここでコーネリアは、今言った話の意味が宰相に十分伝わるようにと、ほんの少し間をあける。

そして、宰相が理解した様子を確かめたあと、間髪容《かんはつい》れずにたたみかけた。

「――つまり、ルードビッヒ陛下が誰にも杖の秘密を教えずにお亡くなりになってしまった今、それを知る者は〝他国の王族〟だけなんです！」

宰相は、驚いたように目を見開く。そして慌てて隣の男を凝視した。

男は「チッ」と舌打ちを漏《も》らす。

丁度そのタイミングで、人ごみをかき分けたマルセロとジムゾンが、近くまで駆けつけてきた。

「マルセロさん。あなたはクモールの人に詳しいですよね。……そちらの方に見覚えはありませんか？」

この機会を逃《のが》さず、コーネリアはマルセロに呼びかける。

突然コーネリアに呼びかけられた元クモール間諜《かんちょう》マルセロは、面食らいながらも『そちらの方』と示された男に目を向けた。

とはいえこの時、コーネリアは本当にマルセロが何か知っているとと思ったわけではなかった。

マルセロは自他共に認める下《した》っ端《ぱ》諜報員《ちょうほういん》だったのである。マルセロが怪《あや》しい男の正体を知っている可能性は限りなく低かった。ただ、マルセロに呼びかけたことで、相手が何かしらのリアクションを起こしてくれれば、それを糸口にして男を問いつめられるかもしれないと思っただけだ。

しかし、予想はいい方向に外れる。

「え？」

「何っ⁉」

息を呑むマルセロと、目立たない男。

明らかに、マルセロは相手を知っている様子である。

「なっ！　なんであなたがここにおられるのですか⁉　ツェプター情報長官！」

マルセロはハッキリと男の名を呼んだ。

（なんと！　ツェプター情報長官だと!?　そやつは、クモールの情報機関を統括する超大物だぞ。しかもほとんど人前に姿を現さず、現実にいるのかどうかすら謎とされている人物だ。……噂《うわさ》では、クモールの前王の落とし胤《だね》だということだったが――そうか、こやつはクモールの現王とどことなく似ておるのだな）

ルードビッヒは、先ほどからなんとなく感じていた男に対する既視感のわけがはっきりとして、うんうんと頷く。

相手に見えないのをいいことに、ルードビッヒはくっつきそうなほどツェプターに接近し、ジロジロと眺《なが》め回した。

（フム。クモール国王は、いけ好かないほどすかした嫌味な美丈夫《びじょうふ》だが、奴の容姿の平凡な部分を集めるとこんな顔になるのだな。……ハンッ！　いつも会うたび気取りおって。奴とて、少し造作を変えれば十人並みの男になるのではないか。この男がイイ証拠だ）

どうやらルードビッヒはクモール国王が嫌いなようだった。

大人気ない言動に、コーネリアは呆《あき》れる。

「ツェ、ツェプター情報長官だと!?　そんなバカなわけがあるか！　こいつは南の国の商人だと聞いている！」

宰相は仰天《ぎょうてん》して目を見開いた。

「間違いありません」

落ち着いた声で言うマルセロを、宰相はキッと睨《にら》む。

「だいたいお前は何者だ？　知る者は誰もいないと言われるツェプター情報長官を、何故《なぜ》お前のような者が知っている⁉」

その問いに、マルセロは困った風に目を泳がせた。

まさか『私は以前、クモールの間諜《かんちょう》でした』とも言えないだろう。

コーネリアが案じる前で、マルセロは恥ずかしそうに口を開いた。

「その……私は以前、クモールで作家をしていまして、ツェプターさまは、私の書いた本を気に入ってくださっていたのです」

——想定外の理由だった。

そう言われれば、出会った当初マルセロは、自分は作家だと話していた。あちこちを旅しては、旅行ガイドみたいなものを書いていると言っていたが——

（てっきり、間諜《かんちょう》だということをカモフラージュするために、形だけの作家をしているのだと思っていました）

（フム。ちゃんと本を出して、しかも売れていたのだな）

　ルードビッヒも感心して言う。

「前の仕事も、実はツェプターさまに斡旋《あっせん》していただいたのです。……本が売れなくて筆を折ろうと思っていた時、見聞を広げるために国外に出てみないかとすすめられて。まさか、あんな末路になるとは、思ってもみませんでしたけど」

　マルセロは苦笑する。

　間諜《かんちょう》だったマルセロは自国に使い捨てられ、今はホルテン侯爵家の世話になっているのだ。

「違う！　あれは――あの件は、私のあずかり知らぬことだ！」

　ツェプターが焦ったように口を開く。

「はい。そう信じています。……でなければ、私はあまりに惨《みじ》めだ」

　マルセロに信じていると言われて、ツェプターはたまらず俯《うつむ》いた。

　会場に重い沈黙が流れる。

「……それでは、やはりお前は、クモールのツェプター情報長官なのか？　私はずっと騙《だま》されていた……？」

　宰相が呆然として呟《つぶや》く。

　その途端――ドン！　と宰相を突き飛ばし、ツェプターは目にも留まらぬ速さで身を翻《ひるがえ》す。そして彼の後ろに立っていた王太后を人質に取った。

「王太后さまっ！」

人々が叫ぶ。

「動くな！」

ツェプターは、王太后の動きを左手一本で封じ、右手で喉《のど》に短剣を突きつけた。

「シモン！」

ホルテンが呼ぶが、シモンは悔しそうに答える。

「ダメです！　剣が喉《のど》に近すぎる。下手《へた》に攻撃しては、手がぶれただけでも喉《のど》を切り裂く恐れがあります！」

今の状況では、たとえツェプターが意図せずとも、わずかな手元の狂いで王太后の命は消えるかもしれない。そんな危険な状態で相手を攻撃することなど、できるはずもなかった。

「その通りだ。王太后の命が惜《お》しければ、全員その場を一歩も動かないでいただこう。残念なことに私は短剣の扱いに慣れていないのでね。……動揺すれば、手が滑ってしまうかもしれないな」

クツクツと笑いながら脅すツェプター。

そこには、つい先ほどまでのまったく目立たない平凡な男の姿はない。顔立ちや背格好は少しも変わらないのに、表情一つ違うだけで別人のように凄《すご》みが出た。

ツェプターは短剣の扱いに慣れていないと言いながらも、王太后の喉《のど》から数ミリのところでピタリと刃を止め、微動だにしない。

王太后は美しい顔を恐怖で強張《こわば》らせ……しかし、凜《りん》として言葉を発した。

「私のことはかまいません。今すぐこの不届者を捕まえなさい！」

「黙れっ！」

ツェプターの短剣がキラリと光る。

ゴクリと喉《のど》を鳴らしたが、王太后はそれでも健気《けなげ》に言葉を続けた。

「今日、私は、期《き》せずして長年かけられていた疑惑を払拭《ふっしょく》することができました。……もはやこの世に思い残すことはありません。胸を張って、天におわす陛下のもとにまいれます」

うっすらと涙ぐむ王太后。

アレクは呆然と母を呼ぶ。

「母上――」

「アレクサンデル。あなたにも、長年つらい思いをさせましたね。どうか、立派な王になるのですよ」

王太后の覚悟はとうについているようだった。

「黙れと言っている！」

激昂《げっこう》したツェプターが怒鳴《どな》る。

王太后の喉《のど》に押しつけられた刃が、白い肌に浅く食い込み――赤い血が滲《にじ》んだ。

アレクはギュッと拳《こぶし》を握《にぎ》る。唇を引き結び、顔を上げた。

……青い目に決意の光が宿《やど》っている。

（いかん！　アレクは攻撃を命じるつもりだ。コーネリア、止めてくれ！）

「ダメよ！　アレク、攻撃してはダメ！」

コーネリアはアレクの前に飛び出した。

「リア――」

「アレク、お願い、お母さんを犠牲にするようなことはしないで」

コーネリアは必死に止める。

そんなことをしたら、誰よりアレクが傷つくだろう。母を救えなかった自分自身を責めてしまうに決まっている。

（その通りだ。こんな相手のために命をかける必要はない。……どうせこの男の望みは

自分が無事に逃げることだろう。さっさと逃がしてやればいいのだ）

ルードビッヒは、宙からツェプターをきつく睨《にら》みつける。

（え？　逃がしていいんですか？）

コーネリアは驚いた。

（ああ、こんな奴、捕まえてもろくなことはない）

苦々しげに顔を歪《ゆが》めると、ルードビッヒはその理由を説明する。

コーネリアは大きく頷いた。アレクやほかのみんなに対して、大きく声を張り上げる。

「クモールの情報長官だかなんだか知りませんけれど、こんな人を捕まえることと王太后さまのお命を比べられるはずがありません。――他国の城に潜入している大物の間諜《かんちょう》なんて、情報漏洩《ろうえい》防止の魔法がかけられているに決まっているんです！」

コーネリアの言葉に、ある者は驚き、またある者はハッとする。

「……情報漏洩《ろうえい》防止の魔法？」

王太后は驚く者の代表だ。短剣を突きつけられながらも、呆然と聞き返す。

コーネリアは力強く頷いた。

「そうです。どこの国も重要な情報を知る間諜《かんちょう》に対しては、多かれ少なかれ情報漏洩《ろうえい》防止の魔法をかけているはず。その人を捕まえて尋問《じんもん》したって、まともな情報なんて得られるはずがありません。骨折り損のくたびれ儲《もう》けになるに決まっています」

コーネリアはピシリとツェプターを指さす。

「骨折り損……」

いや、それはそうかも知れないけれど——と、さすがのアレクも呆然とした。

コーネリアは、さらに言葉を続ける。

「それに、クモールの前の王さまの落とし胤《だね》だなんていう微妙な立場の人が、クモールとの交渉材料になるとも考えられません。……今のクモールの王さまって、『いけ好かないほどすかした嫌味なお方』なのでしょう？　そんな方が他国に捕まった腹違いの弟を、自国の不利益を顧《かえり》みずに助けようとなさるでしょうか？」

これには、マルセロが「あ、ムリムリ。そんなことしない」と軽く手を振ってコーネリアの言葉を肯定した。

元自国民にこんな評価をされるクモール国王に対し、コーネリアは残念な思いを抱《いだ》く。

ツェプターの顔は、苦虫を噛《か》み潰したように歪《ゆが》んだ。

しかし、コーネリアの言葉はまだまだ止まらない。

「だいたい、間諜《かんちょう》なんて排除したと思ってもすぐにまたそのかわりが現れる、雑草みたいなものなのでしょう！」

「雑草……」と、全員が口々に呟《つぶや》く。

コーネリアは両手をグッと握《にぎ》りしめ、ここぞとばかりに力説する。

「そうです！　たとえ情報長官なんていう偉い肩書がついていたって、雑草は雑草。むしろ、育ちすぎた大きい雑草を直接引っこ抜くのには力が要るし、とっても大変なんですよ！」

王都から遥《はる》か遠く、ホルテン領の自宅での農作業を思い出しながら、コーネリアは語った。

彼女は、ツェプターの姿に憎き雑草の幻影を重ね、ギッ！　と彼を睨《にら》みつける。

「この人は、今回の失敗でクモールに帰ればきっと厳しい処罰を受けるに違いありません。放っておけば勝手に枯れてくれる雑草相手に手間をかけるのは、もったいないです！　――そんな雑草と王太后さまの命を比べるだなんて……不敬にもほどがあります！」

堂々と言い切ったコーネリア。

（……コーネリア、さすがのわしもそこまで面と向かって〝雑草〟などとは言わないぞ）

ルードビッヒまでもが呆《あき》れる。

なんとも言えない、微妙な空気が流れた。

全員がコーネリアと彼女の前のツェプターを見ていたが、彼を見る視線の多くには憐《あわ》れみが含まれている。

「――よくも、好き放題言ってくれたな」

ツェプターの口から地を這《は》うような低い声が漏《も》れた。

彼の背から黒いオーラが立ち上《のぼ》るのが、見えたような気がする。

「そこまで言うのなら仕方ない。王太后を人質にするのはやめてやる。そのかわりに……お前を人質としよう。大人しくこちらに来てもらおうか！」

右手の短剣は王太后に向けたまま、ツェプターは顎《あご》をしゃくってコーネリアを呼びつける。

その瞳は爛々《らんらん》として怒りに燃えていた。

「リア！　……そんなことをさせるものかっ！」

アレクが大声で叫び、ツェプターに近づこうとする。

「動くな！」

「アレク！　動かないでください」

ツェプターとコーネリアが同時に声を出した。

「リア！」

「……私なら、大丈夫です」

（そうですよね。陛下？）

コーネリアは、そっと視線をルードビッヒに向ける。

（ああ。ツェプターの目的は、あくまでここから無事に脱出することだ。人質になったからといって、すぐに殺されたりはしないだろう。……それに、その前に奴を捕まえる絶好のチャンスがある。王妃の喉《のど》から奴の短剣が離れた時だ。その隙《すき》を突けばいい。……コーネリア、そなたならできるはずだ。――ユリアヌスを呼べ）

（え？　……ユーリですか？　ユーリはご領主さまのお邸《やしき》でお留守番でしょう？）

コーネリアは首をかしげる。

ユーリことユリアヌスは、現在コーネリアが飼っているレインズの成犬だ。ルードビッヒの生前は彼に飼われていたユーリだが、今日は連れてきていない。

（ユリアヌスは、わしのレインズだ。当然この王宮の防御魔法にも存在を登録され、出入り自由になっておる。――コーネリア、今日のそなたは、オスカーにさらわれるようにして王宮に連れてこられた。そんなそなたを、ユリアヌスが放っておくはずがない。今頃は、勝手知ったるこの城に入り込んでおるだろう。そなたは、ただユリアヌスを呼べばいい）

そんなに簡単にいくのだろうか？　と、コーネリアは半信半疑《はんしんはんぎ》だ。

とはいえ、今の彼女にはほかの手段を考える時間がなかった。

「早く来い！」

イライラしてツェプターは怒鳴《どな》る。

コーネリアは覚悟を決め、足を踏み出した。

「リア！　ダメだ。クソッ、やめろ！　リアが人質になるくらいなら、私がなる！」

王太子殿下が叫ぶ。

……そんなことはできるはずもなかった。

「ありがたいお申し出だが、丁重にお断りしよう。王太子を人質になどすれば、今この瞬間に、私は王太后共々殺されてしまうからな」

皮肉たっぷりにツェプターは断る。

「ならば、私が人質になろう。私は侯爵だ。人質としての価値は充分あるし、当然私の身分は王太后さまより低い」

名乗り出たのはホルテンだった。ホルテンの視線は、コーネリアに心配そうに注《そそ》がれている。

「お義兄《にい》さま！」

シモンが悲鳴のような声を上げた。

ツェプターは、冷たい視線を返す。

「私を馬鹿にしているのか？　財務長官でもあるホルテン侯爵と王太后のどちらがこの国にとって価値があるかなど、考えるまでもなくわかることだろう。人質の価値が上がってしまっては、意味がない。……それに私は非力でね。男を人質にするつもりはない。——もちろん、女であっても近衛《このえ》第二騎士団副団長などという肩書のある者も同様だ」

シモンが口を開きかけたのを見て、ツェプターは先に釘《くぎ》を刺した。

グッとシモンは黙りこむ。

「私がなります。……それが一番いいんです」

コーネリアは凛《りん》と声を張り上げた。大丈夫だという思いが伝わるように、アレクやホルテンを振り返りしっかり微笑む。

歩き出したコーネリアを見て、ツェプターは満足そうに頷いた。

「その通り。人質にするには、お前が最適だ。……どうやら王太子さまにとって、お前はとても大切なようだしな。……それに、お前に聞きたいこともある。何故《なぜ》、王族の男子しか知らないはずの杖の秘密を知っていたのか——この城を脱出したら、ゆっくりじっくり聞いてやろう」

ツェプターはクツクツと酷薄《こくはく》な笑みを浮かべた。

(き、気持ち悪い人ですね。……鳥肌が立ちそうです)

(がんばれ！　コーネリア、あともう少しの我慢だ)

アレクはもちろん、ホルテンやシモン、オスカーも、苛立《いらだ》ちをこらえてコーネリアを見つめる。

コーネリアは、恐怖よりも気持ち悪さで渋《しぶ》りがちな足を、一歩一歩無理やり前へ運んだ。

そして、ツェプターのすぐ近くで立ち止まる。

「来ました。……もういいでしょう？　王太后さまを解放してください。どうせこの距離では、私は逃げられませんもの」

ツェプターがほんの少し手を伸ばせば、コーネリアはすぐに捕まる距離にいる。ただの少女でしかない彼女が、クモールの情報長官であるツェプターから逃げられるはずもない。

そう思ったツェプターは、王太后の喉《のど》から短剣を離し、ドン！　と突き飛ばした。そして素早くその手をコーネリアへと伸ばす。

コーネリアはその瞬間――渾身《こんしん》の力で指笛を吹いた！

ピイーッ！　という高い音が王宮に響く。

「貴様！　何をっ⁉」

ツェプターは、瞬時にコーネリアを止めようとした。

それより一瞬早く、二人の間に稲妻に似た光が走る。

黒い影が突如《とつじょ》宙から躍《おど》り出た。

影は勢いよくツェプターに体当たりして、コーネリアの前にひらりと降り立つ。

ツェプターは右手に鋭《するど》い痛みを感じ、たまらず握《にぎ》っていた短剣を取り落とした。そしてその場にガクリと膝をつく。

グルルという低いうなり声を聞き、ツェプターは血の滴《したた》る右手を押さえながら顔を上げる。

「……っ！　レインズ！」

青い稲光《いなびかり》を身に纏《まと》わせた、黒いレインズがそこにいた。

今の一瞬の間に、ツェプターはそのレインズの攻撃で利《き》き腕の右手を切り裂かれている。

冷たく光る犬の二つの青い瞳が、ツェプターの動きを封じていた。

「ユーリ！　来てくれていたのね」

コーネリアが安堵《あんど》の声を漏《も》らす。

「ユーリ？　……っ!?　まさかっ、ルードビッヒ王のユリアヌスか!?」

黒い体と青い瞳を持つレインズの魔犬。それは間違いなく、ローディアの故国王ルードビッヒが飼っていたレインズ——ユリアヌスの特徴だった。

「……いや、そんなはずはないっ！　ルードビッヒ王が死んでから、あと一月《ひとつき》で一年だ。主人を亡くしたレインズが、これほど生きながらえるはずがない！」

ツェプターは自分の疑問を自分で否定した。

それでも彼は、目の前のレインズから目を逸《そ》らすことができない。

「………本当に、ユリアヌスなの？」

前トーレス伯爵夫人が息を呑んだ。

ルードビッヒを除けば、彼女はおそらくこの場の誰よりもユリアヌスを知っているだろう。なにせ、ユリアヌスは彼女の飼う犬の番《つがい》なのだ。

それでも前トーレス伯爵夫人は、自分の目を信じることができなかった。

人々の驚愕《きょうがく》を気にもせず、ユリアヌスはパリパリと稲光《いなびかり》を光らせてツェプターを威《い》嚇《かく》する。

「今です！　シモンさま。ツェプター情報長官を拘束してください！」

コーネリアが叫んだ。

ハッ！　と我に返ったシモンが、急いで魔法を発動しようとする。

周囲にいたほかの騎士たちも、慌てて動きはじめた。

チッと舌打ちをするツェプター。

次の瞬間――眩《まぶ》しい光が、ツェプターの体から弾《はじ》けた。

突然の光に目が眩《くら》む。

「しまった、目くらまし!?　ツェプターの魔法だ、気をつけろっ！」

マルセロの忠告は遅すぎた。

誰もが視界を失い警戒する中、ツェプターの声が響く。

「今はここまでだ。残念だが、退《ひ》かせてもらおう。……しかし、ただでは退《ひ》かん。置き土産《みやげ》に爆弾を仕掛けさせてもらった。すぐに爆発するぞ。せいぜい逃げ惑《まど》うのだな！」

ハハハ！　と大きな高笑いを残し、ツェプターの気配は消えてゆく。

「逃がすなっ！」

「爆弾っ!?」

「キャァァァァッツ！」

舞踏会会場は、阿鼻叫喚《あびきょうかん》の修羅場となった。

いまだ目もよく見えない中、大勢の人々がこの場から逃げるべく我先にと走り出し、やみくもに扉のもとへ殺到する。

人々は怒鳴り合い、泣き叫ぶ。

その騒ぎは、王太子のもとに駆けつけようとしていた騎士たちをも巻き込んだ。

「落ち着け！」

「窓際へ退《ひ》くんだ！」

「いやぁぁっ！　死にたくない！」

恐怖は人から人へと伝染し、広まっていく。

騎士が守るべき人のもとへ駆けつけられない事態になり、王宮は混乱した。

◇

——舞踏会会場が乱れる中で、ホルテンはコーネリアを守ろうとした。

簡単な魔法が使えるホルテンは、すぐさま視力回復魔法を自分にかける。

ホルテンは、ツェプターの近くにいたコーネリアを保護するために、彼女のほうを向いた。

ただ、はっきりした彼の視界の中に——シモンの姿が飛び込んでくる。

近衛《このえ》第二騎士団副団長とはいえ、今のシモンはドレス姿。しかもまだ目が眩《くら》んでいるのか、彼女の足取りはおぼつかなかった。

彼女は、ホルテンが妹同然に思う可愛い女性である。だから、当然ホルテンは――ふらつくシモンを、自分のほうに引き寄せた。

ホルテンは彼女が落ち着いたら逃げるように伝え、それからすぐにコーネリアのもとに駆けようと考える。

しかし、ホルテンがシモンを引き寄せたその瞬間――

「リアッ‼」

王太子アレクサンデルが、我《わ》が身を顧《かえり》みずにコーネリアのもとへ一直線に駆け寄った！

ホルテンの目の前で、彼はコーネリアを庇《かば》って己《おのれ》の胸の中に収める。

コーネリアの手もアレクサンデルの背中に回った。

ホルテンの心の中に、大きな喪失感が広がる。

そして――ドンッ！　という爆発音と共に、爆風が巻き起こった。

◇

爆風がおさまった頃、呆《あき》れたようにルードビッヒは、ぼやいた。

（そもそも、王宮の防御魔法をかいくぐり殺傷力のある爆発物を持ち込むことなど、不可能なのだ。少し考えればわかることだろうに、派手に騒ぎおって。……空騒《からさわ》ぎにもほどがある）

「殺傷能力がなくたって、爆弾は爆弾じゃないですかっ！　運が悪ければ、大けがをしたかもしれないんですよ！　なのにっ、私を助けるために飛び出してくるなんて！　……アレクのバカ、バカ、バカ！」

コーネリアは混乱し、ルードビッヒの言葉への返事もアレクへの文句もすべてひっくるめて叫ぶ。しかも涙を流しながら、アレクの胸をポカポカと叩いていた。

「ごめん。リア、お願いだから泣きやんで。だって仕方ないだろう？　気がついたら飛び出していたんだ。……まあ、威力の弱いものだから大丈夫だとは思っていたけれど……それでも、リアが少しでも傷つくのは、嫌だったから」

アレクはニコニコと嬉しそうに殴られながら、泣いているコーネリアを抱きしめる。

そんな二人は、かすり傷一つなかった。

ツェプターの残した爆弾は、爆風こそ強かったものの、中身はヒラヒラと舞う紙切れだけ。勢いと音、煙が派手なパーティーグッズのようなものだったのだ。

びっくりした人が転ぶ可能性があるくらいで、当然、大けがの心配なんて一つもない。

それをすべて予想した上でも、アレクはコーネリアを爆弾から庇《かば》わずにはいられなかったのだ。

王太子という重責を負う彼が、我《わ》が身の危険を顧《かえり》みずに一人の平民の少女を庇《かば》うことは、本来責められる行《おこな》いだろう。今回は何事もなかったからよかったが、いつかはそんな難しい選択を迫られる時もあるかもしれない。

その時、自分がどんな答えを出すのか……今のアレクには、わからなかった。

だからその分、アレクは今後、コーネリアを危険な目に遭《あ》わせないことを心の中で固く決意する。

そして、いまだ半泣き状態の愛《いと》しい少女を、なお深く抱きしめた。ジタバタと暴《あば》れる少女の手を取り、自分の手で包む。

さらに顔を覗《のぞ》き込めば、コーネリアは真っ赤になってうろたえた。

「アレク！」

彼女の小さな手の中には、美しい装飾のついた懐中時計《かいちゅうどけい》が握《にぎ》られている。——防御魔法付きの懐中時計《かいちゅうどけい》だった。

この時計もまた、コーネリア……そしてアレクを、爆発から守ってくれたものである。

爆風がコーネリアに届くと同時に、懐中時計《かいちゅうどけい》は即座に防御魔法を展開した。

その魔法は二人のみならず、近くにいたホルテンやシモン、宰相、王太后、前トーレス伯爵夫人にオスカー、第三妃といった面々までをも、見事に守ったのだ。

「……本当にスゴイ懐中時計《かいちゅうどけい》だね」

「これは、イザークががんばって作ってくれた懐中時計《かいちゅうどけい》なんです」

この場にいないイザークへの感謝を込めて、コーネリアは言った。

「………イザーク？　確か、前にも聞いた名前だね」

コーネリアは以前、誘拐《ゆうかい》事件に巻き込まれたことがある。

彼女を助け出してくれたのはアレクとユリアヌスだったが、その際コーネリアが身を寄せることのできる信頼できる友人として名前を出したのがイザークだった。

「懐中時計《かいちゅうどけい》を発明した人です。イザークは、真面目でとっても優しい人なんですよ」

嬉しそうに説明するコーネリア。

「そうか。イザークとは彼のことだったのか、聞いたことがあるよ。若いのに自分の利益だけを追わず、懐中時計《かいちゅうどけい》の特許権を手放した好青年という、噂《うわさ》の彼だね。……リアの友人なんだ」

「ええ。本当にすごくいい人なんです」

ようやく泣きやんだコーネリアの返事を聞き、アレクは「ふぅ～ん」と何かを考え込むように頷いた。青い瞳がどこか不穏な光を帯びる。

しかし、コーネリアはそんな彼の様子には気づかない。はたと今の自分の状態に思い至り、急に恥ずかしくなった。

「そんなことより、アレク！　問題はさっきのことです。アレクは王太子さまなんですよ！　誰より自分を大切にしてくれなくっちゃ、だめでしょう」

照れ隠しもあって、コーネリアは再び怒る。

どんなにコーネリアが怒っても、アレクは嬉しそうに微笑んでいた。

「……まあ、でも結果オーライだろう？　けが人はいないし、ツェプターも捕まえられたし」

——そう。逃げたと思ったツェプターは、ユリアヌスにしっかり捕まっていた。

(目くらまし程度でレインズから逃げおおせるはずなどないからな)

当然だろう、とルードビッヒも大きく頷く。

コーネリアもホッと息をついた。安心して——気を抜いた途端、アレクの手に両頬を挟まれる。

「え？」

「リア……」

至近距離にアレクのキレイな顔が迫った。

「え？　え？」

どうして急にこんな体勢になっているのかわからず、コーネリアは焦る。触れそうなほど近くで——アレクはニッコリ笑った。

「リア、君に聞きたいことがたくさんできた。……………話してくれるよね？」

アレクの笑みは、気絶したくなるくらい美しかった。

そのあと、王太子アレクサンデルの私室へと、コーネリアたちは場所を移動した。

花も美術品も一切ない殺風景な室内。中央のソファーのそばには、四脚の椅子が並んでいる。

はじめてこの部屋に入ったコーネリアは、あまりのシンプルさに呆気にとられて室内を見回した。

「何もなくてごめんね。これからはリアがいつ訪ねてきても居心地がいいように、可愛い家具や置物を揃えておくよ」

どんな物がいいかなと考えはじめるアレク。

「ああ、いっそのこと、リアが選んでくれないか？」

そこへゴホンと咳払《せきばら》いをしながら、ホルテンが口を挟んだ。

「王太子殿下――」

今この部屋には、五人の人間と一頭のレインズがいる。

中央のソファーにアレク。

アレクの目の前の椅子にコーネリア。

彼女の左脇にはユリアヌスが伏せていて、その隣にホルテンが座っている。

彼女の右隣には無骨な印象の厳《いか》つい騎士が一人いた。座るようにとすすめられた椅子を断り、直立不動で立っている。

（そやつは武官トップの将軍だ。名はバスティアン・クリストフ・ベレ。わしの第二妃の弟でもある、ベレ侯爵家の現当主だ。……愛想はないが、信頼の置ける男だぞ）

ルードビッヒが、そっとコーネリアに教えてくれる。

コーネリアはどこかで見たような気がするその騎士をしげしげと眺《なが》め、ハッとした。

（この方は、あの日陛下を抱えていらした騎士さまでしょう！）

〝あの日〟とは、故郷ホルテンの町でコーネリアがはじめてルードビッヒと出会った日のことだ。

ぐったりとした瀕死《ひんし》の状態で、国王は早馬に乗せられ、運ばれていた。

コーネリアが実在のルードビッヒを見たのは、あれが最初で最後だった。

（ああ、そうだ。ベレはわしと共に出陣していたからな。……傷を負ったわしを支え、勝利を確実にしてから、自《みずか》ら早馬に乗りわしを運んでくれたのだ。………フム、多少やつれたが、元気そうで何よりだ。あの時は、今にもわしのあとを追って自殺でもしそうな勢いだったからな。「死ぬことも職を辞することも許さん」と命じてあったが……守ってくれてよかった）

しみじみとルードビッヒは呟《つぶや》く。

あらためて見れば、精悍《せいかん》な騎士は頬をこけさせ、瞳には暗い影を宿《やど》している。眉間に刻まれたしわは、消えることなどないのだろうと思わせるほどに……深い。

（……お元気には、とても見えませんが？）

（だが、あの時よりはよほどましだ。まあ、生真面目な奴でな。……だから、わしはこやつも呼ぶようにと言ったのだ）

舞踏会会場で、コーネリアはアレクに「話してくれるよね？」と迫られた。

当然、コーネリアが抵抗できるはずもない。とはいえ、正直に話してあっさり信じてもらえることでもなかった。

「絶対、信じてもらえない話ですよ」

「リアが話してくれるなら、どんな荒唐無稽《こうとうむけい》な話でも信じるよ」

美しすぎる無敵の笑顔で、アレクはコーネリアの顔を覗《のぞ》き込む。

「それなら話しますけれど……話が終わったあとで、私を治療院に閉じ込めるのは、なしですよ！　私は、正気ですからね！」

そんな情けない約束をしてもらった上で、コーネリアはアレクに真実を話すことを決めたのだった。

もちろん、ルードビッヒの同意も得た上である。

本当のことを話すにあたってルードビッヒが呼んでほしいと言ったのが、ベレ将軍だ。

まだ出会って数分だが、この部屋へやってきてからの将軍の行動を見れば、ルードビッヒがそう言ったのも納得できた。なにせ将軍は、アレクの前に跪《ひざまず》くと、深く頭《こうべ》を垂れたまま今回の警備の不始末を詫《わ》び、責任を取って辞めると言い出したのだ。

「ホルテン侯爵といい、あなたといい……何故《なぜ》、父上の側近はすぐに辞めたがるのだろうな。私が即位しない限り退任の許可はできないと、何度言えば納得する？」

アレクは深いため息をつく。

「しかし！」

「言った通りだ。私にはまだ、あなたを解任できない。……宰相、あなたもだからな」

そう、ベレ将軍と一緒に、宰相まで呼ばれていた。

宰相はクモールの情報長官にそそのかされていたとはいえ、その罪は重い。即刻捕らえ、極刑にしてもおかしくないのだが、アレクは彼を捕らえていなかった。

「……王太子殿下、あなたは間違っておられます。解任と罷免《ひめん》は違います。確かに、任命権限は国王にありますが、罪を犯した者を懲戒《ちょうかい》処分とするのに、わざわざ殿下のご即位を待つ必要はありませんでしょう。……特に私のように罪がはっきりとしている者は、即座に断罪なさるべきです。そうでなくては、ほかの者に示しがつきません！」

自《みず》らのことでありながら、宰相が強く進言する。

アレクは、なお深くため息をついた。

「罷免《ひめん》はいつでもできる。あなたを処刑するのも、また然《しか》りだ。それより今はリアがあなたにも話を聞いてもらいたいと言っているからね。……ベレ将軍、あなたを呼んだのもリアだ。……すべては彼女の話を聞いてからにする」

そんなやりとりがあり、ようやくそれぞれの席も決まった今。

立っている二人に、アレクは「座れ」と命じた。

宰相はまだ何か言いたげだったが、ホルテンに目で制され、しぶしぶ椅子に座る。

ベレも不審そうにコーネリアを見ながら、ようやく腰を下ろす。

そんな彼らの様子を見ながら、コーネリアは背筋を伸ばした。そして慎重に口を開く。

「まず先に、ご領主さまに謝らせてください。……ご領主さま、申し訳ありません。私はご領主さまに嘘をついていました」

ホルテンが目を見開く。

「嘘？」

「はい。私がルードビッヒ陛下の記憶を封じたオーブを拾ったというのは、実は嘘だったんです」

コーネリアはそう言って頭を下げた。

愕然《がくぜん》とするホルテン。

「なんだ？　その胡散臭《うさんくさ》い〝記憶のオーブ〟とやらは？」

宰相が訝《いぶか》しげな声を上げる。

（うんうん、そうであろう。そんなモノを信じるほうが悪い）

（陛下！　なんてことをおっしゃるんです。ご領主さまを騙《だま》したのは私たちなんですよ！）

騙《だま》されたホルテンが悪いと言いたそうなルードビッヒを、コーネリアは心の中で叱りつける。

ルードビッヒはしゅんとした。

コーネリアはコホンと咳払《せきばら》いする。

「私が、ルードビッヒ陛下しか知らないことを知っている理由を、ご領主さまに納得していただくためについた嘘です。本当のことはきっと信じていただけないだろうと思って、私と……陛下の二人で考えて、嘘を伝えました」

「……〝陛下〟？」

アレクはそれはいったいどこの〝陛下〟なのか、という顔をする。

他国の国王ではと疑ったのだろう、ベレ将軍が厳しい表情でコーネリアを睨《にら》みつけてきた。

コーネリアはまっすぐ顔を上げる。

「今度こそ、本当のことを話します。――ただし、私がすべて話し終えるまでは、皆さま黙って聞いていてください。たとえそれがどんなに信じられない話でも、私にすべてを話させてください。……お願いします」

信じてもらえないにしても、せめて話し終えるまでは、誰にも否定してほしくない。

コーネリアは真摯《しんし》に頭を下げる。

（お願い――陛下を否定するようなことを言わないで！）

コーネリアの心の声が聞こえたわけではないだろうが、アレクは「わかった」と頷いた。

その言葉にホッとして、コーネリアはルードビッヒに視線を向ける。

ルードビッヒは黙って頷き返してくれる。それに力をもらい、彼女は口を開いた。

「私が瀕死《ひんし》の前国王陛下を乗せた早馬を見たのは、ホルテン領のはずれの森近くの街道でした。そちらのベレ将軍さまが、馬を走らせておられまして――」

当時のことを思い出したのだろう、ベレ将軍がつらそうに顔を歪《ゆが》める。

「――そしてその翌日…………私は、ルードビッヒ陛下の幽霊に取《と》り憑《つ》かれたんです」

コーネリアの告白に、全員が呆気にとられた。

「バッ‼――」

『バカな』と怒鳴《どな》ろうとしたのだろう。宰相が一声、叫ぶ。

しかし、ジロリとアレクに睨《にら》まれ、彼は慌てて口を閉じた。

――コーネリアは、今まであったことを全部正直に話した。

ルードビッヒの言ったこと。自分の取った行動。そのすべてを、包み隠さずみんな話す。悩み、ルードビッヒとも相談して――ニトラ兄弟の贋金《にせがね》作りの件も、マルセロがクモールの間諜《かんちょう》だったことも、全部伝えた。

もしもこのことでイザークたちが罰を受けるのならば、自分も一緒に受けようと覚悟して。

途中、宰相は何度も叫び出そうとした。

「なっ!?」

「そんっ!!」

「信じっ！」

『何を』『そんな』『信じられん』とでも言いたかったのだろうその言葉は、アレクに睨《にら》まれてことごとく宰相の口の中に消える。

おかげでコーネリアは、時間はかかったが、すべてを話すことができた。

――ユリアヌスの話をした時には、ベレ将軍が息を呑み、コーネリアの横に座る黒い犬をジッと見つめた。

――ホルテンの町でアレクに会った時の話をしたら、すでにその時から自分の正体が知られていたことに気づいたアレクが目を伏せる。

――舞踏会でルードビッヒが、宰相をホルテン同様自分の治世にかけがえのない存在だったと教えてくれたと話せば、宰相とホルテンは感極《かんきわ》まったように下を向いた。

「陛下は先ほど、ベレ将軍のお姿を見て『よかった』とおっしゃいました。……『あの時よりはよほどましだ』と、ホッとされています」

コーネリアの言葉に、ベレ将軍は、ガタン！ と音を鳴らし椅子から立ち上がった。まるでルードビッヒを探すように、視線を宙に彷徨《さまよ》わせる。

ついに我慢できず、宰相が叫んだ。

「……バっ！ バカなっ‼ そんな話を信じられるものかっ！ 戯言《たわごと》もたいがいにせよっ！ 第一、陛下は何故《なぜ》、お前のような平民の少女に取り憑《と》かれたのだ⁉ ――『なんの見返りも求めずわしを心から案じてくれたのは、そなただけだ』――だとっ‼ そんなバカな話があるかっ！」

宰相の頬は赤く、目は興奮して血走っている。

コーネリアは――「そうなんです！」と、勢いよく宰相に叫び返した。

「……は？」

「私もそう思います！ ルードビッヒ陛下は立派な国王さまです。その陛下のご無事を見返りなく祈ったのが私だけだなんて、そんなことあるはずがありません‼　陛下のご無事を祈った人は、私以外にもいっぱいいるはずなんです」

真剣にコーネリアは言い募《つの》る。

言い出した張本人である宰相も、彼女の勢いにポカンとした。

「リア？」

自分の話を否定する発言をしたコーネリアに、アレクが問いかける。

コーネリアは胸の前で両手をギュッと組んだ。

（コーネリア？）

驚くルードビッヒを、彼女は見上げる。

「違う……違うんです。……きっと陛下は、私が祈ったからではなく……私がつらそうで今にも泣き出しそうな顔をしていたから……それで……私に、憑《つ》いてくださったんです」

「そうでしょう？」と、コーネリアはルードビッヒを見つめる。

ルードビッヒは、困ったようにコーネリアを見返した。

――コーネリアが瀕死《ひんし》のルードビッヒを見た、あの日あの時。自分はきっとずいぶんヒドイ顔をしていたのだろう。

成人して、養護施設から出たコーネリア。当時は、たった一人、かつて家族三人で暮らしていた我《わ》が家へと戻ったばかりだった。

彼女は、家のそばの畑で作物を作って市場で売り、そのあと食堂で働くという忙しい日々を送っていた。

「お隣のご夫婦も、裏のお家《うち》のおばあちゃんも、市場の人も、食堂のおかみさんも――みんな、みんな親切で、優しくしてくれました。けれど……」

それでも、コーネリアが――十六歳の少女が、たった一人で暮らしていて寂しくないはずなどなかった。

自分は普通なのだ。自分と同じような境遇の人は世の中にたくさんいて、中には自分よりずっと恵まれない人だっている――と、繰り返し自分自身に言い聞かせ、コーネリアは忙しさに没頭していた。

「……時々、施設にいた頃に会いにきてくれたアレクを思い出していました。でも、現実にはアレクはいなくって……当たり前ですよね。隣国と戦争をしていて、お父さんが戦場に出ているのに、私を訪ねてこられるはずなんて、ないんです。……でも、当時の私に、そんなことはわかるはずもなく……。せめて、そういうつらい気持ちをほかの誰かに相談したり、慰《なぐさ》めてもらったりしていればよかったのに、私は、そんなみっともないことできないって思っていました。きっと、あの時の私は、世界中の不幸を全部自分一人で背負っているみたいな、そんな情けない顔をしていたんだと思います」

バカですよね……と、コーネリアは顔を歪《ゆが》めて笑う。

アレクは、そんな彼女をつらそうに見ながら、強く首を横に振った。

施設を出るコーネリアに、必ず様子を見にいくと約束したのは彼だ。その直後に戦《いくさ》がはじまり、そんな余裕がなかったのは本当だが、しかしそれはアレク側の理由でしかない。

アレクは、天涯孤独《てんがいこどく》の彼女が、施設を出て一人暮らしをはじめる寂しさや心細さを思う。自分がした無責任な約束と、その約束が果たされないことで傷ついた少女への申し訳なさで胸がいっぱいになる。

できることならば、自分で自分を殴りつけたかった。

「多分そんな時……死に逝《ゆ》く陛下は、〝私〟を見たんです」

世にもヒドイ、泣きそうなほど情けない顔をした、一人の少女。

ルードビッヒは、自分の国を守るために命をかけて戦い、文字通りその命と引き換えに国を守った。そして息を引き取ろうという時――そんな国王が最期《さいご》に見た自分の民《たみ》が、とんでもなく不幸な表情の少女だったとしたら……

「きっと、陛下は――死んでも死にきれない、と思われたのでしょう」

コーネリアの言葉に、ベレ将軍がハッとする。

「……そうだ。たしか……」

その場にいる全員が、彼を見た。

ベレ将軍は、何かを思い出すかのように目を閉じる。

「──あの時、瀕死《ひんし》の陛下を一刻も早く王宮へお連れして、治癒《ちゆ》魔法をかけてもらわなければと急いでいて……そう、ホルテンの街道を駆けていた時だったかもしれない。……ああ、そうだ。私はその時、現地の領民のすぐそばを駆け抜けた。……あれは、お前だったのか？　体が小さく、痩《や》せていて、何故《なぜ》か青白い顔の色だけが印象に残っている。……その時に、すでに意識がないだろうと思っていた陛下が、声を出された。……〝な〟という一音だけが何度か聞きとれたが……私は聞き返す暇を惜《お》しんで馬を走らせてしまった。……結局、それが陛下の最期《さいご》のお言葉になってしまわれたから、ずっと気になっていたのだ」

後悔に表情を曇《くも》らせる、厳《いか》つい男。

固唾《かたず》を呑んで聞いている者たちに視線を向けることもなく、彼は独《ひと》り言《ごと》のように言葉を続けた。

「──〝何〟や〝何故《なぜ》〟〝なんで〟などの言葉だろうと、ずっと思っていた。でも………

そうだな、〝泣くな〟だったかも、しれない。……誰かに〝泣くな〟と、陛下はおっしゃろうとしたのか」

そう言うと、ベレ将軍は静かに息を吐き出した。

コーネリアは、瞳を潤《うる》ませる。

「多分そうです。……陛下は、お優しいから。ご自分が死にかけていたのに、通りすがりの民《たみ》が泣きそうな顔をしているのを、お気になさって……だから、陛下は——ルードビッヒ陛下は、私に憑《つ》いてくださったんだと、思います」

コーネリアは、ついに泣き出した。ポロポロと涙がこぼれ、白い頬を伝う。

「そうですよね？　陛下」

周囲の者には何もないように見える宙に向かって、コーネリアはたずねた。

（ち、違うぞ！　コーネリア。……わしは、そんな聖人君子《せいじんくんし》ではない！　わ、わしは本当に、心からわしの無事を祈ってくれたそなたに感謝して、そなたのもとへ来たのだ！　……確かに、そなたの顔色の悪さは気になったが……だが、そなたは、あんな泣き出しそうな顔でも、わしの無事を祈ってくれた！　だからこそ、わしは……！）

ルードビッヒは懸命にコーネリアの言葉を否定する。

コーネリアは……泣きながら、クスリと笑った。

「そうですね。私は泣きそうで……陛下は死にそう。……それでも私たちは、お互いのことを心配したんです。……私たち、似た者同士なのかもしれませんね？」

（コーネリア!!）

ルードビッヒは感極まって、コーネリアを抱きしめようと突進する！

――当然、その体は、スカッとコーネリアを突き抜けたのだった。

いつも通りのどこか間《ま》の抜けたルードビッヒの様子に、コーネリアはホッと息を吐く。

「陛下、大好きです！」

コーネリアはクルリと振り返り、自分をすり抜けていったルードビッヒにそう言った。

アレクの頬がピクリと引きつるが、背中を向けているコーネリアは気がつかない。

（コーネリア。……そういうセリフは、もっとわしがピシッと決めた時に言うものではないのか？）

「そんな時、ありませんでしょう？」

（コーネリア！）

フフフとコーネリアは笑う。

何もない空間に話しかけ、泣き、笑う少女。

事情を知らぬ者が見れば、奇異にしか映らない。

——しかし、ルードビッヒのそば近くに長く仕え、ほかの者たちよりも数段深く彼の人となりを知り、そんな君主に惹《ひ》かれていた忠臣たちは、違う。

彼らは、存在するはずのないルードビッヒの影を見た……ような気がした。

彼らは何も言えずに黙り込む。

しかし、そんな彼らをしり目に、アレクはすっと立ち上がるとコーネリアのそばに近づいた。背後から彼女の肩にそっと手を置く。

「え？　……アレク」

「父上は、今、リアが見ているほうにいるの？」

アレクは、静かにそう聞いてきた。

コーネリアは目を見開き……コクコクと大きく頷いた。

「信じてくれるんですか？」

「リアの言うことなら、どんなことでも信じると言っただろう？」

確かに、アレクはコーネリアが話しはじめる前に、『どんな荒唐無稽《こうとうむけい》なことでも信じる』と言ってくれた。それでも、本当に信じてもらえるとは思っていなかったのだ。

嬉しくて、一度引っ込んだ涙がまた出そうになる。

コーネリアは慌ててルードビッヒがいるほうを指し示した。

「陛下は、あそこです。……さっき、私を抱きしめてくださろうとしたんですけれど、陛下は幽霊だから私をすり抜けてしまって――」

アレクはまたも頬を引きつらせた。

彼はコーネリアが指さす、何もない空間にジッと目を向ける。

――そして、深々と頭を下げた。アレクはそのままの姿勢で言葉を紡《つむ》ぐ。

「父上、リアを救っていただいたこと、感謝いたします」

「アレク！」

コーネリアは驚いて彼を呼ぶ。

「私は無責任にも果たせぬ約束をしてしまい、そのせいで彼女を一層深く傷つけてしまいました。彼女のそばにいて慰《なぐさ》めてくださったこと、感謝の念に堪《た》えません」

「アレク！　そんな、アレクは何も悪くないわ。だって、ちゃんと会いにきてくれたもの。私が、ワガママで、寂しかっただけなの！　アレクは、何も……」

コーネリアは慌てて、アレクの頭を上げさせようとする。

ルードビッヒは、フンと鼻を鳴らした。

（別に、お前のためにコーネリアに憑《つ》いたわけではない）

「陛下っ！　何を、憎まれ口を叩いていらっしゃるんです！　アレクが――陛下のお子さまが、『ありがとう』って言っているのですよ！」

コーネリアの言葉で、ルードビッヒの言いそうなことに見当をつけたのだろう。アレクはフッと苦笑する。

「いいんだ。……私は、父上にとって不肖《ふしょう》の息子だったのだから」

その言葉に目を見開き、コーネリアは力いっぱい「違います！」と叫んだ。

「そんなことはありません！　陛下はいつだってアレクを気にかけていらっしゃいました。アレクのために、私に向かって頭を下げられたことだってあるんですよ！」

（コーネリア！）

「本当のことでしょう！」

見えないルードビッヒに怒鳴《どな》るコーネリアを、アレクは驚いて見つめる。

「本当に？」

「本当です！」

信じられないとでも言いたげに、王太子は何もない空間を見た。

「…………陛下は今、真っ赤なお顔をしていらっしゃるでしょうね」

二人の背後で、ホルテンはポツリと呟《つぶや》いた。

「ああ。拗《す》ねてそっぽを向いておられるやもしれん」

呆然としながら宰相が頷く。

「きっと耳まで赤くされているに違いない」

ベレ将軍が断言した。

コーネリアは驚いて、彼らを振り返る。

そこには、なんだか開き直ったかのように見える三人の男がいた。

「え？……皆さま、見えているんですか⁉」

ルードビッヒの様子は、今ホルテンたちの言ったそっくりそのままなのである。

「見えなくともわかる」

生真面目な表情でホルテンは頷いた。

「あの一見厳《いか》めしそうな態度に慣れてしまえば、子供みたいにわかりやすいお方だったからな」

ベレ将軍はため息をつく。

「陛下は気を許した者に対して、大っぴらすぎるのだ。警戒心が足りん！」

宰相はなんだか怒っていた。

（貴様らには見えていなくとも、わしには見えるし聞こえておるのだぞ！　どうしてお前たちは、普段は犬猿《けんえん》の仲なのに、わしの悪口を言う時だけは意見を一致させるのだ!?）

ルードビッヒが怒鳴《どな》る姿に、コーネリアはプッと噴き出す。

「……へっ、陛下が、『皆さまの仲が良すぎる』と言って妬《や》いていらっしゃいます」

（違うだろう！　コーネリア!!）

ルードビッヒは、コーネリアに詰め寄った。

「違いませんでしょう！」

楽しそうに言い返して、コーネリアは傍《はた》からは見えないルードビッヒから逃げ回る。

その様子をホルテンと宰相、ベレ将軍が、呆《あき》れた様子で見つめた。

彼らの心の目には、大人気なくコーネリアを追い回すルードビッヒの姿が映っているかのようだった。

やがて——頬をピクピクと引きつらせたアレクが、まるで見えているかのごとく、コーネリアとルードビッヒの間に割り込む。

「父上！」

コーネリアを背に庇《かば》い、彼は声を張り上げた。

ピタリと止まるルードビッヒ。

アレクの前の空間には、何もない。

それでも、アレクは真剣な表情で前を――父王のほうを向いた。

「ご帰還をお待ちしておりました。……お帰りなさいませ」

深々と頭を下げる。

「――お帰りなさいませ」

「遅すぎますでしょう！」

「陛下っ……」

ホルテン、宰相、ベレ将軍が――次々と頭を下げた。

殺風景な王太子の私室で、男たちが何もない空間に真摯《しんし》に向き合う。

コーネリアは感動に打ち震え、その様子を見ていた。

――コーネリアが、部屋にいた全員が故国王に「お帰りなさいませ」と声をかける姿に感動していると、さりげなくアレクに手を引かれ、何故《なぜ》かソファーに彼と一緒に座ることになってしまった。

まあ、一人掛け用とはいえ二人で座っても十分なほど大きなソファーではあるのだが……

「え？　アレク、なんで一緒に座るんですか？」

「さっきの話で、リアがかなり寂しがり屋だってわかったからね。これからは、リアが寂しいなんて感じる隙《すき》がないほどに、私がそばにいるよ」

甘い声で囁《ささや》くアレク。

「え？　えっ？」

コーネリアはビックリして固まった。

（バカを言え！　コーネリアのそばには、すでにわしがおるのだぞ。寂しさなんて感じるはずがないであろう！　急に接近してきおって……王位は譲《ゆず》っても、コーネリアの隣の座は断じて譲《ゆず》らんぞ！　わしを押《お》し退《の》けようなんぞ、百万年早い！）

何故《なぜ》か激昂《げっこう》したルードビッヒが、アレクの反対側からコーネリアにくっついてくる。

見えぬはずのルードビッヒとアレクが、バチバチと火花を散らす。

そんなことをしつつ、父王と王太子は高度に政治的な問題を、コーネリアを介して話し合いはじめた。

「問題は、宰相の処分をどうするかなのですが……」

アレクの出自に疑念を抱《いだ》いていた宰相は、ツェプターに王家の秘宝である杖について聞き、王家の私有財産流出事件を目論《もくろ》んだという。ツェプターはローディアと親交の深い友好国の商人だと正体を偽《いつわ》っていたらしい。

アレクの責任問題を問い、彼から王位を奪うために宰相が事件を起こした、というルードビッヒの予想は外れていた。品々は国内で流通させるつもりで、アレクが流出に気がついたら取り戻すだろう、と宰相は考えていたそうだ。杖は、アレクがルードビッヒの血を継いでいるとわかれば、こっそり元に戻す予定だったとか。もちろん、アレクが私有財産を回収しきれなかったら、彼を責める材料にすることも頭にあったが、そのためにクモールと手を組んだりはしていない、と誓った。

ちなみに、ルードビッヒたちが私有財産流出に気がつくきっかけとなった山は、王妃が売り払ったものだった。宰相が商人や周りの者を使って、王妃をそそのかしたらしい。

正統な王位継承者を次期王にということだけを考えていた宰相は、今回の騒動でアレクが王になることに納得した。さらに彼は、自《みずか》らの行きすぎた行動と、他国の間諜《かんちょう》に操《あやつ》られたことを深く反省し、アレクに厳罰を求めていた。

結果的に重大事件になってしまったとはいえ、彼はローディア王国や王家の転覆を目論《もくろ》んでいたわけではない。また、この国にとって宰相が重要な人物であることは変わらなかった。

思案げなアレクに、ルードビッヒは答える。

（フム。あれだけ派手に騒ぎを起こしたのだ。スベイデルにお咎《とが》めなしというわけにはいくまい。……爵位を剥奪《はくだつ》した上で永蟄居《えいちっきょ》を命じ、頃合いを見計らって復位させるがよい。……なに、スベイデルは優秀だ。奴がおらぬのでは文官連中の仕事が滞《とどこお》る。じきに、貴族どもがなんとかしてくれと泣きついてくるに決まっておる。……しぶしぶ嘆願を聞いてやるという態度を崩すでないぞ）

「え？　……そんな偉そうな言い方をアレクにするなんて、私できませんよ」

（気にするな。わしの言った通りに伝えればいいのだ）

「気にすることはないよ。父上の物言いが尊大なのは慣れているから」

コーネリアを挟むように右と左から似たことを言ってくる親子。

「で、でも――っていうか！　近すぎませんか、二人とも!?」

さっきから、ベッタリと表現するしかないほど近くで話しかけてくるアレクとルードビッヒに、コーネリアはたまらず音《ね》を上げた。

それでも、コーネリアは結局二人をそばにくっつけたままの状態だ。

氷の王太子と呼ばれたアレクサンデルのそんな姿を、ベレ将軍は嬉しそうに眺《なが》めていた。

隣の宰相は、反対に呆《あき》れきった視線を向けている。

ホルテンは……複雑な表情で、グッと拳《こぶし》を握《にぎ》りしめていた。

騒ぎから離れたユリアヌスは、部屋の扉の前で我関せずとばかりに大きなあくびをする。

「あんな殿下は、はじめて見ます」

「……完璧に浮かれておられるな。まあ、意中の女性を王妃にできるのだ、無理もあるまい」

宰相の言葉に、ベレ将軍は驚いたように彼を見た。

「〝王妃〟に――ですか?」

ベレ将軍の疑問の声には、「平民の少女が?」というニュアンスが含まれている。

宰相は「当然だろう」と素っ気なく答えた。

「ルードビッヒ陛下に憑かれた少女なのだぞ。こちらに取り込まないでどうする? ……もしも彼女が、最初にホルテン侯爵に告げたように故国王の知識だけを持っている存在であったのなら、拘束でも監禁でも好きにできただろうが……陛下ご本人が憑《つ》いておられるのだ。無下《むげ》に扱うわけにはいかぬ。……アレクサンデルさまも、ああなのだ。〝王妃〟とするのが順当だろう」

というか、すでにそれ以外の選択肢はなさそうだった。

「しかし、それは周囲――ほかの王族や多くの貴族に大反対されるのではないですか？」

ベレ将軍の心配もまた当然だろう。

しかし宰相はそれにも「問題ない」と答えた。

「すでに彼女は前トーレス伯爵夫人の養女となる道を掴んでいる。あの方が味方につけば、王族から文句が出ることはないだろう。王族の方々は、彼女に負い目があるからな。……その上、武官を束ね高位貴族の半分の勢力を掌握《しょうあく》するベレ侯爵――あなたと、財務長官で高位貴族の残り半分に力を及ぼすホルテン侯爵の後押しがあるのだ。彼女が王妃となることに不服を唱えるような無謀な輩《やから》は、どこにもおらぬだろうよ」

その〝無謀な輩《やから》〟の筆頭になるはずだった宰相自《みずか》らが、そう話す。

しかも彼は、自分で自分の言葉に頷いた。

「そうだな。……どうせ私は失脚するのだ。ついでにそういった〝無謀な輩《やから》〟になりかねない奴がいたら、すべて道連れにしてやろう。――うむ、我ながら名案だ。そうすれば、王宮はずいぶん住みやすくなるぞ」

宰相は悪そうに笑った。

ベレ将軍は呆《あき》れたようにそんな宰相を見つめる。

「そうそう上手《うま》く事が運びますかな？」

「運ぶさ。運ばねば、困る。――とはいえ、さすがにそれは今日明日というわけにはいくまい。平民が王妃となるには、並々ならぬ努力が必要だ。いくらルードビッヒ陛下が憑《つ》いておられるといっても、簡単にできるものではないだろう」

「そうですな。四、五年の努力は必要でしょうか？」

「そこまで待ちたくはないな。……何より、王太子殿下がそんなに我慢なさることはできないだろう。二、三年程度でなんとか――」

宰相とベレ将軍は、頭を悩ませ話し合う。

その隣で――

「ああ！　もう、これ以上見ておれん！」

二人の話し合いなどそっちのけで、ハラハラとコーネリアを見ていたホルテンが、大声を出した。

呆気にとられる二人を置いて、コーネリアのほうに歩き出す。

「王太子殿下！　いくらなんでも近すぎでしょう。コーネリアは私の領民。我《わ》が家の大切な一員なのです。うら若い純情な少女に、そんなに軽々しく触れるなど！　いくら殿下でも、看過《かんか》できません！」

舞踏会の事件で、最終的にコーネリアを助けられなかったホルテン。

一方で、彼女を助けるために飛び出したアレクサンデルに対し、ホルテンはどこか負けたような気持ちでいた。しかしそれでも、自分がコーネリアをあきらめるのと、アレクサンデルが彼女にベタベタと触れるのは別問題である。

「コーネリア、大丈夫か？」

「ご、ご領主さまぁ～」

アレクとルードビッヒの間であっぷあっぷの状態だったコーネリアは、優しいご領主さまに助けを求めようと反射的に手を伸ばす。

その手を、アレクが捕まえた。

「ダメだよ、リア。この程度で助けを求めたら。私の本気は、まだまだこんなものじゃないんだからね」

甘やかに微笑むアレク。

「王太子殿下！」

ホルテンが怒鳴《どな》る。

（アレクサンデルもホルテンも！　わしのコーネリアだぞっ！）

ルードビッヒまで彼らの間に入って、騒いだ。

見た目には二人――実際は三人の男の間で、火花が散る。

宰相とベレ将軍は、驚いて目を丸くしていた。

扉の前では、ユリアヌスがうるさそうに尻尾《しっぽ》を揺らす。賢いレインズは、もう何度目になるかもわからぬ大あくびをしたのだった。

◇

宰相の反乱という大きな事件の一月後《ひとつき》――

事件後は、反アレクサンデル勢力だった宰相派の貴族の多くが粛清《しゅくせい》されるなど、王宮は不穏な空気に満ちていたが、最近、ようやく落ち着きを見せてきている。

とはいえ、ローディアとクモールの関係はかなり緊迫した状態だ。ツェプターは虜囚《りょしゅう》としてローディアにいるが、情報漏洩《ろうえい》防止の魔法がかけられているせいで、大した情報は得られていない。

元間諜《かんちょう》のマルセロは、コーネリアとホルテンが彼の身柄を保証したことと、すでにクモールから見捨てられた身であることで、お咎《とが》めなしの状態だ。ただ、ツェプターが心を許している相手であるため、マルセロは現在ホルテンの私兵の仕事を休み、ツェプターとローディア国のやりとりを仲介している。

そして今日、王太子アレクサンデルが国王となる戴冠式が、厳粛《げんしゅく》に執《と》り行《おこな》われることになった。

キラキラときらめく日差しの中で、ひときわ輝く金の髪の青年が、冠《かんむり》を戴《いただ》く。

光を弾《はじ》いた冠《かんむり》は、月のような銀色に透《す》けた。

神秘的ともいえる厳《おごそ》かな光景であった。

式後、即位したての新王は、王宮のバルコニーに姿を現す。

今日だけ一般開放されたバルコニー前の広場に多くの国民が詰めかけ、熱狂的な歓声を上げた。

凜々《りり》しく美しい新国王に、国民は心酔《しんすい》する。

「新国王陛下、ばんざい！」

「ローディア、ばんざい！」

「アレクサンデル陛下ぁ！　アレクサンデル陛下ぁ！」

おさまらぬ歓声と、上気した頬で手を振り上げ喜びを表す人々。

歓喜と熱気の渦《うず》が、広場から王都へ、さらにその外へと広がっていく。ローディアは、喜び一色に染まっている。

その上――天も祝福するかのごとく、さんさんと陽光が降り注《そそ》ぐバルコニーで、民衆のテンションをさらに煽《あお》る出来事が起こる。

若き国王が、民《たみ》が見守る中、一人の少女をそこへ誘《いざな》ったのだ。

王に手を取られて現れた、ほっそりとした少女。

いったい何事かとその場の全員が固唾《かたず》を呑んで見守る中——なんと王は、その少女にプロポーズをしたのだ。

「リア、君を愛している。……私は、今ここで、己《おのれ》が力の及ぶ限りローディアに尽くし、この国を守ると誓おう。どうか、こんな私を支えてくれないか。……リア、私の妃《きさき》になってほしい」

拡声魔法を使って衆人の前で伝えられた、実に情熱的で聞き間違いようのない言葉。

かつて、氷の王太子と呼ばれた彼の熱情に、ドッ！　と歓声が湧く。

——少女は、恥ずかしそうに頷いた。

「新国王陛下、ばんざい！」

「ご婚約おめでとうございます！」

「ローディア、ばんざい！」

「……新王妃さま、ばんざい！」

歓声が蒼穹《そうきゅう》へ吸い込まれる。

同時に、白い鳥が一斉に放されて、天高く飛び立った。

新国王の名のもとに料理と酒が大量に振る舞われ、人々の喜びはなお弾《はじ》ける。

幸せな、幸せな、めでたい日。

そんな中——バルコニーの上で新国王に腰を抱かれ、少女は彼の耳元にそっと口を寄せた。

互いの声も聞こえないのではないかと思われるほどの歓声の中で、少女——コーネリアは……力の限り、怒鳴《どな》る！

「もうっ、もうっ！　アレクったら、プロポーズのお返事は、式の前にきちんと『はい』と答えたじゃないですかっ！　……なんで、こんな、みんなの前で、もう一度したんですか!?　私がビビッてうっかり断ったら、どうするつもりだったんです！」

コーネリアは、どんな大声も二人以外には聞こえないだろう喧騒《けんそう》に紛れて、アレクを叱りつける。

そう、実は、アレクはとっくにコーネリアにプロポーズ済みで、戴冠式の直前、ついに観念したコーネリアからイエスの返事をもらっていたのだ。

どうしてこんなパフォーマンスをしなければならなかったのか、とコーネリアは怒る。

この上なく幸せそうにニコニコと笑って、アレクはなお深くコーネリアを抱き寄せた。

さらに、小さな耳にチュッとキスを落とす。

「キャァァ〜ァァァッ!!」

観衆から黄色い叫び声が上がる。

アレクは楽しげに囁《ささや》いた。

「だって、証人は多ければ多いほどいいだろう？　それに大丈夫だよ。リアがイエス以外の言葉を言いそうになったら、すかさずキスして口を塞《ふさ》ぐつもりだったし。クラクラになって頷くことしかできなくなってから離せば、問題ないだろう？」

……………とんでもない計画だった。

開いた口が塞《ふさ》がらないコーネリアである。

（……こんな息子で、すまぬな。コーネリア）

バルコニーの上空をフヨフヨと浮きながら、顔の前で両手を合わせ、ルードビッヒが真剣に謝っていた。

アレクにしてしまった「イエス」の返事を取り消すべきかと、コーネリアは本気で悩みはじめる。

そんな彼女の背中を、ホルテンは王宮の中から心配そうに見つめていた。

今にもコーネリアに駆け寄りたいといった様子のホルテンだが……しかし彼の隣には、

美しく着飾ったシモンがいる。

近衛《このえ》第二騎士団副団長である彼女は、『ホルテンを離すな』というアレクの密命を喜んで拝命した。そのため、愛《いと》しいお義兄《にい》さまの腕を、がっちり抱え込んでいるのである。

……ホルテンが、コーネリアを歓声の渦《うず》から助け出すことは、どうやったってできないだろう。

そんな二人の後ろには、滂沱《ぼうだ》の涙を流すマルセロと、こっそりとため息をつくジムゾンがいた。

いつもピンと伸びている老執事の背も、逃《のが》した魚の大きさに、いささか丸まって見える。

とはいえ、ジムゾンの目はしっかり前を向いていた。

先日、アレクサンデルは、ホルテン侯爵家とクロル伯爵家が婚姻を考えるのならば、全面的にバックアップしようと明言したのだ。

肝心のホルテンは『まだ、そんなつもりはありません』と断っていたが、切り替えの早い優秀な執事は、それはそれでアリだと思っている。主人の幸せのために、精力的に動くジムゾンだった。

そして、広場の民衆の中には、とある兄弟も来ている。バルコニーに立つ新国王と未来の王妃の様子に呆然自失とするイザークと、そんな兄に頭を抱えるフェルテンだった。

「……やっぱり、兄さんなんかに任せるんじゃなかった。俺が自分でお姉さんを捕まえておけばよかったんだ」

フェルテンの後悔はすでに手遅れだった。

見上げる二人の前で、アレクはますますコーネリアを深く抱き寄せる。

「可愛い……リア」

コーネリアの唇を、アレクの指がなぞった。

「ア、アレク――」

「うん。リア、愛している」

我慢のできぬ若い国王は、愛する少女を引き寄せ、そっと唇を重ねる。

民衆の歓声はますます高く大きくなった。

呆《あき》れたようにその様子を見つめていた故国王ルードビッヒは――満足そうに笑った。

◇

コーネリアが無事アレクの正妃となったのは、戴冠式の一年半後だった。通常ならば五年をかけ施《ほどこ》される王妃教育を、この期間でなんとか詰め込んだのだ。

コーネリア専属教育係は、彼女の養母となった前トーレス伯爵夫人や、何故《なぜ》か仲良く一致団結したルードビッヒの三人の妃《きさき》、宰相を失脚して暇になったスベイデルなどのそうそうたるメンバーで結成された。彼らによるスパルタ教育の賜物《たまもの》である。

もちろん、ルードビッヒの協力も大きな力となったのは、言うまでもない。

ただ、本来は一年半などという中途半端な期間ではなく、二年後に結婚する予定であったのだが……

結婚式を早めなければならない事態が、数ヶ月前に突然起こったのだ。

それは——コーネリアの懐妊だった。

…………まあ、要するに、アレクは我慢できなかったのである。

「こんなに可愛いリアがいつもそばにいて、我慢なんてできるはずないだろう？　むしろ一年以上も我慢した私の忍耐力を褒めてほしいな」

懐妊を臣下に告げる際、そんなことを言い放ったアレク。コーネリアは、彼の隣で真っ赤になって俯《うつむ》いた。

その場にいた誰も彼も、呆《あき》れて声もなかった。

ともあれ、そういうわけでコーネリアが妊娠安定期になった頃を見計らい、式を挙げることになったのだった。

半年も早まってしまった国王の結婚式に、臣下は右往左往《うおうさおう》しながら準備を急ぎ、なんとか挙式の日が訪れた。

ローディア王国初の平民出身正妃の誕生に、国民は沸きに沸いた。

その結婚式で、花嫁が花婿のもとまで歩くバージンロードというものがある。

この国では父親がエスコートすることになっているその道を、多くの人々が見守る中、国王の花嫁は一人で歩いた。

両親を流行病《はやりやまい》で亡くし、花嫁は天涯孤独《てんがいこどく》の身の上なのだと聞いた民衆は、こぞって花嫁に同情し、ますます新王妃に心を寄せたのだが……

実際は、コーネリアはルードビッヒとバージンロードを歩いていた。

――もちろん、コーネリアがそうしたいと言い出した時、臣下たちは揃って『いくらなんでもそれはまずいだろう』と反対した。

それよりは、とホルテンや義理の兄妹《きょうだい》となった現トーレス伯爵、ベレ将軍などの押しも押されもせぬ面々が、次々と父親代理として名乗りを上げる。

その申し出に深く感謝しながらも、コーネリアは頑《がん》として頷かなかった。

彼女以外の誰にも見えぬ相手と一緒に歩く花嫁――

「それでは、独《ひと》りで歩くことになるぞ」

スペイデルの苦言に、コーネリアは凛《りん》として言い返す。

「私は、独《ひと》りじゃありません」

——誰にどんな風に見られても、かまわない！

彼女の瞳には、そんな決心が宿《やど》っていた。

それは、盛大かつ複雑多岐にわたる王家の結婚の儀式で、コーネリアが言った、たった一つのワガママだった。

まだ何かを言いたそうな宰相を、アレクが止める。

「リアがしたいようにするといい」

アレクは優しく笑った。

そんなアレクに感謝しながら、コーネリアは宙に浮くルードビッヒに目を向ける。

（陛下、私と一緒にバージンロードを歩いていただけますか？）

いつでもまっすぐ自分を見つめてくれるたった一人の視線に、ルードビッヒの胸は詰まった。

（……コーネリア！）

感極まったルードビッヒが、またコーネリアをすり抜けたことは……言うまでもないだろう。

一人であっても幸せそうに堂々と歩く彼女の姿は、この上なく美しかった。

そして結婚式から五ヶ月をすぎた頃、コーネリアは無事に双子を出産した。

「どうりで、お腹がスゴく大きいと思ったのよね」

それは、初産で双子を出産したとはとても思えぬほど元気のいい産婦の第一声だった。

アレクそっくりの金髪青目の男の子と、ルードビッヒと同じ黒髪黒目の女の子。そんな双子を見て、産んだコーネリアよりも、アレクとルードビッヒのほうが泣いてしまう。

もちろん、アレクが箱から取り出して双子に握《にぎ》らせた王家の秘宝の杖は、眩《まばゆ》いばかりの光を放った。

国中に祝福された王子と王女の誕生。

さらにそれから五年後、コーネリアは第二王子を出産した。

三人の子に恵まれて、正妃として忙しいながらも幸せに暮らしていたコーネリア。

……だが、人生は山あり谷あり。出会いもあれば、別れもある。

最初に産まれた双子の王子と王女が九歳となり、共にはじめてのレインズを得たその年。

――ルードビッヒとコーネリアの愛犬ユリアヌスが、眠るように三十三年の生を終えたのだ。
コーネリアは、涙が涸《か》れるほど……泣いた。
そんな彼女を懸命に慰《なぐさ》める、国王アレクと犬のアレク。
ルードビッヒは、コーネリアと悲しみを共にしていた。
(……あやつめ、さっさと昇天しおって。薄情にもほどがある)
寂しげに呟《つぶや》くルードビッヒにコーネリアは寄り添う。
(陛下、陛下は——)
彼女は何かを言いかけ、口ごもる。たくさん泣いたはずなのに、まだまだ泣きそうな
彼女の頭を、ルードビッヒは触れられない手で撫《な》でた。
(わしは、そなたに憑《つ》いて一生そばにおる)
(陛下……)
触れ合うことのできない二人は、それでも互いの体温を確かめるかのように……ずっ
と、そばにいた。
やはり、人生は山あり谷あり。悲しみもあれば、喜びもある。
——ユリアヌスの死から一年。

コーネリアは、再び出産する。生まれてきたのは、コーネリアによく似た女の子だった。

このことに、アレクとルードビッヒは大喜びする。

たっぷりすぎるのではないかと思うほどの愛情を注《そそ》がれて、第二王女はすくすくと育つ。

そして、ユリアと名付けられた王女が生後一ヶ月になる頃、さらなる喜びにコーネリアとルードビッヒは気づいた。

目の見えはじめたユリアが――ルードビッヒの姿を追った気がしたのだ。

『まさか、まさか……！』と思いながら、慎重に見守る中、生後三ヶ月になったユリアは、ルードビッヒにあやされてはっきりと笑った。

コーネリアの胸に、喜びが湧き上がった。

自分以外にルードビッヒの姿を見て、彼の声を聞く存在。

それは、間違いなくルードビッヒがここにいるのだと、証明してくれるものでもあった。

日々成長し、キャッキャッと笑いながらルードビッヒに手を伸ばすユリアが、大きな幸せをコーネリアたちに運ぶ――

そして、人生には山があり、谷もあった。

――ルードビッヒが消えたのは、よく晴れた空の青い日だった。

その日、コーネリアとアレク、ホルテンは公務で隣国クモールの新国王を出迎えていた。

新国王とは、なんとツェプター。かつてローディア王国の虜囚《りょしゅう》となった経験を持つ男だ。

あの事件のあと、マルセロを介してツェプターとやりとりを続け、少しずつ状況がわかってきた。当時クモールは、宰相がローディア王家の秘宝の杖を奪い、反乱を起こして国内が乱れたところを攻め入るつもりだったらしい。ツェプターはその計画の統括としてローディアに潜入していたという。

私有財産の山をホルテンに転売した商人も、なんとクモールの回し者だったとか。あわよくば、ホルテンが事件に気がつき、アレクサンデルの王位継承への反対勢力にできたら……と目論《もくろ》んでいたそうだ。実際は、山を買ったホルテンにアレクが協力を依頼したことで、クモールの目論見《もくろみ》は外れたのだが。

また、クモールがマルセロに王家の皿を買いに行かせたのは、アレクたち王家側の動きをうかがうためだったという。上手《うま》くいけば事件を長引かせて隙《すき》を大きくすることができるかもしれないという狙いもあったのだとか。

それらと共に、ツェプターは元々、王だった異母兄の政策に疑問を抱《いだ》き、自国の将来を案じていたこともわかった。

ローディアはクモール国内の情勢不安や国民の状態を考慮し、ツェプターが新王になるべく起こす反乱を支援することにした。もちろん、彼がクモールの王になったら、ローディアと和平を結ぶことを約束した上で、である。

そして先日、ついにツェプターはクモールの王位簒奪《さんだつ》に成功したのだ。

彼は、満面の笑みでコーネリアに挨拶《あいさつ》する。

「……私などがお目にかかるのは『不敬にもほどがある』でしょうが、本日はお時間をいただけてたいへん光栄です」

彼の痛烈な嫌味に、コーネリアの顔は引きつった。

「久しぶりだね、コーネリアさん」

ツェプターの後ろにはマルセロの姿がある。かつてクモールの下《した》っ端《ぱ》間諜《かんちょう》だった彼は新クモール国王に望まれて、主に精神面を支える側近になっていた。ローディアとしても、信頼の置けるマルセロがクモールの要人になることは望むところである。

ツェプターの起こしたあの事件から、もうすぐ十三年。

コーネリア以外の人々の人生にも、間違いなく山があり谷があった。

多少緊張しながらも、なごやかに進むクモール新国王との会見。

ルードビッヒはこの場にはいないのだが——ユリアと共に王宮奥の庭で日向ぼっこ中である。

もうすぐ一歳になる第二王女は、フヨフヨと浮くルードビッヒが大のお気に入りなのだ。

ユリアはルードビッヒさえそばにいればご機嫌で、反対にルードビッヒの姿がないと、途端にワガママな暴君王女になってしまうのだった。

そのため、最近のルードビッヒはユリアに付きっきりである。

そんな状況に、コーネリアの心境はちょっと複雑だ。

先日、コーネリアに悩みを相談され、アレクは困ったように苦笑した。

「私、なんだか、ユリアにもルードビッヒ陛下にも嫉妬《しっと》してしまうんです」

「大丈夫。リアには、誰よりリアを愛している私がいるから」

「もうっ！　アレクったら」

——相変わらずラブラブな国王夫妻だった。

そんなわけで、今日もルードビッヒとは別行動で外交をしていたコーネリア。

彼女のもとに息急《いきせ》き切った侍女が駆けつけたのは、丁度、クモールの新国王が退席した時だった。

「王妃さまっ――」

侍女の青ざめた顔を見て、コーネリアの胸はざわつく。

侍女は、ユリアが泣きやまない、と焦った様子で報告した。

同じく緊張した様子で侍女の報告を聞いていたアレクは、「なんだ」と息を吐く。

「そんなことで慌てているのか？　ケガをしたり、具合が悪そうだったりというわけではないのだろう？　子供は泣くのが仕事のようなものだ。気にすることはないさ」

アレクの言うことも、もっともだった。

しかし、コーネリアはサッと顔色をなくし、慌てて駆け出す。

「リアッ！」

「――そんなのおかしいです！　だって、ユリアが泣けば、すぐにルードビッヒ陛下があやしてくださるはずなんですよ。……なのに、泣きやまないなんて！」

不安に駆られて、コーネリアの足はますます速まる。

アレクとホルテンも、顔を見合わせ、すぐにあとを追った。

中庭に駆けつけてみれば、わんわんと泣きじゃくるユリアと、どうしてよいかわからずにオロオロするお付きの侍女や近衛兵《このえへい》がいる。

（陛下っ!?）

ザッと周囲を見回し、コーネリアはその場にルードビッヒの姿がないことを見て取った。

気ままな幽霊である故国王が席を外し、その間にユリアが泣き出したのかもしれない。そう考えながらユリアに近づくと、コーネリアは侍女の手から優しく我《わ》が子を受け取った。

「よしよし、イイ子ね」

（……陛下？）

それでも、コーネリアの心は不安に震える。

たとえどこにいようとも、ルードビッヒがこれほどに泣くユリアを放っておくはずがなかった。

「ユリア、〝ルーおじいちゃま〟は、どこ？」

〝ルーおじいちゃま〟とは、ユリアがルードビッヒを呼ぶ時の名前だ。

ヒックヒックと泣きながら、ユリアは小さな手を青い空に向かい、精一杯に伸ばした。

「じぃっちゃ……ック……じっちゃ……」

うわぁ～んっ！　と、ユリアはさらに泣き出す。

まるで、飛んでいった風船を追う子供のように伸ばされた、小さな手。

コーネリアは慌てて、その手の先を振り仰《あお》いだ。

青い、青い――遥《はる》かに高い空。遠くまで広がり、果てしないブルー。

「……まさかっ！　陛下っ!!」

コーネリアは叫ぶ。

彼女の視界に広がる青が、じわりとにじんだ。

目の端から涙が溢《あふ》れ、あとからあとからこぼれる。

「リアッ!!」

自分とユリアを抱きしめるアレクの手を感じた途端――コーネリアはそのまま意識を手放した。

この時を境に、ルードビッヒの姿は完全に消えてしまった。

広い王宮にも、王都の中にも、どこにもその姿はない。

コーネリアは、王妃となってからはじめてのワガママを、アレクに申し出た。故郷ホルテン領にある家や、はずれの森にまで自《みずか》ら足を運んだのだ。

ルードビッヒとすごした懐《なつ》かしい場所のすべてを捜し……捜し尽くし、それでもルードビッヒは見つからなかった。

泣いて、泣いて、泣いて――コーネリアはルードビッヒを捜すことをあきらめる。

でもそれは、ルードビッヒがいなくなったことを受け入れたというわけではなかった。

そのあとも、時々何かを語りかけるかのように、誰もいない宙をコーネリアは見つめた。

一度、アレクは理由をたずねたことがある。

コーネリアは少し黙り込み……やがて泣きそうになりながら、口を開いた。

「だって……もしかしたら、ルードビッヒ陛下は、本当はいなくなったわけじゃないかもしれないでしょう。ただ単に、私とユリアに見えなくなっただけなのだとしたら……陛下はあまりに寂しすぎるじゃないですか。……そこに、目の前にいるのに……誰にも気づいてもらえないのだとしたら――」

そんな悲しい思いを、ルードビッヒにしてほしくない。

コーネリアの頬に、目から溢《あふ》れ出た涙が伝った。

「リアっ！」

アレクはぎゅっと彼女を抱きしめる。

「君は優しすぎる。……そんな君だからこそ、父上は憑《つ》いたんだろうね」

アレクはそう言って、コーネリアの涙を拭いた。そして、額《ひたい》と額《ひたい》を合わせ、二人は見つめ合う。

「リア。大丈夫だよ。……きっと、いつか父上は、君のもとへ帰ってくる。……どんな形であっても」

「……本当に？」

「ああ。約束する。……父上が君を泣かせたままでいるはずがないからね」

「アレク――」

アレクは自信たっぷりに言い切る。

そんなアレクの胸に、コーネリアはそっと頬を寄せた。


人生には山があり谷がある。

コーネリアが、ルードビッヒに瓜二つ《うりふた》の第三王子を産んだのは、その一年後だった。

◇

第三王子の誕生から、十七年後――

王都の一流店となったニトラ商店のドアが、ガランと開いた。

「イザークさん、いる？」

入ってきたのは冒険者風の格好をした年若い青年と、一頭の黒いレインズだった。

「――ルードビッヒさま！　また城から抜け出して冒険に行ってこられたのですか⁉」

奥から出てきたのは、今年四十三歳になるフェルテン・ニトラだ。

かつては天使のように可愛い少年だった彼は、誰もが見惚《みと》れるほどのイイ男になっていた。

「ああ！　もう、靴が泥だらけじゃないですか。そんな靴で店に入ってこないでくださいと、いつも言っておりますでしょう」

お小言を言われ、ルードビッヒと呼ばれた青年は慌てて片足を上げ、自分の靴の裏を見る。

その拍子に、店のキレイな床に土がボタリと落ち、青年はあちゃ～と顔をしかめた。

彼をギロリと睨《にら》みつけるフェルテン。

黒いレインズは我関せずと店の隅に逃げていく。同時にペタペタと床に残る犬の足跡に、フェルテンの眉はキリリと上がった。

「床を汚して、ごめん……。あの……俺が、用があるのは、イザークさんなんだけど」

さすがにまずいと思ったのだろう。青年は頭を下げながら、上目遣いでフェルテンを見上げる。

「兄は奥で仕事中です。どうせ、防御魔法付き懐中時計《かいちゅうどけい》が壊れたから修理してくれとか、そんな依頼でしょう？　兄のかわりに私が聞きます。……まったく、兄さんは甘すぎる。いくら〝お姉さん〟の大事な子供だからって、ホイホイ言うことを聞いてやるから、こんな放蕩《ほうとう》王子になるんだ！」

手を腰に当てて怒る、フェルテン。

ルードビッヒ――正確には、ローディア国第三王子、ルードビッヒ・フォン・アロイス・ローディアは、目を逸《そ》らしながら伸びすぎた黒髪に手を突っ込んだ。

国王アレクサンデルの賢明な統治のもと、ローディア国は豊かな発展を続け平和を保っている。

そのローディアの第三王子として生まれたルードビッヒは、生まれた時から母である王妃コーネリアの愛情をたっぷり受けて育った。

そうでなくとも、五人兄弟の末っ子の第三王子なんて、甘やかされるに決まっている。

彼にさりげなく厳しい父王のおかげで、一応の礼儀作法や知識は身につけたが――ルードビッヒは、破天荒《はてんこう》な型破り王子として有名だった。

ルードビッヒから受け取った防御魔法付き懐中時計《かいちゅうどけい》の様子を確認しながらフェルテンが呆《あき》れる。

「……こんなにボロボロにして、今度はどちらまで行ってこられたのですか？」

「ああ。クモール国境の街まで少し。……マルセロに会って、あっちの様子を聞いてきた。クモールの情勢も安定しているようだ」

なんでもないことのように答えるルードビッヒ。

「また、そんな間諜《かんちょう》の真似《まね》ごとみたいなことをして――」

「大丈夫さ。父上の許可は得ている。……それに母上は、俺が自由気ままに生きることをお望みだからな」

そう言いながら出されたお茶を飲んで、王子は笑った。

「それにしたって、自由すぎるでしょう？」

「そうでもないさ。なにせ母上のお望みは、俺がパン屋か冒険者になることだ。さすがに、パン屋は辞退させていただいたが……」

困ったように肩をすくめるルードビッヒ。フェルテンは「お姉さんらしい」と小さく呟《つぶや》く。

フェルテンの優しい微笑みを、ルードビッヒは嬉しそうに見つめた。

その視線に気づいて、フェルテンは慌ててゴホンと咳払《せきばら》いをする。

「たとえそうであっても、そろそろ勝手な行動は慎《つつし》まれるべきです。ルードビッヒさまも、もう十七歳。ご公務のお手伝いをされるお年頃でしょう？　……それに、口ではなんとおっしゃっていても、王妃さまもお寂しいはずです」

フェルテンの進言に、ルードビッヒは表情を引き締めた。

「ああ。俺もそう思っている。ユリア姉上にも怒られた。……これからは、父上や兄上をお助けして国のために尽くすつもりだ。城に——母上のそばにいるよ」

ルードビッヒは、きっぱりと宣言する。

フェルテンは嬉しそうに頷いた。

「それがいいでしょう。懐中時計《かいちゅうどけい》はお預かりいたしますね。兄が修理して、喜んで王妃さまにお届けすることでしょう。さ、ルードビッヒさまは早くご帰城なさいませ」

「ありがとう」と言って、ルードビッヒは立ち上がった。

そのままレインズを連れて店を出る。

王都の大路の向こう、堂々とそびえる王宮に視線を向けた。

コーネリアがクモールの新王ツェプターと会談を行《おこな》ったあの日——前ローディア国王ルードビッヒは成仏した。

死ぬ間際に見た、コーネリアの悲しげな表情が心残りで、彼女に取《と》り憑《つ》いたルードビッヒ。

成仏する頃のコーネリアはアレクサンデルや我《わ》が子という家族を得て、幸せになっていた。目的は達成したものの、ルードビッヒには幽霊であるからこそ解決できない苦悩があった。コーネリアと出会ってから何度も何度も繰り返された、〝体すり抜け事件〟である。

そして、悩みに悩んだ末、ルードビッヒは転生することを選んだのだ。

とはいえ、まさか彼女の息子として生まれ変わることになるとは思わなかった。

息子となったルードビッヒに、コーネリアは自由を与えてくれた。

幽霊だった時、彼はコーネリアにこう話したことがある。幼い頃、パン屋になりたいとか冒険者になって世界中を巡《めぐ》りたいといった子供らしい夢を持つことが許されなかったと。その時、コーネリアはルードビッヒの夢を叶えてくれると言った。そして今、彼女はルードビッヒがパン屋か冒険者になることを心から望んでいる。

もっとも、その二つの夢は単なるたとえとして出したに過ぎなかったのだが――

「わしがこれからずっと城にいると言えば、父上は嫌がられるかもしれないな」

ニッと笑いながら、ルードビッヒはそう呟《つぶや》いた。

「なあ、ユリアヌス」

そう思うだろう、と傍《かたわ》らのレインズ――ユリアヌスに聞くと、どうでもいいというように尻尾《しっぽ》をパタリと揺らされる。

一人と一匹は王宮へと続く道を駆け出した。

きっとルードビッヒの母は、両手を広げて迎えてくれることだろう。

どんなに勢いよく飛びついても、もう決してコーネリアをすり抜けないことが、とても嬉しいルードビッヒだった。

◇

ルードビッヒが王宮へ向かって走っている頃――

王宮の自室で、コーネリアは一通の手紙を読んでいた。

そこに、夫でありこの国の国王でもあるアレクが入ってくる。

「リア、ここにいたのかい。クリスが探していたよ。自分が育てたイチゴをおばあさまに食べていただきたいのに姿が見えないと言って」

「まあ」と、コーネリアは立ち上がった。

クリスというのは、五年前に産まれたコーネリアとアレクの初孫だ。父や祖父そっくりの金髪青目の男の子は、重度のおばあちゃんっ子。王宮の庭に作ったコーネリアの畑で一緒に農作物を作るのを、何より楽しみにしている。

イチゴは、クリスが小さな手で一生懸命世話したはじめての野菜。赤くなったら一番におばあさまに食べさせてあげるのだ、とまだ実が色づかないうちから宣言していた。

可愛い孫が自分を探していると聞いたコーネリアは、慌てて部屋を出ていこうとする。

アレクはそれをやんわりと止めた。

「そんなに急がなくても大丈夫だよ。クリスには厨房《ちゅうぼう》でイチゴを洗ってもらうようにと言いつけてきたからね。準備ができるまで——もう少し待って、行ってあげたほうがいいよ」

「え？　それでいいの？」

「そうだよ。クリスだって、キレイにしたイチゴを大好きなリアに食べてもらいたいに決まっているからね」

言われてみれば、確かにそうかもしれなかった。

相変わらず優しいアレクの気配りに、コーネリアは感心する。

そんな彼女の体を、アレクはそっと抱きしめた。

「それより、政務で疲れた夫に、お帰りなさいのキスをくれないか」

耳元で囁《ささや》かれて、コーネリアはポッと赤くなる。

アレクの妃《きさき》となって三十年。

いつまでも新婚同様、ラブラブカップルな国王夫妻は、ローディア王国の名物にもなっていた。

恥ずかしそうに小さく頷いたコーネリアに、アレクはキスをする。

お帰りなさいの挨拶《あいさつ》にしてはいささか長いキスが終わると、コーネリアはすっかり体の力が抜けてアレクにもたれかかった。

そんな彼女を満足そうに支えながらも、アレクはコーネリアの読んでいた手紙に目を留める。

「それは？」

「あ、マルセロさんからの手紙です。アロイスがもうすぐ帰ってくると知らせてくれて」

ルードビッヒ・フォン・アロイス・ローディア――自分の末息子をコーネリアは、ファーストネームでは呼ばず、アロイスと呼んでいる。

第三王子があまりに前国王陛下にそっくりだから名前をもらったものの、なんとなく「ルードビッヒ」と呼び捨てにはできないのだった。

アレクの眉間に、深いしわが寄る。

「……今回は、ずいぶん早く帰ってくるんだね」

「そうなの！　あのね、アレク。アロイスったら、これからはあなたのお手伝いをしたいのですって。旅に出るのはやめて、今後はずっと城にいるつもりだってマルセロさんに話したと、手紙に書いてあって――」

コーネリアは本当に嬉しそうに言った。アレクのしわは、ますます深くなる。

「父上め……生まれ変わっても、コーネリアから離れないつもりか……」

アレクはぼそりと何かを呟《つぶや》くが、話に夢中だったコーネリアは聞き逃してしまう。

「アレク？」

しかし、訝《いぶか》しげなコーネリアから声をかけられ、アレクはたちまち優しい笑みを浮かべた。

「そう。それは、とても頼もしいね」

コーネリアはホッと息を吐く。

「本当に？」

「もちろんだよ、リア。……そうだ、じゃあ私はそろそろ引退しようかな？　王位は子供たちに譲《ゆず》って、田舎でのんびりリアと二人暮らしなんていいと思わないかい？」

それはそれで、とてもステキなことだった。

とはいえ、国王が引退なんてそんなに簡単にできるはずもない。どんなに早くても数年後の話だろうと、コーネリアは思う。よもや、アレクが即実行を考えているなどとは、わかるはずもない。

このあと、アレクとルードビッヒはこの件をめぐり、派手な〝親子〟ゲンカを繰り広げるのだが、当然それをコーネリアが知ることはなかった。

ケンカの争点は、誰がコーネリアの一番そばにいるかであり、王位継承問題などではまったくない。

ローディア王国は、今日も平和である――

書き下ろし番外編

欲しいもの

平民だったコーネリアは、無欲な少女である。紆余曲折《うよきょくせつ》を経て、王太子——いや、新国王アレクサンデルの婚約者となったのだが、その地位に驕《おご》ることなく慎《つつ》ましく暮らしていきたいと思っている。

「——アレク、私、欲しいものがあるの」

そんな彼女が、ある日思い詰めたような表情でアレクサンデルに頼んできた。

氷の王太子と呼ばれていたアレクサンデル——アレクは、花が咲くように笑み崩れる。

「ああ、リア。君の望みならなんでも叶えてあげるよ。欲しいものはドレスなの？　それとも宝石？　すぐにリリアンナ・ニッチを呼ぼう。気に入ったものを好きなだけ買うといいよ」

リリアンナ・ニッチは、王国一の豪商である。

アレクの言葉を聞いたコーネリアは、真っ青になって首をプルプルと横に振った。

「そんな！　ドレスも宝石も、もう一生かけても着たり付けたりできないんじゃないかってくらいたくさん貰ったわ！　これ以上は、いらないから！　お願いだから買わないで!!」

必死で言い募《つの》るコーネリアの姿に、アレクは楽しそうに笑う。

「ごめん。リア、冗談だよ。君がそんなものを欲しがらないことを、私はよく知っているからね。……でも、一生かけてもっていうのは少しオーバーじゃないかな？　私は、まだまだリアに、ドレスも宝石もほかのなんでも、たくさんプレゼントしたいと思っているんだよ」

甘く微笑むアレクに、コーネリアは顔を引きつらせる。

このあたりの感覚は、彼女がいくら頑張っても慣れないところだ。

（陛下、アレクは本気でしょうか？）

若干《じゃっかん》涙目になりながらコーネリアは天井を仰《あお》いだ。そこには彼女に憑《つ》いている幽霊――この国の前王でありアレクの父でもあるルードビッヒがフヨフヨと浮いている。

（フム。百パーセント本気であろうな。だいたいコーネリア。そなたは無欲すぎる。そなたがアレクサンデルに買ってもらったものなど、わしの妃《きさき》が持っているものの百分の一にも満たないぞ）

百分の一は誇張しすぎだろう。そう思ってルードビッヒを見上げるのだが、真面目な顔で見返され、コーネリアは困惑する。

（……嘘ですよね？）

（嘘なものか。そなたはアレクサンデルの唯一《ゆいいつ》の妃《きさき》になるというのに！　本来ならば、わしの三人の妃《きさき》の三倍のものを買ったとしても誰も文句は言わないのだぞ。ドレスでも宝石でも、好きなだけアレクサンデルに貢《みつ》がせるといい）

コーネリアは、ブンブンブン！　と、先ほどより勢いよく首を横に振った。今でさえアレクからのプレゼント攻撃に、彼女はアップアップしているのだ。これ以上なんて、とんでもない！　と思ってしまう。

「ア、アレク。私、本当に、もうドレスと宝石は——」

「うん。大丈夫。冗談だって言っただろう？　〝今〟は、しないから安心して。……それより、リアは何が欲しかったの？」

〝今〟は、しないということは、今後はするということだろうか？

限りなく不安になるコーネリアだが、これ以上ドレスと宝石の話はしたくなくて、そもそものお願いを口にする。

「アレク、その、私は……土地が欲しいの」

聞いたアレクは目を見開いた。

「それは、自分の領地ってこと？　まあ、たしかに、いずれはリアにも気候のいい温暖な地を贈ろうとは思っていたけれど……さすがに、まだ領地経営を覚えるのは早いんじゃないかな？」

とんでもないアレクのセリフに、コーネリアは、もはやこれ以上はない勢いで、強く首を横に振った。

「領地なんて！　なんで、そんな!!　そんなとんでもないもの、絶対いりません!!」

あんまり強く振りすぎて、めまいを起こしてしまったくらいだ。

「そうじゃなくて、私が欲しい土地は、王宮の庭園の片隅の、今は何も作られていない空き地のほんの一部なんです!!」

クラクラと目を回しながら、コーネリアは大声で怒鳴《どな》った。ハアハアと肩で息をする。

アレクは、目を丸くした。

「庭園の空き地？」

コーネリアは、コクンと頷いて説明をはじめる。

――昨日のお昼過ぎ、丁度通りかかった王宮の窓から庭園を見て、あまりの美しさに感激してしまったこと。

――そしたら、ルードビッヒが、庭園が広すぎて見えるところは見事だが、見えない部分には空き地になっている場所もあると、教えてくれたこと。

――気になって見に行ったら、本当に空き地があって、もったいないなと思ってしまったこと。

「……もったいない？」

「だって、とってもいい土だったんですもの。日当たりもいいし、あそこに野菜を植えたら豊作間違いなしなんです！　そんないい場所を遊ばせておくなんて、もったいないでしょう？」

残念ながらコーネリアの説明を、アレクは実感できなかった。王族として生まれ落ちてこのかた、彼は農作業などやったことがなかったからだ。

「……つまり、リアはその空き地に野菜を植えたいってことなのかな？」

アレクの質問に、コーネリアは大喜びで頷いた。ようやくわかってもらったのだとホッとする。

アレクは、しばらく考え込んだ。

――返事をもらうまでの時間が長く感じられ、コーネリアは、いくら空き地ではあっても王宮の庭園の一角を欲しいなんて、図々しすぎたのだろうかと心配になる。

「アレク……もちろん私は、王妃教育を疎《おろそ》かになんかしないわ。きちんとやることはやるし、今まで以上に頑張るわ。……ただ、空《あ》いた時間にちょっとだけ野菜を育てたいの。だから――」

一生懸命お願いしようとするコーネリアを、アレクは慌てて止めた。

「大丈夫。リア。別に私はリアのやりたいことを反対しようなんて思っていないよ」

ニッコリ笑ってそう言ってくれる。

「本当？」

「ああ、もちろん。過去の王妃の中には、庭園で花を育てて愛《め》でたという方もいたからね。それが野菜になってもたぶん問題ないと思うよ。……ただ、リア一人に農作業をさせるわけにはいかないから〝手伝ってくれる人〟を付けることになるけれど、それでもかまわない？」

花を愛《め》でることと、野菜を作ることは、かなり違う。それがわかっていて許可を出すアレクに、ルードビッヒは額《ひたい》に手を当て呆れたように頭を横に振る。

コーネリアは、大喜びだ。

「ありがとう、アレク！　お手伝いをしてもらえたら、私もとても嬉しいわ。――ああ、本当に野菜を作れるのね！　夢みたい！」

心から嬉しそうに笑うコーネリアに、アレクも嬉しそうに笑い返す。

「いろいろ〝準備〟が必要だから、農作業をはじめるのは十日後くらいになるけれど、いいかな？」

「もちろんよ！　ありがとう、アレク」

お礼を言うコーネリアを、アレクはそっと引き寄せた。そのまま耳元で囁《ささや》いてくる。

「……可愛い。リア、キスしていい？」

うっとりと請われて、彼を大好きなコーネリアが断れるはずもない。頬を熱くしながらも、こみ上げる喜びと一緒に、コーネリアはキスを受け入れたのだった。


そして、その十日後。

コーネリアは、もらった空き地に喜び勇んで出向く。

そこにはすでに人が来ていて、雑草を抜いたり土を耕したりしていた。彼らがアレクの言っていた〝手伝ってくれる人〟であるのは、間違いないだろう。

「――え？　ケリー？　それに、みんなも。どうしてここにいるの？」

その〝手伝ってくれる人〟を見たコーネリアは、驚きの声を上げた。

彼らはコーネリアが施設にいた時の知り合いだったからだ。

最初に名前を呼んだケリーは、弟のように可愛がっていた四歳年下の少年だった。

「久しぶり。コーネリア姉ちゃん」

ケリーは、はにかみながらもしっかり目を見て挨拶《あいさつ》してくれる。

「アレク兄ちゃんが、俺たちを呼んでくれたんだ。——コーネリア姉ちゃんが〝手伝ってくれる人〟を探しているから一緒に働いてみないかって。……本当なら、俺たちみたいな孤児が王宮で働くなんて、とてもできないことなんだろうけど……でもコーネリア姉ちゃんが喜ぶから、特別に許可を出してくれるって。……呼び方も今まで通りコーネリア姉ちゃんとアレク兄ちゃんでいいって、言ってくれたんだ」

コーネリアは、びっくりして一緒に来ていたアレクを振り返った。

アレクは、いたずらが成功した子供みたいな笑みを浮かべている。

「農作業を手伝うのだから、本当は専門家がいいのかと思ったのだけれどね。でも、そういう人だとリアは緊張してしまうだろう？　ケリー達なら、楽しく作業できるんじゃないかな？」

まさしくアレクの言う通りだった。

それに、施設を出てからも、コーネリアは一緒に暮らしていた子供達が、どうしているのかずっと気になっていたのだ。施設出身ということだけで、彼らが不遇になっていないかと、心配もしていた。

(ううん。きっとそうだったのよね。だからアレクは、今回ケリー達を雇ってくれたんだわ)

「アレク、ありがとう！　アレクは、いつでも私の願いを、私が思う以上の幸せで叶えてくれるのね。……私、こんなに幸せでいいのかしら？　私も、少しはアレクに幸せを返せている？」

「もちろんだよ、リア！　君が幸せになってくれることが、何より私の一番の幸せだからね！」

感極まって泣き出しそうなコーネリアを、アレクはギュッと抱きしめた。

自分をすっぽり包んでくれる頼りがいのあるアレクの腕から、コーネリアは自分達の頭上でフヨフヨ浮いているルードビッヒを見上げる。

(陛下、本当にアレクは優しくてステキで、最高な人です！　……私、王妃なんて私に本当に務まるんだろうかって不安になることもありますけど……でも、アレクが望んでくれるのなら……精一杯頑張ります！)

コーネリアの一生懸命な決意を、ルードビッヒは、なぜか顔を引きつらせながら聞いていた。

◇

（……いや、どう考えてもそんな純粋な優しさではないだろう？）

ルードビッヒは、眉をひそめて我が子《わ　こ》アレクサンデルを見下ろす。

（アレクサンデルが施設の子らを雇った本当の目的は……コーネリアを絶対に王宮から逃がさないようにするためだろうからな）

賢明なる故国王は、そう思っていた。

元々コーネリアは、王妃の座など望んでいなかった娘だ。アレクに恋してはいたが、身分の差をきちんと弁《わきま》え、結ばれるなどとは思ってもいなかった。

ずっとコーネリアに憑《つ》いていたルードビッヒは、誰よりそれをよく知っている。

だからこそ彼女は、自分が王妃として相応《ふさわ》しくないと判断したならば、すぐに婚約者の地位を返上し、そのまま王宮から去って、二度と戻らないだろう。

（そんなことになったなら、困るのはアレクサンデルのほうであろうがな）

コーネリアとアレクは、深く愛し合っている。互いの想いに優劣はないものの、より深く相手に依存しているのは――間違いなくアレクのほうだった。

(だからアレクサンデルは、コーネリアに土地を与え、施設の子らを雇い上げたのだ。……コーネリアがずっと王宮で野菜を作り続けるように。まかり間違って王宮から出ていきたいと思っても、施設の子らが足かせとなって、引き留められるように……とな)

我《わ》が子ながら姑息《こそく》な手段だと、ルードビッヒは呆《あき》れてしまう。

それほど自信がないのかと情けなく思うと同時に、そこまで必死なのかと同情もしてしまった。

これほど深い執着を持たれたコーネリアの将来が心配になるのだが――

下を見れば、コーネリアは、喜々として農作業をはじめていた。

アレクは、そんな彼女の周囲に必要以上に近づいては、邪魔にされている。

その様子を見て、ルードビッヒは、フ〜と、大きく息を吐いた。

(フム。どうやら心配はなさそうだな。……まあ、コーネリアだしな)

きっと彼女は、アレクサンデルをしっかり支える良き王妃になることだろう。

死んでしまった国王は、フヨフヨと浮きながら空を眺《なが》めた。

果てしなく高く青い空が、どこまでも続いている。

まるでコーネリアの心のようだと、ルードビッヒは思った。

ローディア王国は、やっぱり今日も平和である――

RC Regina COMICS
令嬢はまったりをご所望。
1
原作 三月べに
漫画 梶山ミカ
アルファポリスWebサイトにて
好評連載中!
待望のコミカライズ!
過労により命を落とし、とある小説の世界に悪役令嬢として転生してしまったローニャ。彼女は自分が婚約破棄され、表舞台から追放される運命にあることを知っている。
だけど、今世でこそ、平和にゆっくり過ごしたい!
そう願ったローニャは、小説通り追放されたあと、ロトと呼ばれるちび妖精達の力を借りて田舎街に喫茶店をオープン。すると個性的な獣人達が次々やってきて――?
B6判・定価:本体680円+税 ISBN:978-4-434-26756-7
大好評発売中!
婚約破棄されたので
悪役令嬢を卒業してカフェはじめました。
アルファポリス 漫画
検索

本書は、2016年9月当社より単行本として刊行されたものに書き下ろしを加えて文庫化したものです。


この作品に対する皆様のご意見・ご感想をお待ちしております。

おハガキ・お手紙は以下の宛先にお送りください。

【宛先】

〒150-6005 東京都渋谷区恵比寿4-20-3 恵比寿ｶﾞｰﾃﾞﾝﾌﾟﾚｲｽﾀﾜｰ 5F
（株）アルファポリス　書籍感想係

メールフォームでのご意見・ご感想は右のＱＲコードから、
あるいは以下のワードで検索をかけてください。

アルファポリス　書籍の感想　検索

ご感想はこちらから

レジーナ文庫

王《おう》さまに憑《つ》かれてしまいました３

風見《かざみ》くのえ

2020年1月20日初版発行

文庫編集ー斧木悠子・宮田可南子
編集長ー太田鉄平
発行者ー梶本雄介
発行所ー株式会社アルファポリス
〒150-6005 東京都渋谷区恵比寿4-20-3 恵比寿ｶﾞｰﾃﾞﾝﾌﾟﾚｲｽﾀﾜｰ5階
TEL 03-6277-1601（営業）　03-6277-1602（編集）
URL https://www.alphapolis.co.jp/
発売元ー株式会社星雲社
〒112-0005 東京都文京区水道1-3-30
TEL 03-3868-3275
装丁・本文イラストーocha
装丁デザインーansyyqdesign
印刷ー株式会社暁印刷

価格はカバーに表示されてあります。

落丁乱丁の場合はアルファポリスまでご連絡ください。

送料は小社負担でお取り替えします。


ISBN978-4-434-26726-0 C0193